创业青年
风采录

——丹阳市青年创业事迹

丹阳市人力资源和社会保障局　编

团结出版社

图书在版编目(CIP)数据

创业青年风采录：丹阳市青年创业事迹 / 丹阳市人力资源和社会保障局编. —— 北京：团结出版社，2021.11

ISBN 978-7-5126-9199-5

Ⅰ. ①创… Ⅱ. ①丹… Ⅲ. ①报告文学–作品集–中国–当代 Ⅳ. ①I25

中国版本图书馆 CIP 数据核字(2021)第 196211 号

出　　版：	团结出版社	
	（北京市东城区东皇城根南街 84 号　邮编：100006）	
电　　话：	(010) 65228880　65244790	
网　　址：	www.tjpress.com	
E - mail：	65244790@163.com	
出版策划：	力扬文化	
经　　销：	全国新华书店	
印　　刷：	成都兴怡包装装潢有限公司	
开　　本：	710mm×1000mm　16 开	
印　　张：	17.25	
字　　数：	242 千字	
版　　次：	2022 年 1 月第 1 版	
印　　次：	2022 年 1 月第 1 次印刷	
书　　号：	978-7-5126-9199-5	
定　　价：	88.00 元	

创业青年风采录

本书编委会

主　任　　颜卫军

副主任　　田国亮

　　　　　庞洪武

　　　　　唐　辉

　　　　　秦晓峰

　　　　　陈　彤

　　　　　郑鸣年

　　　　　陆跃鹏

　　　　　姜红军

编　委　　曹　玮　　朱　彤

　　　　　袁樱萍　　石胜华

主　编　　唐　辉

统　筹　　周　群　　张　芸　　赵晓群

　　　　　郦国俊　　邓勇俊　　朱姚婷

　　　　　杨美瑜　　林之淞　　陈　璇

　　　　　郦慧静　　徐　瑶　　汤佳雯

序

　　百年前，一批满腔热血的"创业青年"高举起思想的火炬，一路筚路蓝缕，砥砺前行，开创了千秋伟业。百年后，新一代的有志青年继承伟业，燃烧热血，续写时代新篇章。创新是民族进步的阶梯，创业是时代发展的主题。习近平总书记寄语青年："让创新成为青春远航的动力，让创业成为青春搏击的能量。"广大创业青年要弘扬敢为人先、追求创新、百折不挠的创业精神，不仅努力实现自身成功创业，还要带动更多身边的青年创业致富，成为紧跟时代潮流、引领创业风尚的排头兵。

　　推进全市创新创业是一项系统工程，创新创业梦想的实现需要全社会共同支持与密切配合，提供更有利的条件，搭建更广阔的舞台，营造更良好的环境，广泛宣传创业典型，让更多的青年拥有人生出彩、梦想成真的机会。

　　丹阳市人力资源和社会保障局为落实市委、市政府关于创新创业的工作部署，自 2016 年起，连续举办了五届青年创业大赛，不仅鼓励青年努力创业打拼，更在全市范围内掀起了一股创业热潮，大赛的参与人数、项目水平和实践层次等都在逐年提升过程中，赢得了社会各界的一致好评，充分展示了当代青年创业创新的激情活力和奋发向上的精神风貌。

为了弘扬"至诚 至精 创新 图强"的新丹阳精神，充分展现"创翼丹阳 智胜未来"创业大赛 5 年来的斐然业绩，大力营造"大众创业 万众创新"的青年创业的浓厚氛围，充分挖掘成功创业青年的闪光点，讲述创业故事，激发基层青年人的创业热情，编者撷取了本市二十多位青年创业的事迹，编写成书，力求通过典型引路，引导和鼓励广大青年树立积极向上的创业观、择业观和就业观，营造鼓励、支持青年创业的良好氛围，进一步激发全市创新创业活力。

《创业青年风采录》所选择的都是普通创业青年的真实故事，是一部反映当代大学生、青年创业创新经历的青春励志报告文学集。我们通过每个创业者的历程，可以深切感受到创业路上的种种不易。每一个成功的创业者，他们目标坚定，意志顽强，执着向前，永不言弃，他们的故事催人奋进，发人深思。

当前，丹阳正处于创新发展、转型发展、加快发展的关键时期，多重机遇叠加，发展态势良好，为广大青年朋友创新创业提供了更加广阔的发展空间和圆梦舞台。我市将按照建设"人才最向往城市"的目标，进一步加强人才服务保障，构筑人才成长优质生态，营造重才敬才的社会环境。

创新凝聚力量，创业放飞梦想。青年兴则国家兴，青年强则国家强。生逢盛世、肩负使命。新征程催人奋进，新青年大有可为。青年朋友们，时代在召唤，让我们行动起来，投身到创业创新的洪流中，为了理想负重拼搏，砥砺前行，让青春在为祖国、为人民的不懈奋斗中绽放绚丽之花！

编　者
2021 年 9 月

目　录

陈亮

1985 年 12 月生，毕业于江苏食品职业技术学院，冈田精机丹阳有限公司总经理。十年时间，他带领公司从一家年销售额仅有 2000 万元的小微企业发展成为年销售额达 11 亿元的规模企业，成为国内生产数控机床高端核心功能部件的龙头企业，主打产品刀库的产销量位居国内第一。2017年个人荣获丹阳市"创翼丹阳，智胜未来"创业大赛一等奖，2018 年被评为丹阳市优秀政协委员。

创业青年
风采录

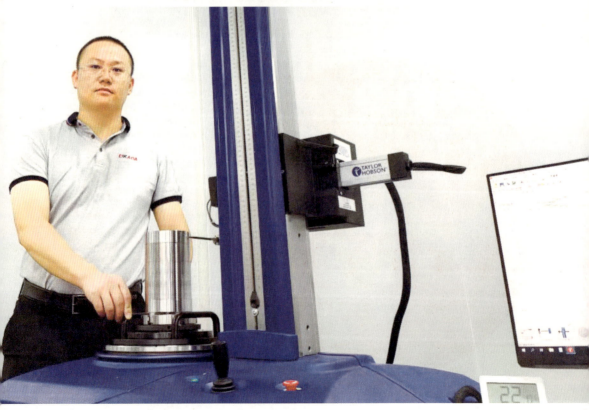

我自横刀立潮头

□ 文 / 汪海

　　丹阳，曾是李白笔下"云阳上征去，两岸饶商贾"的繁华富庶之地，历史悠久，物华天宝，人杰地灵，地地道道的鱼米之乡。

　　在当下这个大众创业、万众创新的年代，丹阳更是才俊辈出，活力四射，追续辉煌，丹阳人脚踏实地，探索前行，继承着先祖披荆斩棘、锲而不舍的精神，搭乘着改革开放的快车，走南闯北，弄潮商海，在时代的奔流中实现自我价值，演绎出一场场精彩的变奏曲。

　　陈亮，冈田精机丹阳有限公司总经理，创业大军中一个有理想、有志向并且愿意为之付诸行动的有为青年，短短十年间，他带领公司从一家年销售额只有 2000 万元的小微企业发展为年销售额达 11 亿元的规模企业。如今冈田精机已经发展成为国内生产数控机床高端核心功能部件的龙头企业，刀库产销量居国内第一，丹阳市珥陵镇排名第一的规模企业，上交利税超 4000 万元。2017 年，陈亮荣获丹阳市第二届"创翼丹阳，智胜未来"创业大赛一等奖，2018 年被评为丹阳市 2017—2018 年度优秀政协委员。待到丹阳市举办第四、第五届青年创业大赛时，陈亮已然出现在主席台，成为评委之一。

一

珥陵镇位于丹阳市南郊，具有1400多年历史，是丹阳市四大古镇之一。珥陵镇地理位置得天独厚，南邻苏锡常，北接宁镇扬，与京杭古运河交汇的丹金漕河贯穿全镇，省道国道穿境而过。

1985年12月，一年中的最后一个月，也正式迎来了寒冬季节，陈亮在珥陵镇积庆村呱呱坠地。他的父母都是"脸朝黄土背朝天，一颗汗水摔八瓣"的农民，勤劳善良，朴实憨厚。这一年出生的人，为木牛之命。虽说年末，初见风霜，但牛勤勉，属牛的天生具有领导才能，严于自律，靠自己的奋斗照样能取得事业的成功。陈亮的出生给陈家带来了快乐，也带来了希望。

珥陵高级中学毕业后，陈亮被江苏食品职业技术学院数控专业录取。淮安古城五水穿城而过，是当年南北襟喉的关梁，素有"南船北马、九省通衢"之誉，这里名人荟萃，胜迹遍布。初到淮安，陈亮一切都觉得新鲜，和其他大学生一样，认为大学生活应该五彩缤纷，再也不是高中阶段魔鬼式的快节奏训练学习，于是整个大一课余之际，他穿街走巷，寻古探幽。

直到有一天，他伫立在御码头"南船北马舍舟登岸"的碑石前，遥想古城百年前帆樯衔尾，桅幡遮天，舟车麇集，百货山积，贩夫走卒蚁聚，商贾风起云涌，感慨着古人对淮安的称道，四面财富在此集聚，又由此向八方漫泛，富了淮安，肥了天下。他突然发现，每天重复着上课、旅游、逛街、玩游戏、吃饭、睡觉，这不是他想要的生活。

恰逢五一长假，他回到丹阳看望父母，遇到父母正在田间地头辛勤劳作，他一阵心疼，想让父母享点清福，却又爱莫能助。或许是感觉自己愧对父母，他暗暗地给自己定下一个小目标，从大二开始通过勤工俭学，做家教兼职，挣点伙食费，自给自足，也算是给父母减轻负担吧。

心中有梦想，脚下有力量。新学期伊始，他开始担任学院的计算机协会会长，结识了许多来自不同专业、不同年级的志同道合的朋友。和他们闲聊中，他发现了一个商机，学校规定每天晚上九点宿舍楼锁门，九点之后学生便无法去商店购物。于是，他在宿舍内开设了一个小卖部，卖方便面、饼干点心、牙刷牙膏、卫生纸之类的生活用品，通过同学间的相互宣传，陈亮的宿舍商店一夜成名，生意火爆。他根据学生的需求不断调整商品种类，并开设电话预约送货上门服务，还随季节变化上门推销应季消费品，室友全部被他发展为合作伙伴，将一个小小的宿舍小卖部打理得风生水起。

当小卖部生意平稳之际，他转手将小卖部承包给同宿舍室友，而他则腾出手来，凭借本校学生的身份和人脉广的优势，聘请学校的教授讲师，在校园内开设各类创业项目技能培训、绘图电工类的等级考试以及各式操作软件培训，他没想到学生报名的热情如此之高，有时一个班有数百个学生报名。

这是陈亮人生中真正意义上的第一桶金，将他的经商天赋发挥得淋漓尽致。但他并没有头脑发热，他清晰地意识到，毕竟自己还是个在校生，此类培训挣点小钱可以，离致富梦想还是非常遥远。

二

"流光容易把人抛，红了樱桃，绿了芭蕉。"大学生涯匆匆离去，陈亮也即将离开母校。

2008 年初，陈亮通过朋友介绍来到上海盛钰机械有限公司技术部上班，这是一家台资企业，专业从事精密模具、刀库、线轨、主轴、增压缸的生产制造。作为一名新人，他谦虚好学，不懂就问，他的师傅也常为他的钻劲所感动，倾其所学教徒弟。

不到一年，陈亮已经成为技术部的设计骨干。谁知陈亮却向公司提出，要求去销售部工作。从技术部的大拿，突然变身成为销售行业中的"小白"，技术部的同事百思不得其解，陷入迷茫。事后他才道明真相，他来公司上班，不仅仅是为了养家糊口，更主要的是为了锻炼自己，提升自己的实践水平和能力。技术部和销售部事关公司的生存与发展，是企业发展的土壤、生命之根。陈亮也知道产品销售面对如林的竞争对手，做好销售工作不是件易事，但真正的强者要敢于直面困难，克难奋进，哪怕是羊肠小道也要走成通天大道。

到销售部第二年，他经手的产品销售额达到1亿元，职务也提升为大区经理，令同行刮目相看。正当公司准备委以重任之际，他却辞职不干了。许多朋友觉得惋惜，但都坚信陈亮将来一定能成大器，因为他们了解陈亮，正如苏轼的《晁错论》中所言：古之立大事者，不惟有超世之才，亦必有坚忍不拔之志。

2010年10月25日，陈亮在昆山市玉山镇成立了自己的贸易公司——苏州海江精密机械有限公司。凭着出色的贸易营销和攻关能力，陈亮在传统的销售渠道基础上，拓展了广泛的客户群。

他心底一直有个梦想，想拥有一家自己的实体工厂，他身边也有朋友从贸易公司向生产企业转型的，其中有成功，有失败，失败的共同特点是离开自己固有的市场，跨行业投资实体经济。2012年，陈亮与朋友合伙成立了无锡冈田精密机械有限公司，专业从事刀库研发、生产，始终保持着自己的人脉、经验、信息等核心竞争优势。

刀库系统是提供自动化加工过程中所需之储刀及换刀需求的一种装置，其自动换刀机构及可以储放多把刀具的刀库，改变了传统以人为主的生产方式。借由电脑程序的控制，可以完成各种不同的加工需求，如铣削、钻孔、镗孔、攻牙等，大幅缩短加工时程，从而极大地降低生产成本。近年来刀库的发展已超越其为工具机配件的角色，在其特有的技术领域中发展出符合工具机高精度、高效能、高可靠度及多工复合等概念之产品，其产品品质的优劣，关系到工具机的整体效能表现。

听说陈亮创办了自己的实体公司，原来共事过的朋友纷纷前来加盟，一时间无锡冈田精机兵强马壮，刀库一面世，便以过硬的质量受到众多客户的追捧，当年销售额达1000多万元。

三

事业初成，企业开始步入上升的通道，陈亮依然很拼，他"拼命三郎"般的工作劲头在业内小有名气。他是白手起家，靠着吃苦耐劳才闯出一片天地，凡事事必躬亲，亲力亲为，丝毫不敢放松。创业以来，除了出差，他一般都在公司，周末从不休息，他的日历里没有节假日，每天晚上十二点下班是常态化，有时甚至到一二点才到家。

研发部主管刘涛是陈亮在上海盛钰机械工作时的同事，对陈亮很了解，他说别看陈亮平时话语不多，貌似不善言辞，但他决策有前瞻性、有思路，看得远，敢作敢为，稳重踏实，尤其工作中的拼劲让他十分敬佩。也正是如此，接到陈亮的召唤，他丝毫没有迟疑，放弃了西班牙法格公司的高薪聘请和深情挽留，随同陈亮一起拓荒创业。

无锡冈田精机刚开业时，应酬特别多，陈亮酒量虽然不大，但对客户的敬酒往往来者不拒，一度肠胃特别难受，医生建议他戒烟戒酒。加之他在昆山海江公司时，圈内多台湾客商，每到夜晚，大家聚在一起，喝冰啤，吃冰椰，嚼槟榔提神，患上了咽喉炎。陈亮相当自律，下决心戒了烟。

那年夏天，酷热难耐。一大早，陈亮约刘涛一起去浙江拜访一个新结识的客户，并关照刘涛晚上六七点一定要赶回丹阳，他还要去宜兴厂区处理一些事务。因为隔天晚上陪客户应酬，睡得很晚，虽说一路俩人轮换开车，还是困得不行。途经一个服务区，陈亮提议开进去眯上二十分钟，半小时过去了，陈亮依然在酣睡，看着一脸疲惫一身风尘的陈亮，刘涛实在不忍心叫醒他，为赶时间，推了好几把才把他叫醒。

最惊险的一次是陈亮和刘涛去台州出差，下午才出发，陈亮说晚上争取赶回丹阳。刘涛一看导航，600多公里路程，怎么可能啊。一路快马加鞭，车到嘉兴，高速公路变成两车道，而且路况不好，一路颠簸，刘涛开车时总觉得方向盘难以把控，以为是道路不平，也没过于在意。当晚九点才到台州，与材料供应商交流了一个小时谈妥交易，俩人立马打道回府。

车到天台山，已经是深夜十二点，人困马乏，就在附近找了宾馆休息。第二天七点，俩人便起床出发，陈亮觉得车轮老是跑偏，以为轮胎气压不足。三四小时后到达梅村服务区，陈亮特意下车检查了一下轮胎，竟然发现车轴几乎断裂，后轮钢圈严重变形。联系上附近十公里处的一家 4S 店，修理工一看到断裂车轴大惊失色，说道："太危险了，你俩的命真大。"

这一路走来，陈亮经历的坎坷磨难说不尽道不完，酸甜苦辣唯有心知。但他深知，一个企业家只有在市场经济的大潮中摸爬滚打，在疾风骤雨中不断锤炼才能真正成长，人生的成功并不在于成就的大小，而在于你是否努力地去实现自我，喊出自己的声音，走出属于自己的道路。

他很喜欢王安石《游褒禅山记》中的一句话："而世之奇伟、瑰怪、非常之观，常在险远，而人之所罕至焉，故非有志者不能至也。"一个有理想、有志向、百折不挠的奋楫独行者，绝不会因为前路艰险而改变初心，经历风雨方见彩虹。

当然陈亮自己也有释放压力的方式，那就是垂钓。垂钓小天地，实为大世界。守望一波碧水，独处一隅宁静，收获一份心情。

四

2013 年，陈亮收获了一份真挚的爱情，爱人是他初中的同学，俩人青梅竹马，两小无猜。伴随着结婚生子，父母的日渐苍老，对于家庭、对于双亲长年在外打拼的陈亮心存愧疚，内心渐渐萌发出一个意念，把公司迁回珥陵老家，离家更近，离父母更近。

树高千尺不忘根，水流万里总思源。在家乡创业，既能实现自己的创业梦想，又不辜负家乡父老的培育之恩、桑梓之情，还能够带动家乡经济的发展。

2013 年他着手准备，在镇江市丹阳工商行政管理局注册成立冈田精机丹阳有限公司，注册资本为 500 万元人民币，2015 年就正式付之于行。

工厂整体搬迁是一件相当烦琐的事情，涉及到租房选址、大型装备拆卸搬运安装、员工情绪安抚生活安排、搬迁费用等等，最伤脑筋的是要在短时间内搬迁到位，保证工厂正常运转，按期完成客户的订单。那一段时间陈亮和公司的管理团队坚守在一线，忙得焦头烂额，他们遵循先小后大、先易后难、先地面后高空、先外围后主机的原则，确保设备重新安装到位。就这样一番折腾，冈田精机丹阳公司当年的销售额也达八九千万元。

公司先搬迁到丹阳开发区，因为更新和增添了大量的机器设备，厂区面积不够用，再次搬迁到老家珥陵镇，一个厂区来不及生产，继而扩展到五个厂区，这也给生产管理带来一定的麻烦。到 2018 年，厂区面积小而且分散严重制约公司的后续发展，成为公司扩大生产的瓶颈，为此珥陵镇政府领导积极扶持返乡青年创业，多次邀请市政府主管领导和相关部门前来实地考察，解决新建厂房的用地问题。

在当地政府一路绿灯支持下，近百亩的建厂用地落实到位，此时此刻，陈亮才如释重负。银行还优惠给他提供 300 万元的科技贷款，不过，这么多年来，陈亮一直专注综合切削中心机刀库的研发、制造和销售，没有更换过行业，坚持轻资产运作，由于没有过多的固定资产投资，所以也从不去银行抵押贷款。面对政府对自己扶持的优惠科技贷款，他心存感激，一年后便全部还清。

2019 年，华丽的新厂房在丹金路边落成，彻夜不眠的大楼、机器轰鸣的车间、来来往往的车队，冈田精机丹阳公司宛然成为丹金路上一道靓丽的风景线，也成为珥陵振兴经济发展的一张名片。

五

回到家乡，陈亮意欲一展身手，大干一场。

前有标兵，后有追兵，市场机遇变化万千，他招兵买马，不断扩充研发队伍，在质量上做到精益求精，你无我有，你有我精，才能立于不败之地。为此，冈田精机丹阳公司引进了多名外籍人才，申请各项专利 46 项，使研发团队创新的"领先一步"成就企业发展的"领先一路"。

陈亮特别重视人才培养，举贤任能，大胆提拔，不拘一格。每个岗位都有储备干部，遇事不慌。陈亮总是优先安排外地员工，外地员工约占冈田精机丹阳公司的 40%，其中有许多是陈亮在上海盛钰、苏州海江、无锡冈田的麾下，多年来跟随陈亮打拼天下，不离不弃。因为他们信任陈亮，只要肯吃苦、愿意干，公司的薪资、待遇优厚。食堂餐饮免费，三四个员工一间宿舍，卫生间齐全，安装有空调，每到夏季，冰水、毛巾、花露水免费发放，逢年过节经常聚餐，联络感情，年终发放奖金相当于一个月的全额工资，困难家庭员工有时会多发一两千的补贴，员工都称赞陈亮是"爱心老板"。

记得2019年春节，新型冠状病毒疫情爆发，武汉封城，冈田精机丹阳公司6名骨干员工回湖北公安、宜昌过春节被困在湖北，工厂生产任务重，他们内心也非常焦急。陈亮表态，积极响应国家号召，居家隔离，工资照常全额发放。这不仅感动了员工，也感动了员工的家人和亲戚朋友。

冈田精机丹阳公司装备车间厂长李勇，籍贯湖北宜昌，退伍转业军人，十年来紧随陈亮转战上海昆山、无锡宜兴、丹阳珥陵，对陈亮为人处事钦佩无比，认为他做事有胆魄，雷厉风行，公平公正，奖罚分明，有影响力、号召力和凝聚力。

由于装备车间的油桶阀门老化，阀门没有旋紧导致漏油，幸亏值班员工巡查时发现得早，否则2000元一桶的油全部泡汤。李勇将事情上报到陈亮那里，陈亮的批复是阀门没有旋紧导致漏油，罚！发现原因并及时修理止损，奖！当天的值班员工对于处理方案心服口服，这对公司所有的员工也是一次提醒和教育。

正是凭着这种一丝不苟、精益求精的"工匠精神"，秉承诚信经营的原则，坚持科技创新，提升产品的科技含量，冈田精机丹阳有限公司已经发展成为专业研发、制造、销售数控机床刀库及其自动换刀装置的国内龙头企业，圆盘、链式刀库产品市场占有率全国第一，2020年取得"高新技术企业"认定，承担的工信部国家科技重大专项通过工信部最终绩效评价，实现年销售37500台刀库，年销售额达6.3亿元，2021年销售额有望突破11亿元。

目前，冈田精机丹阳有限公司厂区总面积达48500平方，可满足年产量80000台刀库的需求，拥有460余名员工，其中研发设计人员76人。

企业一路高歌猛进，势如破竹，领头人陈亮功不可没。筹备上市的证券、法律事务所已经进驻公司，他的目标三年内公司上市，未来十年内营收超过100亿元！

束弘鹤

　　1988 年生，毕业于南京交通职业技术学院土木工程系，现任丹阳市伟鹤祥线缆制造公司总经理，科研项目荣获丹阳市第二届创业大赛二等奖。他善于从危机中寻求先机，在几年时间内成功转型为一家专业生产鼻梁条的知名企业，成为全国做全塑鼻梁条质量以及定型效果最好的厂家，产品出口多个国家，企业占据了全球鼻梁条行业的龙头地位。

创业青年
风采录

乘风逐潮扬巨帆

□文 / 卢素璞

地处长江三角洲、上海经济圈走廊，位于江苏省南部，静静地坐落着一个省辖县级市——丹阳。其间，一个大学毕业生的名字和他的企业正在被越来越多的人熟知并口口相传……

——几年时间，从厂房占地 200 平方米发展到 4 万平方米；

——短短几年内使一个濒临破产的小厂起死回生；

——合作伙伴皆是业内翘楚；

——科技项目在丹阳第二届创业大赛中荣获二等奖；

——产品主要出口亚洲、欧洲、美洲、东南亚、非洲等几十个国家和地区；

——口罩鼻梁条产量全球第一；

……

他就是丹阳市伟鹤祥线缆制造有限公司的总经理束弘鹤。

说到一家企业的总经理，人们的脑海中经常会不自觉地浮现出一种西装革履、相貌威严的形象，但束弘鹤却喜欢穿休闲的运动装，与人交流时总是带着一种腼腆的笑容，很难让人相信他已经带领一家企业成功转型数次，并拥有丰富的创业经验。当年轻的束弘鹤谈起自己的企业以及未来的规划时，脸上尽显沉稳，语气里满是坚毅。他有一句创业感言："创业者没有大树可以依靠，没有外力可以去借用，只要每天比别人多一点努力，终究是会成功的。"他通过自己的勤奋、踏实、努力和不甘言败的决心一步步追逐梦想，走出了一个广阔的天地。

那么，这个年轻人究竟有着怎样的经历呢？

艰难起步

24岁那年，在南京交通学院土木工程专业学习的束弘鹤，刚刚毕业还未离校，就接到了一通来自父母的电话。在电话里，他得知家里的线缆生意已经做不下去了，倘若能找到人来接手或许还有一线生机，否则只能宣布倒闭，希望儿子能早日回来帮忙。束弘鹤的父母都已年过半百，他们原本一直在做皮鞋生意，是个小作坊企业，2009年开始和一个从事于电线方面的销售人员合伙成立了一个公司，专门做国标电线。他们在这个新公司里投入了大量的资金，耗费了巨大的心力，但还是好景不长。据束弘鹤回忆，某天凌晨一点钟左右，他从睡梦中醒来，因为口渴想去客厅喝点水，却看到书房里透出了微弱的昏黄光线，他从门缝中看见自己年迈的父母还在掌灯工作，商讨如何挽救这个产业。

"当你发现父母深夜已经非常疲乏，拿手不断揉自己眼睛的时候，作为儿子，你的心里会有一种非常不好受的感觉。"束弘鹤说这句话的时候脸上带着歉疚的微笑，"作为儿子来说，你要把这块承担起来。男孩子嘛，应该要学会去承担。"自此，少年小小的肩上扛起了家庭的重任。

在创业初期，束弘鹤经历了别人无法想象的困难。因为大学学的专业和线缆毫无关系，束弘鹤完全不了解这个行业，不知道该把电线卖给哪个客户，不知道究竟要把哪种电线做成什么样的产品，一切只能从零开始，慢慢地去摸索这个行业。他每天要打上百个电话出去，和客户谈生意，但有谁愿意将生意交给一个初出茅庐、什么经验都没有，同时企业已经濒临破产的年轻人呢？因此，他受到了不少来自客户的拒绝和旁人的冷嘲热讽。

束弘鹤有一次去无锡的一个郊区跑客户，因为自己不会开车，去的时候只能坐一辆大巴。因为不被人重视，那个客户很晚才回来接待他。准备回去的时候已经很晚了，在公交站台等到十点钟还没有车来，也没有什么朋友可以来接他，只能在站台的长椅上休息一晚，搭乘第二天的早班车。这注定是辗转难熬的一晚，类似的困境发生过很多次。其间他偷偷地哭过，也多次想过放弃，但一想到父母凌晨奋斗的身影，他们辛苦一辈子攒起的家业，员工们寄托在他身上的希望，作为男孩子身上应当承担的责任，他还是决定咬咬牙再坚持下去。

在长达六个月的时间里，他都没有成过一单，公司的账户没有进过一分钱，仅凭着自己带回来的六千块钱，以及父母先期投资的一条生产线和价值 30 万的绞线机，束弘鹤要在这样艰难的条件下，带领寥寥数个员工拯救一个小产业，几乎成了遥不可及的梦想。

自古成事者必先苦其心志，劳其筋骨，而后才会佛光普照，天高海阔。到了第七八个月的时候，束弘鹤渐渐知道自己的客户在哪里，逐步找对了产品，便开始有几个客户来找他合作了。他马上确立了公司的经营策略和营销宗旨，即坚持"为客户提供增值服务，做距离客户最近的一环；为终端用户提供最佳服务，注重服务的细节化和人性化，想客户之所想，急客户之所急；进一步完善对终端用户的渠道维护与服务，提供包括加工配送、垫付资金等方面的服务"。

他对他的每一个客户承诺，在他们的仓库开门之前，他一定会把货整整齐齐地放在厂门口。虽然这些产品做到最后还是亏损，没有一分钱盈利，但他做事的诚恳、认真负责的态度都被客户看在了眼里，得到了一致好评，这为他增添了不少信心。

转型升级

企业一直亏损就要倒闭，为了盈利，束弘鹤要想尽办法来增加销售额、拓宽销售渠道。而原有的产业市场已经饱和，自己的产品也没有过多的优势，所

以从 2010 年起，他带领公司开始转型升级，做更高档的产品。至于怎么转型，应该做哪一种产品，这些困惑一直萦绕在他的心头。他上网查找大量的信息，国内国外的，还是拿不定主意。感觉自己一个理科生遇到这些棘手的问题，脑子还是不够用。

一次机缘巧合，他受邀前去上海的国际展览会参观学习，在展会上，他发现美国的一种产品叫作"UL 电线"。这种电线特指获得美国 UL 认证的电线电缆，它的普及范围很广，不光是国外可以用，国内使用这种电线的频率也非常高。这一发现在很大程度上帮助解决了束弘鹤心中的困扰，他开始正式做这种认证电线。当然，要做 UL 电线并非易事，它对企业的要求非常高，比如说产品必须要达到它的质量要求，车间要有一定的管理体系，产品出厂时要检验外观、标识、线芯直径、线皮厚度、绝缘耐压性能等等。这些高标准高要求对于当时面积只有 200 平方米、全部设备只限一台生产线和绞线机的小厂房来说根本就达不到。但是束弘鹤不愿意轻易放弃，他始终认为与其盲目地听取他人的建议，走最适合公司现状的发展道路，不如破釜沉舟，聚焦于一点，把电线电缆规格做专、做精、做深，在竞争和淘汰落后中实现电线电缆规格行业的优化升级，走差异化、专业化、个性化发展道路。而 UL 电线的出现，则更加坚定了他的想法，于是，他决定就利用这 200 个平方米的地方去达到认证电线的条件。

当时丹阳市内有一个很有名气的房地产公司在招标，想找到一家专门做 UL 电线的厂来承包所有的电线电缆业务，这对于束弘鹤来说是个不小的吸引。如果能中标，不仅能让资金回流，对于公司的口碑和发展来说也能起到极大的助推作用。但是给他准备的时间很短，他需要在一个星期内就拿到 UL 电线的认证书，才有资格去参与竞标。厂里的员工本来就不多，那时又正好是国庆节，几乎所有人都回去休假了，只有一个员工留下来加班。束弘鹤和一个老员工，两个人需要在三天内把下载下来的满满一桌面的资料都看一遍，然后整理出 UL 电缆认证需要用到的材料。他们两个人整整三天都没有睡过觉，除了吃饭等日常所需，其余所有时间都用在准备材料上。束弘鹤甚至找来了一块白板，在上面制订了每天的计划，精细到每一分钟，真正做到了争分夺秒，与时间赛跑。

体力和脑力的消耗让他近于虚脱之感。这三天也让束弘鹤学到了不少东西，之前他从来不知道进入这个行业还需要做这些资料，以及这个行业体系上的要求、生产管理上的要求等等，这些知识都为他以后的发展夯实了基础。但是，努力和回报不一定成正比，束弘鹤他们准备的材料中有些地方仍然没有达到 UL 电缆认证的标准。不过好在来给他们做认证的是一个在业内资历很老的阿姨，她看见束弘鹤这么年轻就出来创业十分不容易，想给这个勤奋的年轻人一次机会，有些环节就让他们过了，虽然最后检查没有通过。束弘鹤对这位阿姨一直心存感激，他坦言道："如果没有这位阿姨的帮助，那么我们的公司不会这么快步入正轨。"

束弘鹤从未停下自己的脚步，他继续更新自己的产品，开始做高温电线，并凭借自身的技术优势逐步垄断了全中国所有的热保护器行业。他自豪地说道，一般人们家里的空调冰箱等电器里所用到的电线，很有可能就是我们公司的产品。都说创业难，束弘鹤转型做高温线还不到一年的时间，高温线行业的竞争越来越激烈，做这方面产品获得的利润微乎其微，于是到了 2015 年的时候，他又带领团队开始转型到太阳能的机器人多芯线这一块。为了提升自己公司产品的覆盖率，他还将继续投产铁氟龙、充电桩上的充电电缆这两个项目……年轻人的雄心干劲在他这里充分的阐释，年轻就是不怕输，年轻就是可折腾，年轻真好！

"乘风破浪会有时，直挂云帆济沧海"。伟鹤祥，如一艘冲出浅滩的帆轮，踌躇满志，已辉煌启航。

打开市场

庄子曾经说过：浅水是载不起大船的，一杯水洒在地上，只能漂起草叶。微弱的风也载不动大鹏的翅膀，只有九万里的长风，才能托起鹏飞九天。伟鹤祥在几年的蹒跚跋涉中完成了资本的原始积累，"睁大眼睛看世界"的束弘鹤在凝重的思索中寻求着打造现代化企业的"良药妙方"。束弘鹤认为做外贸是最有效、最快速打开市场的方式，于是在 2012 年年底的时候，他去了当时作为世界贸易中转站的香港。香港那时在举办一个电线电缆的主题展会，束弘鹤将自己公司的产品带去参展，但直到展会结束也没有一个客户对他们的产品产生兴趣。束弘鹤笑称，他当时收了十多张名片，但都是广告公司或者卖盒饭的。束弘鹤深知在展会上吸引客户来和自己合作不是最重要的，重要的是在那个展会上有很多外贸方面极有经验的人，他认识了很多这样的前辈，并向他们虚心请教经验和方法。一年后，束弘鹤再次带着产品去香港参展，但这一次他是有备而来。有些外贸公司对他的产品和公司经营模式十分认可，便向他抛出了橄榄枝。接到这些外贸公司的现款订单后，束弘鹤的公司开始慢慢出现周转资金需求增加的情况，后来他又顶着压力通过向银行贷款、向别人借钱等方式买下了位于丹阳市陵口镇陵口工业园的一块土地，并开始一点点将这块地方建成如今极具规模、拥有四万平方米的现代化生产厂房。束弘鹤虽然年轻，但很有眼光及远见，他没有把借来的钱先用于生产，而是全部投入到厂房建设上，之后才重新搞生产搞技术。事实证明这种策略是正确的，束弘鹤将自己的公司做得越来越大、越来越强。从 2011 年的年产值 800 万到 2017 年的年产值 8000 万，束弘鹤的公司在恶劣的经济条件下依然保持着高收益和稳定的增长。

在成功的背后是束弘鹤睿智的头脑，和一股不服输的拼搏精神，坚持不懈的专研精神，在他的身上我们看到了一个创业者具备的良好素质。

爱国情怀

2019 年末，新型冠状病毒感染的肺炎病例首先自武汉开始出现并逐步蔓延至全国各地，给人民群众的健康安全带来巨大威胁。疫情发生后，民众对医用口罩需求激增，各地口罩迅速断货。随着疫情的发展，一线临床口罩出现短缺，生产企业加班加点赶制口罩，许多企业跨界转产口罩共抗疫情。爱国之情是再朴素不过的情感，强国之志是再基本不过的抱负，报国之行是再自然不过的选择……束弘鹤当即决定转型生产制造口罩鼻梁条。在公司发展前景一片大好的情况下，束弘鹤做出这个决定无疑要面对很大的风险和压力，有长辈和重要岗位上的人劝阻，但他依然义无反顾，他觉得时机和情怀必须让他去干这件事。他又开始上网查找各种资料和信息，向内行请教，学习国外的先进技术，克服了一个又一个困难，终于成功上线。

如今的丹阳市伟鹤祥线缆制造有限公司，已成为一家致力于研发生产各种型号口罩鼻梁条的专业公司，一家专业生产鼻梁条的知名企业，是全国做全塑鼻梁条质量以及定型效果最好的厂家，拥有全塑鼻梁条押出线 15 条，铁丝鼻梁条押出线 15 条，以及齐全的实验设备，同时所有鼻梁条均获得了 ROHS、REACH 等环保认证，拥有自主进出口经营权，产品主要出口亚洲、欧洲、美洲、东南亚、非洲等几十个国家和地区。公司拥有先进的生产设备，与行业内的质优供应商共同合作，秉承"不断创新、精益生产、绿色制造"的环保理念，为客户提供了专业的环保产品。公司坚持高技术、高质量、高水平、新产品的产业方针，并与国内诸多行业企业建立了良好的技术交流关系，奠定了雄厚的生产技术力量，铸就了稳定可靠的产品品质，赢得了国内外客户的一致好评。"路漫漫其修远兮，吾将上下而求索"，伟鹤祥将恪守承诺，继往开来，勇敢创新，力争为用户提供更好的技术、产品和服务，为中国电子行业的发展做出更大的贡献！

今年 8 月 11 日，江苏省丹阳市伟鹤祥线缆制造公司总经理束弘鹤面对金山网记者的采访，侃侃而谈："目前我们正日夜满负荷生产鼻梁条，在手的订单已经排到了 12 月份。今年我们还将再投入 7—8 条生产线，使我们的生产线达到 36 条以上，从而为抗击全球疫情继续贡献力量。"

"防疫千万条，口罩第一条。"作为口罩重要的配件——鼻梁条可以起到定型和密闭的作用。疫情前，国内生产鼻梁条的企业只有 2—3 家，市场销售总量只有 1.5 亿元左右。去年疫情暴发后，伟鹤祥公司敏锐地抓住商机，从去年 2 月份开始，利用生产线缆的现成设备，总计投产了 18 条铁丝鼻梁条生产线，迅速解决和满足了当时口罩原料短缺的问题。

"因为铁丝鼻梁条有可能扎脸和扎手的问题，也不利于对口罩垃圾的回收，所以我们在生产铁丝鼻梁条的同时，就同步开始全塑鼻梁条产品的研发工作，经过我们研发人员夜以继日的努力，成功自主研发了全塑鼻梁条产品，性能和指标完全超越了日本技术，填补了国内行业空白，成为全国唯一，并且获得了发明专利和实用新型专利这两项国家专利。"束弘鹤告诉记者，企业正是凭借全塑鼻梁条这一利器，迅速打开了国际市场。从去年4月起，每天一个10吨重的集装箱发往土耳其，并成功打进了包括美国、日本、德国、印度、印尼等30多个国家和地区。

"去年6月，日本客商先后三次专程来我们公司考察，现在我们已经成为日本最大的口罩生产企业和日本在华代工厂的指定供应商。占据了日本80%以上的市场份额，包括东京奥运会上所用的口罩鼻梁条基本上也是用的我们的产品，另外国内排名前十的口罩生产企业有近一半也是用的我们的鼻梁条。"束弘鹤介绍，"一只铁丝鼻梁条的重量大约是2.2克，而全塑鼻梁条的重量只有1.2克；另外一吨铁丝鼻梁条可生产口罩350万只，而一吨全塑鼻梁条可以生产500万只，无论是从运输还是生产上，全塑鼻梁条的优势还是十分明显的，目前我们正在研发全降解全塑鼻梁条，在支持全球战疫的同时，更加注重对生态环境的保护工作。"束弘鹤如是说。

去年一年，伟鹤祥线缆制造公司总计生产了2000多吨鼻梁条，为全球提供了150亿只口罩的原料供应。目前该公司正在忙着联合国每月30吨鼻梁条订单的生产任务。"我们将采购升级设备、扩大产能以满足客户需求，以进一步巩固全球鼻梁条行业的龙头地位。丹阳：鼻梁条产量全球第一。"束弘鹤信心满满。

随着企业发展得越来越好，束弘鹤想着要用自己的绵薄之力来回报国家、回报社会。多年来，他除了把主体资金用于扩大再生产外，剩余部分便用来提高职工的福利待遇、救济企业的困难职工以及发展社会公益事业上，他为教育、为社会公益事业的捐款累计达20余万元。有人问他为什么要这样做，他只是轻轻一笑。不为什么，只为饱受疫情之灾的国民们早日走出水深火热；不为什么，只为脚下这方热土，巍巍大山，浩浩江水，你养我以生命，我报你以繁荣……

逆风扬帆辟航道，长风万里送鲲鹏……这位走出舒适圈、艰苦创业的大学生楷模，在他留下的一串闪耀着奋斗火花的足迹上是找不到休止符的。"路漫漫其修远兮，吾将上下而求索"，束弘鹤将恪守承诺，继往开来，勇敢创新，力争为用户提供更好的技术、产品和服务，为中国线缆和口罩行业的发展做出更大的贡献！

查显文

　　1985 年生，中国金属学会电炉炼钢标准技术委员会委员，全国钢标委电弧炉短流程炼钢标准化工作组委员，中国知识产权发展联盟冶金专业委员会委员，秦皇岛市青联第十一届委员会委员，河北省青年新闻工作者协会第三届理事会常务理事，江苏省科技咨询专家库成员，河北省科技计划项目评审专家库成员，曾就职于央企中冶东方秦皇岛设计院，历任助理工程师、工程师、高级工程师，2017 年 8 月来到江苏飞达集团工作，历任总工办主任、总工程师、董事长助理、副总经理，现任江苏飞达环保科技有限公司总经理。

创业青年
风采录

居高声自远

□文／秦曼村

　　万里长江，奔腾不息，齐梁故里，丹凤朝阳。江苏飞达集团从生产钻头起步，逐步发展成了集废钢循环再生、特厚板制造、特钢工具生产等为一体的集成式产业链体系，查显文博士就是江苏飞达旗下的环保科技有限公司的总经理。

　　出生于 20 世纪 80 年代中期的查显文，高中毕业后从安徽大别山区，来到辽宁沈阳，就读于东北大学。硕士研究生毕业后 ，继续攻读博士学位。之后来到秦皇岛，就职于央企中冶东方秦皇岛设计院，开始了钢铁行业的设计和科研工作，历任助理工程师、工程师、高级工程师。2017 年 8 月来到江南的丹阳，在江苏飞达集团工作，历任总工办主任、总工程师、董事长助理、副总经理。他的人生之路就是这样兜兜转转，起起伏伏，但他心里明白，他所做的一切都指向一个境地，那就是奋斗、创造、理想和成功，实现心中的钢铁强国梦！

走出大山

　　查显文的老家在安徽省安庆市太湖县大别山区的农村，他出生在一个大家庭里，父辈兄妹很多。太湖县属皖西南丘陵低山区，有着重峦叠嶂的大别山余脉，尽管历史悠久，山奇水秀，然而，多少年来，这里一直地瘠民贫，经济欠发达，是一个集革命老区、贫困老区和大别山连片特困地区于一体的国家扶贫开发工作重点县，是安徽 9 个深度贫困县之一。在山区农村长大的查显文，童年的生活很苦，父母忙于农活，没有出过小县城，查显文没上过幼儿园，很小就去放牛，帮家里干活。上小学时，他每天都要沿着山路步行上下学，遇上农忙，中午回家要自己做饭吃，还要照顾妹妹吃饭自己做饭吃，还要照顾妹妹吃饭。查显文整个小学阶段的生活环境非常封闭，都没去过县城，但他从书本里了解了外面的大千世界，对自己的未来充满了期待。他说，自己要好好学习，去认识更大的世界，做更大的事。

就这样，查显文一步一步熬到了初中。上初中时，他住在学校，他非常节约，饭是自己带米去食堂换的，菜是家里带去的咸菜，那咸菜因为时间长，常常吃到发霉。常常一周都吃不上蔬菜，也只是周末回家，父亲才会去买点肉吃．每学期开学时，父亲会给他十元钱，一学期结束后，他口袋里还是有十元钱。在当时的初中，查显文的成绩始终是全校数一数二的，他后来考取了县里最好的高中。寒来暑往，牛背上的少年渐渐长大。生活的艰辛，家的贫穷，在小显文的心里扎下了根，也给了他奋斗的动力。他说，自己走过的每一步都是他人生的财富。

尽管生活艰辛，但穷且益坚，不坠青云之志。家庭给予他的教育是，要行得正，不能走旁门左道，这对他以后的人生道路和事业上的成功都起到了重要作用。

十七岁那一年，查显文考取了远在沈阳的东北大学。开学报到那天，查显文学费还没交，老师因为工作忙，就把发票开给了他。后来，他主动找到老师，说明了情况，交了钱，这件事给老师留下了深刻的印象。东北大学文学院有个文学社，叫鼎原文学社。鼎原文学社成立于 2000 年 10 月，致力于营造优秀的校园文化氛围，倡导更多的同学们热爱文学，关注文学。就在查显文入学的那一年，出于对他的赏识，老师让学理科的他担任了文学社社长。正是这个平台锻炼了查显文的组织协调能力、公文能力。他把社团搞得有声有色，他还办起了全沈阳市最大的沈阳高校文学社团联谊会，汇聚全市高校文学精英一起交流。到了大三，学校团委又安排查显文把学校团委的一个冰花通讯社负责起来。到了大四，老师又把校报的记者团给了他打理。暑期还被派到省委党报《辽宁日报》实习，并独立采编发表了多篇深度通讯稿，官方的新闻机构经历让他得到更大的锻炼和提升，也为后来他在新闻舆情方面的工作基础（现在飞达集团的宣传工作也是查显文主管）。上研究生后，查显文就转向了科技社团、学生创新中心，他又把这些社团搞得声名鹊起、轰轰烈烈。他说，这些社团虽然耗费了自己的一部分精力，但却让他的人生获得了大量的财富，为后来的研究工作带来了诸多的便利。

任何行业，都需要交流合作，都需要和对方打交道，不同处理方式，就会产生不同效果和结果。上研究生的时候，查显文开始跟着导师搞钢铁研究，社会实践活动也多了。业精于勤，荒于嬉。上研究生的这段时间，尽管社团活动很频繁，但他在学习上一直未松懈，有科学的生涯规划，有明确的学习目标，认真钻研专业知识，刻苦学习，多次获得学校专业知识竞赛奖励。他明白，大学是沉淀自己、开拓视野、提高科研能力的最好时机，所以他坚定不移地一头扎进茫茫的知识海洋中去，用知识建起钢铁城墙。在研究生学习阶段，他始终有自己的独到见解，也磨砺了他持之以恒的意志，锻炼了他打破砂锅问到底的韧性。研究生毕业时，他获得"辽宁省优秀毕业生"荣誉。

有一段时间，导师让他翻译原版的德国西门子程序，他天天坐在实验室办公室里对着电脑翻译，整整两个月，足不出户，非常的枯燥，每天都工作到凌晨，但他没有一句怨言，始终认认真真、踏踏实实地做事。西门子的材料、排版都非常规范，查显文也从中学到了西门子的经验和思想。他说，他这两个月，比他前面的两年学到的还要多。

后来，查显文毕业来到了秦皇岛，进了中冶东方秦皇岛设计院。他除了求学和兢兢业业地工作，业余生活也非常丰富。那时微博刚刚兴起，他创办秦皇岛同城会，任地区负责人，通过网络帮助网友，弘扬正能量。他后来又创立了秦皇岛微梦文化传播有限公司，主要经营领域有文体活动策划、新媒体宣传等，这些活动的开展，为他后来进入飞达集团主持飞达的宣传和舆情工作打下了深厚的基础。查显文始终是向上向善的，是秦皇岛市青联委员，当年在秦皇岛他还参加了共青团中央的"向上向善好青年"评比。他在大学就入了党，他的党性非常强，还是秦皇岛市的优秀共产党员。他觉得，人必须走正道，走偏了，可能会获得短期利益，但只有走得正才能走得远。

可以说，查显文是没有休息时间的，他觉得，比别人多干一小时，就比别人多活一小时，所以在工作上他始终踏实严谨、事必躬亲。他说，一个人得努力去拼搏，靠自己闯，走好每一步，做事要做到问心无愧，要做到感动自己。

创新创业

每一个人的成长故事中，都充满了喜怒哀乐；每一个人的成长故事，都值得自我去慢慢回忆。成长中的故事，既丰富多彩，又耐人寻味。查显文2009年硕士研究生毕业后参加工作，博士在读，到如今累计已发表学术论文15篇，其中EI收录4篇；承担市级以上科技计划4项；作为副主编合著出版高等教育"十二五"规划教材一部《机械制造基础》；累计申请国家专利53件，授权30件，其中发明专利15件。这一串串数字的背后，可见他专业研究的造诣之深。他说，我还年轻，我要把时间和精力放在我的专业上，希望将来能有更大的成就。

他敢于面对学习科研中的困难，学习工作的态度认真，坚持以提高自我为目标，对自己要进行研究的每一个新领域他都充满了激情，充满了挑战精神。他认真对待每一个研究项目，在研究工作中认真刻苦，一丝不苟，在事业的追求中诠释自己的青春。在"液心大压下""电炉协同处置"等技术领域的研究，查显文已经走在了全国钢铁研究者的前列。

近年来，各国都在加大开发、利用海洋的力度发展海洋经济，被看作是缓解资源瓶颈、拓展发展空间的迫切需要，也是促进沿海区域经济增长、扩大国内有效需求的重要渠道。与其他国家一样，我国也一直致力于发展海洋经济，这将促使我国海洋工程装备制造业步入突破性发展的关键阶段，也将给钢铁企业提供一个极大的发展机遇。目前查显文他们正在实施的"用于海工特厚板的液芯大压下轧制技术开发与产业化"项目，已取得多项研究成果，已申请专利9项，其中发明专利5项，已授权实用新型3项。他说，只有把握时代脉搏，才能在研究工作中高瞻远瞩。

已经有一些成果的查显文，如果单纯追求个人的利益和享受，无论在业内或进入相关行业，都有很多机会挣更多的钱，当更大的"官"，但是，他选择了坚守。也许有人会问，他不在乎自己的待遇吗？当然在乎，但是他说，目前他所研究的项目技术有着巨大的发展空间，行业和社会都需要，不做很可惜的，人不能只跟着自己的待遇走。正因为他始终保持积极阳光、自信向上的态度，才能不断加强学习，努力提升自身价值。

逢时过节，他都是一个人待在办公室内，与钢材性能研究结伴。在出差的火车上，他始终捧着专业"大部头"，查阅资料文献，连一个标点都不放过，字斟句酌，一直读多遍读懂读透才放过。现在由于他身兼数职，白天各种公务缠身，一般要到晚上才能抽身开展深入的研究工作。不管是做实验还是读文献，写文章，每当他进入科研状态的时候，他都感觉到满足与享受，这是查显文对科研发自内心的那份爱。在旁人眼里枯燥乏味的科研工作，查显文看来却是别样的有滋有味。他说，科研的奥妙在于，那是些你不知道又有可能会知道的东西，当你完成一项研究，看到发现时，真的很满足。也正是有了这样一种的精神和对科研的满足感，才让他一头扎在钻研里，干出一番事业来。的确，查显文就是这么一个适合做科研的人，作为最了解查显文的人，妻子对他的评价是：很适合搞科研。有人问为什么？"执着、笨，不改变。"其实，这就是意味着他能心无旁骛地投入到研究中，好似鸵鸟般把脑袋深深地埋在沙堆里，不受任何外界干扰。

我们国家是世界第一大钢产国。但是在钢材的品种上，与世界发达国家相比仍然有很大的差距，特殊材产量和质量低，高端产品依赖国外进口。如何使中国从"钢铁大国"走向"钢铁强国"？强烈的为国争先的信念成了查显文奋斗钢铁事业强大的精神支持。身为青年科技工作者，他以一股初生牛犊不怕虎的闯劲，紧盯钢材结构研究的国际前沿领域，借鉴和吸取国内外研发工作进展，率领研究所团队积极攻关研究。

在研究过程中，他为自己定下了繁重的学习任务：收集资料，参加实验和研究，了解国际冶金工业，学习冶金新工艺、新流程，以及冶金理论研究方法及实验设备……他惜时如金，几乎到了废寝忘食的程度，但乐在其中的他并不觉得苦和累。他的办公室，书架上摆满外文期刊，新到的期刊也成捆地堆在桌上。查显文在资料面前一坐就是大半天，有同事不解，他笑着说："平时工作忙忙碌碌，学习其实对我来说是一种放松。"

查显文长期从事金属压力加工方向的研究，在中冶东方设计院工作期间就参与了多项省市级科技计划及公司自主课题的研究工作，积累了扎实的理论功底及实践经验。

前面所说的"用于海工特厚板的液芯大压下轧制技术开发"项目已经拥有了30余项发明，对他研究项目的实施具有积极的帮助作用。该项目技术可用于海工特厚板轧制，是目前世界最先进的海工特厚板轧制的技术，可解决国内在该领域上的技术瓶颈，填补国内空白。针对项目的核心技术保护，公司已申请了大量专利，均已授权，并形成一些技术秘密包。他说，我平时付出的心血，别人是看不到的，也许他们看到的只是我头上的光环。

人生就像一本书，需要自己一页一页地翻下去。当年轮从岁月中碾过，日历又翻开了新的一页，人生的鼓点又击响在新的征途。查显文，在哪里都是那么低调，从不显山露水，但他在哪里都是那个行业的佼佼者。从安徽大别山穷困的山区走出来，在秦皇岛开始了他走向社会的第一步人生，之后又来到江苏丹阳，就职于飞达集团，他的人生又翻开了新的一页，美好的青春也寄托了更高的向往。

2019年1月，查显文创办了江苏飞达环保科技有限公司并担任总经理，负责公司研发、生产与营销管理。

查显文坚守在企业一线，足迹遍布了厂区的角角落落，深夜也要在厂区里转一圈才踏实回办公室，回到办公室的他又一头扎进书本里，研究钢铁企业的生产工艺和污染防治情况。他觉得自己所做的一切很有成就感，一方面在这里是对自己业务的一次很好的锻炼提升，同时跟企业一起去研究污染防治工作，能够亲身经历整个厂区一点一滴的变化，再多的付出都是值得的。他说，未来不可知，只有努力进取，踏实走好每一步，才能不负韶华。

查显文从秦皇岛来到江苏丹阳，得到了地方政府部门的大力支持与关心。2019年查显文先后入选了镇江市"金山英才"领先人才计划、丹阳市"丹凤朝阳"人才计划，并获得政府资金资助。他说，丹阳是他的第二故乡，他将不遗余力地为之奋斗。

查显文勤奋刻苦工作，他所付出的艰辛劳动，无须用生动的语言去赘述。在创业之前，他的学习和工作经历都是围绕钢铁行业的，这也让他有着扎实的专业技术背景和丰富的项目管理经验。当然一个人的力量总归是有限的，他们的公司现有一支年轻能干的创业团队，大家团结协作，干劲十足。特别是有干勇院士、刘相华教授等一批行业权威专家作为公司的技术顾问，更是增添了他们项目技术的可靠性。他说，他的梦想是——成为海工用钢制造技术的引领者。

再启征程

丹阳市委书记黄春年对查显文的评价是：年轻有为。他的导师曾经这样评价查显文：查显文同学有很强的事业心。在国内，他与钢厂联系密切，比较了解钢铁产业的情况，所以他的研究很符合国情，贴近工业生产实际。同时，他有很好的团结协作精神，能够发挥大家的作用，他所带领的是一个很强的团队。在攻读博士期间，也正是查显文在学术之路上不断积累，融会贯通的最佳时期，为他现在的创新研究取得丰硕成果，奠定了坚实的基础。他曾经参与了《再生钢铁原料》国家标准的主要起草工作，《再生钢铁原料》国家标准于2021年初开始实施。年纪尚轻的他，目前已是中国金属学会电炉炼钢标准委员会委员、全国钢标委电弧炉短流程炼钢标准化工作组委员。

当前，丹阳正处于创新发展、转型发展、加快发展的关键时期，多重机遇叠加，发展态势良好，为广大青年朋友创新创业提供了更加广阔的发展空间和圆梦舞台。博士研究生查显文带领的团队项目参加了由市人社局主办、市人才流动服务中心和劳动就业管理中心承办的丹阳市第四届青年创业大赛。他们参赛的项目是用于海工特厚板的液芯大压下轧制技术开发与产业化，专家评委从选手的综合素质、项目的核心技术、盈利模式和市场前景等多个方面进行了综合评判，最终，来自用于海工特厚板的液芯大压下轧制技术开发与产业化项目的查显文获得了二等奖。他说，希望能给年轻的创业者提供更多的这样的机会，这样的平台。

有付出，就有回报。2019 年他入选镇江"金山英才"领军人才计划，并入选丹阳"丹凤朝阳"人才计划，均获资助。他获得过很多荣誉，但却也有遗憾。他说，因为忙于科研，忙于工作，以至于今年都挤不出时间来准备烦琐的材料，参评研究员职称了。他常常说，那些授给他的荣誉，不是他一个人的荣誉，而是给予他所在的团队的荣誉。如果没有团队成员的合作，他是不可能取得那些的研究成果的。他现在践行的就是"忠诚 正直 敬业 感恩"的飞达精神，与广大同仁一道开拓进取，拥抱管理变革，勇于创新增效，打造一个"变废为宝、资源再生、绿色发展、利国利民"的循环经济产业。提高自主创新能力已成为钢铁业亟待加强的关键环节，而这也正是钢铁行业科研工作者的历史责任，查显文给自己制订了更高的目标：他要带领自己的团队推动飞达钢铁业从"量的飞跃"向"质的跨越"转变，打造真实的零碳城市钢厂。

雨果说，"有些人是铁，有些人则是磁石。"查显文则是一块不折不扣的钢，他没有金子一样耀眼的光芒，没有宝石一样绚烂的色彩，他有的是温润如玉的外表，而这谦和的外表下掩藏着的是一颗坚韧、顽强的心，一颗经历了人生的千锤百炼之后依旧赤诚的心。

金戈铁马战鼓闻，只争朝夕启征程。查显文博士将与公司一起，以开放的胸襟，恢宏的气度，吸纳一切先进理念和思想，推陈出新，时刻保持与世界同步，与世界共进，永远站在时代的最前沿！

刘小林

　　1985 年 10 月生，江苏羊羊绿色电池有限公司总经理。从 2017 年年末回乡创业以来，刘小林博士成功入选了丹阳市"丹凤朝阳"人才计划、镇江市"金山英才"人才计划以及江苏省"双创"人才计划，并且在 2019 年度的丹阳市以及江苏省的创新创业大赛中均取得了不错的成绩。

长风破浪会有时

□文／秦曼村

太阳能发电和风力发电正快速发展，对于太阳能发电来说，有一个最重要的也是必不可少的部件，那就是——电池。春江水暖鸭先知，刘小林博士看到了光伏电池的广阔市场前景，于2017年12月份创立了江苏羊羊绿色电池有限公司。

刘小林，出生于1985年，2014年9月取得南京大学物理化学博士研究生学位，并在同年10月份进入上海交通大学绿色电池研究中心，从事锂离子电池硅基负极方面的研究工作。留学加拿大滑铁卢大学后，因为他的科研能力特别突出，被陈璞院士看中。2016年10月份，他加入了加拿大工程院陈璞院士的课题组，从事新型水系绿色电池方面的研究工作。

学成回国

在加拿大，刘小林博士跟随陈璞院士研究新能源电池，继续发扬艰苦奋斗精神，夙兴夜寐，终于在电池研究上取得了一些小成就。像刘小林这样的优秀人才，放在哪里都是可遇不可求，尤其是对惜才的北美国家。这一小成就着实令国外艳羡，别的国家看到刘小林这么年轻就取得了这样的成就，他们也毫不犹豫地向他伸出了诱人的橄榄枝，多次花费重金聘请他，希望他能把研究成果用到他们国家的电池行业中，还对他说他们那里的科研环境非常的优越，回国可能就没那么好了。然而，这种美好的生活并不是刘小林想要的，他始终不为所动，态度坚决，直接婉言拒绝了，因为刘小林已经下定决心，要尽快回到自己的祖国，为自己的祖国在电池技术方面贡献自己的一份力量。

对刘小林而言，他最大的标签却很是简单，那就是一个普通的中国人，他要回到祖国，这便是他对自己身份的认知。他说，我知道外国花了很大的价钱，将中国很多人才挖走了，每个人有每个人的选择，他们有追求更好生活的权利，我们无权去干涉。如今的祖国正日益强大，创业环境越来越好。"放管服"改革持续推进，减税降费政策落细落实，外商投资准入负面清单大幅压缩，国际贸易"单一窗口"建设成效显著……"十三五"期间，我们国家加大创新力度，提升服务效能，优化营商环境按下"快进键"。在一系列利好政策推动下，企业运营成本持续下降，市场活力不断激发，为经济高质量发展提供了有力支撑。很多在国外的留学生，都会思考应该做"中国梦"和"美国梦"，因为每个留学生都可以做"美国梦"，也可以做"中国梦"。但是从过去30多年的情况来看，"中国梦"显然已经比"美国梦"更加精彩，而且这个趋势还会持续下去。刘小林感受到了与"美国梦"一路下滑相比，"中国梦"明显出现了强劲上升的势头。

身在国外的刘小林博士了解到了家乡丹阳的人才计划。丹阳全方位促进高层次人才引进，优化升级"丹凤朝阳"人才计划。更加侧重扶持创业人才、全职人才，鼓励单位自主培养顶尖人才，由丹阳市申报入选国家级高层次人才计划的，给予新入选人才丰厚奖励。优化调整"丹凤朝阳"人才计划现代农业创新创业人才引进目标计划和资助金额。广泛开展"海内外人才丹阳行""家乡人才看家乡""在外人才恳谈会"等活动，与丹阳籍或曾在丹阳学习、工作、生活过的海内外高层次人才保持经常性联系交流，落实"凤还巢"计划，优先

推荐申报各级人才计划和专项资金,在同等条件下予以优先支持、重点资助等等。这一切更坚定了刘小林博士回家乡创业的决心。

以钱学森、邓稼先等"两弹一星"为代表的老一辈知识分子始终与党和国家的发展同向同行的家国情怀也感动着他,激励着他,在2017年,刘小林毅然决然回到了祖国,回到了家乡。当刘小林带着他的研究成果回家时,他受到我们的政府和家乡人民的尊敬和认可。

艰苦创业

刘小林 2017 年 12 月份创立了的江苏羊羊绿色电池有限公司，主要从事环保水系锌离子电池的关键核心技术研发以及产业化工作。公司成立后，刘小林和他的研究团队，开启了艰辛的科研历程。

他废寝忘食地进行研究，人长得较为清瘦。刘小林把自己的时间和精力都放在研究上，一天 24 小时，除了必要的生活时间以外，其余时间基本全部用于水系锌电池的研发。他对待科研非常执着，当然也非常专业，不研究出成果，誓不罢休。每一项新科技都要进行不同的科学实验，而实验不会一次就成功，它需要科研人员不断探索大胆尝试，以及具备坚定的信心和长久的毅力。正如徐特立老人说过的那样，科学是在千百次失败后的最后一次成功的。是的，外人是无法想象刘小林为此研究付出了多少的心血，但他坚信自己一定能成功。要全身心地投入，谁都会成为专家，都会迅速成长起来，并且，如果再能保持良好的心态，肯定会出现令我们意想不到的成果，人生也会出现好的转机。

稻盛和夫曾经说过这样的话：无论什么样的工作，只要投入进去，定能磨炼人格。刘小林全身心投入到新型电池的研究中，完全没有抱怨和发牢骚的时间。因为没日没夜地投入研究，他仿佛忘掉了人世间的烦恼和忧愁，就像苦行僧那样苦苦修行。他知道，在科研中，不能局限于自己的研究，学习也是关键。

他酷爱学习，在他的字典中，学习是必不可少的。他经常告诫他的研究团队：任何研究的事必须要有依据，不能胡编乱造，更不能信口雌黄，所以要多学习、多了解，才能有所提高。一次次的失败，都没有让他打退堂鼓，反而让他越挫越勇，可以看出他是天生的研究者，拥有对科研的执着追求。他知道，当项目遇上难以克服的困难，认为"已经不行了"的时候，其实并不是终点，而是重新开始的起点。

现在国际上都在研究这一种没有污染的绿色电池，但也都没有什么突破。不断的研究和实践，使得刘小林团队的研究走在了世界的前列。刘小林博士的研究团队主要是研究储能电池的，光伏市场蓬勃发展，我国累计装机量跃居全球首位。新兴市场不断涌现，光伏应用在东南亚、拉丁美洲诸国的发展势如破竹，印度、泰国、智利、墨西哥等国装机规模快速提升，我国光伏新增装机量位居全球首位，超越德国成为全球光伏累计装机量最大的国家。新兴市场如印度等正大力推动光伏发展，随着配套政策及融资手段的完善，将成为下一个爆发的增长点。我国光伏市场虽然面临局部地区限电、补贴拖欠、上网标杆电价下调等问题，政府也通过提升可再生能源附加、优化电站指标规模发放等措施来破解发展瓶颈，而产品价格的持续下降也将抵消电价下调和限电带来的影响。随着光伏行业的高速发展，光伏装机量也是快速增长，光伏电池片的需求量也是大幅增加，所以从行业发展的角度看，电池片的前景是非常广阔的。从电池片本身技术发展的角度来看，金属化是电池片关键工艺之一，金属化工艺对于电池的可靠性、成本、转化效率、工艺路线均有较大影响，影响电池片金属化程度的就是银浆，银浆的耗量越大，电池片的转化率越高，所以银浆成本在电池片中占比越来越高。

2019 年，刘小林率领团队攻克了正极极片的制作，电池样品的组装也逐渐走向了成熟，已经达到了电池应用的最低要求。2020 年，他们又接连在负极、隔膜、电解液等方面取得了不同程度的突破。然而，与众多黑科技一样，水系锌离子电池的研发进展并没有想象中的那样顺利，原计划半年就能取得圆满胜利的水系锌离子电池项目，在经过了近一年的攻关以后，做出来的样品依然没有达到预先期望的那样。更难的是，一家普通的公司只要研发电池内部的一种部件，比如大部分做锂离子电池正极材料的公司是不会研发锂离子电池负极材料的，而水系锌离子电池作为一种全新的电池种类，刘小林率领团队不仅需要研发正极、负极，就连电解液、隔膜也需要他们亲自设计研发，可想而知这个团队的工作量有多大，即使在这样的困难面前，他们依然没有放弃他们最初的梦想。因为他知道，在成功之前，要绝不罢休，不屈不挠，坚韧不拔，不能给自己设置界限，要不厌其烦，持续挑战，这样才有可能变"危机"为"机会"，让"失败"转为"成功"。

天道酬勤，转变终于发生了，2019 年刘小林率领团队终于攻克了正极极片的制作，电池样品的组装也逐渐走向了成熟，这样在 2019 年年末的时候，他们做出的电池样品已经达到了电池应用的最低要求，尽管与完美的技术指标还有不小的距离，但他们的信心一下提高了很多。2020 年，他们又接连在负极、隔膜、电解液等方面取得了不同程度的突破，可以说目前电池样品的技术指标已基本达到了他们最初的预期值。

江苏羊羊绿色电池有限公司，之所以取名叫羊羊，是因为，羊，忠厚老实，羊羊预示着绿色环保，也是走大众化道路。刘小林所研究的电池是可再生利用产品，是环保产品。尽管未来还存在些不确定，但他们还将一如既往地走下去，他们的目标是，争取在不远的将来，让大家都用上绿色、安全的水系锌离子电池，为"镇江制造 2025"贡献出自己的一份力量。

科研成果

为了在丹阳市营造"大众创业，万众创新"的良好氛围，进一步鼓励年轻人创业，2019 年，丹阳市举办了第四届创业大赛。大赛中，江苏羊羊绿色电池有限公司的刘小林博士脱颖而出，获得了大奖。"创翼丹阳智胜未来"丹阳市创业大赛已经是第五年举办了，在各方努力下，这个比赛已经成为丹阳市创新创业工程的品牌项目之一，为丹阳市经济发展输送了大量创新人才和创业项目。这一届的六个获奖创业项目中，有 5 个均属于科技创新，进入决赛的六个创业团队，每一个都是"让人眼前一亮"。来自云阳街道的刘小林团队，带来了绿色安全长循环寿命水系锌离子电池关键技术研发和产业化项目。该项目拟解决传统锌离子电池锌枝晶问题和氧化锰正极的可逆性问题，实现商业化生产，目前全世界尚无厂家完成该领域产品的产业化。该项目产品和制备工艺的开发成功，填补了国际上的空白。

"江苏羊羊绿色电池有限公司是一家专业从事锂电池、燃料电池、动力电池、储能电池、蓄电池、光伏设备、仪器设备技术研发、销售的公司……"2019年 12 月 7 日下午，第七届中国江苏人才创新创业大赛路演赛在馨苑度假酒店馨华厅举行，经过上午的分组赛，共有 18 名选手参加路演赛。

经过赛前抽签，江苏羊羊绿色电池有限公司总经理刘小林第一个上台路演。他用图文并茂的方式介绍了公司创始人及团队、公司状况、验资报告、市场方向、销售模式、技术瓶颈等。"你们的产品优势是什么？你们研发锂电池有哪些优势？"评委提问。"铅酸电池容易引起铅中毒安全问题，虽然价格便宜，但储存能量密度小、重量大，毒性也较大，处于淘汰边缘……锂电池虽然具有高储存能量密度、重量轻、使用寿命长等优势，但是锂电池极易爆燃，安全性在所有电池中是最差的，锌电池不仅环保绿色，而且还具备高功率承受力、无记忆效应、高低温适应性强、成本低廉等特点，不论生产、使用，还是报废，都不含有也不产生任何铅、汞、镉等有毒有害重金属元素和物质。"刘小林胸有成竹，侃侃而谈，对答如流。

刘小林所带领的研究团队，在近两年已获得 17 项国家专利……"全自动锌离子电池标贴机""锌负极电池用隔膜改性方法""圆柱锌离子电池封装机""锌离子电池注液机"……每一项专利的背后，都是刘小林辛勤汗水的付出。鉴于自己所研究项目的实施可行性和中国市场的广阔前景，他边干边摸索，日夜兼程，逐渐组建了集研发、技术、管理、营销、财务等相对较成熟而稳健的创业团队。公司研发团队拥有教授副教授等多名本领域高端人才，其中主要研究人员都具有博士学位，项目组成员多年来一直从事化学储能相关技术的研究工作，完成及在研多项国家、省、市纵向科研项目及企业合作横向项目，积累了很多研究经验，其中许多项目的研究思路、试验方法及科研成果都为本项目的实施提供了重要基础，为本项目顺利完成提供充分的技术保障。

2021 年，江苏羊羊绿色电池有限公司已经逐步扩大产能，完成本项目产业化建设工作。申请国家专利 2 项，初步实现市场推广，新增就业人员 48 人，预计新增年销售收入 4000 万元，利税 800 万元。

"乘风破浪会有时，直挂云帆济沧海。"江苏羊羊绿色电池有限公司将在刘小林总经理带领下，紧紧围绕《中国制造 2025》，瞄准"十三五"节能环保发展规划优先发展领域，重点研究绿色安全长循环寿命水系锌离子电池制备技术，以自主创新驱动锌离子电池的技术发展，建设一个具有国内领先、国际先进水平的研究开发中心和产业化基地，继而成为国内锌离子电池行业的领导者，具有国际影响力的知名企业。

丁勇

　　江苏丹阳人，80后，哈尔滨工业大学及香港城市大学硕士及博士学位。在多家 ICT 行业上市公司及大学担任研发工程师、助理研究员、研发专家、研发经理及研发技术总监等职位，江苏大学兼职教师。对于我们来说，每天点开手机看到信号"满格"的图标，已经成为一件轻松平常的事。可是，在"满格"信号的背后，却是一整条移动通信产业链在支撑。站在这条产业链最中央的便是为人熟知的运营商，其核心设备是基站，终端则是手机。江苏泰科微通讯公司董事长丁勇就是专注于移动通讯基站天线的研发制造的企业家。

创业青年
风采录

弄潮儿，勇向涛头立

□文／秦曼村

从沪宁高铁丹阳北站下车，放眼望去，农田中远远的有两处石刻，一处是梁代帝陵区，一处是南齐景安陵。这些雕刻的石兽窈窕修长，长颈细腰，昂首挺立，飘逸、轻快、灵动。再往南，就是交通便捷，厂房林立的前艾工业园。丹阳前艾工业园经过不断改革发展，园区具备了大规模开发建设的总体框架，形成了良性循环的软硬投资环境，吸引了多地区企业的投资。园区地理交通条件优越，区内交通四通八达，道路宽敞平坦，江苏泰科微通讯科技有限公司就坐落在这里，公司董事长是丁勇博士。

学有所专

一月的江南，寒意尚未褪去，大地仿佛还在沉睡中，等待着春风将它唤醒。然而，在丹阳前艾工业园里，却已经是一片春意盎然，热闹非凡，江苏泰科微通讯科技有限公司成立揭牌仪式在这里举行，历史将会记住这个日子：2018年1月17日。

公司成立一个多月，2月26日，第一个国内市场销售订单，如一只报春的燕子，飞进了公司；七个多月后的8月30日，公司董事长丁勇就入选了2018年度"金山英才"镇江制造2025领军人才计划；同年10月31日，公司获得第一个海外市场销售订单。2018年，短短的一年不到，公司实现开票销售300多万元……2020年，公司全年订单更是突破了5500万元，发货基站天线突破2.5万套，80%以上订单集中在10端口、12端口、14端口及4488内置电调等高端款型基站天线。如此爆发式的增长让人惊叹不已，那这家公司的创始人丁勇，究竟是一个怎样的人物呢？

丁勇博士1980年生于丹阳市吕城镇，他从小天资聪颖，学习勤奋努力，性格十分温和，而小学到高中，学习成绩一直非常突出，表现出过人的天赋。他不但聪明，而且刻苦，在省丹中读书时，总是一个人默默地学习。后来考取哈尔滨工业大学，在香港城市大学获硕士及博士学位。毕业后，他在多家ICT行业上市公司及大学担任研发工程师、助理研究员、研发专家、研发经理及研发技术总监等职位，还是家乡江苏大学的兼职教师。丁勇博士学有专攻，专业水平极高，曾在国际顶尖天线学术杂志 IEEE Trans. AP 上发表过4篇论文，承担了4项工信部国家科技重大专项及多项省市重点研发项目，授权专利有60余项，并获省级科技奖1项、市级专利金奖1项，是我国业内多款天线的最早提出者或原创发明人。丁勇博士还是2020年度江苏"省双创"、2018年度丹阳市"丹凤朝阳"、2016年度武汉市"黄鹤英才"等人才项目得主。

多年的在外的工作经验让丁勇懂得了核心技术的重要性，而核心技术的关键在于研发人才。要掌握关键核心技术，就要从基础研究发力，重视激励原始创新和核心技术研发，激发出创新的"源头活水"。"80后"的丁勇坚信：做企业唯一的出路就是掌握核心技术，脚踏实地深耕主业并为客户创造价值。创业，丁勇为什么会选择天线技术？丁勇说，这是他的专业之长。早在求学时期，丁勇就先后在哈尔滨工业大学读硕士主修电磁场与微波技术，在香港城市大学电子工程系毫米波国家重点实验室获得博士学位。毕业后，这些知识和技术的掌握，使得丁勇作为一流技术人才顺理成章地进入天线技术行业龙头企业就职。

工作中，丁勇善于思考，敢于创新。他非常善于从更高层次上进行思考和探索，会从"为什么要做这项研究""怎么样才能做好这项研究""有没有更好更快的方法做好这项研究"三个方面进行认真的思考，从而正确把握做好研究工作的背景、原因、客观条件、主要障碍、有利因素等情况，真正做到"从高处着眼、从细处着手"，看得高，做得实。那些年，丁勇在天线技术上取得的研究成果有目共睹：他在国内首次提出非完整球面螺旋天线用以解决大俯仰角、低轴比方向图问题，在世界上首次提出基于法布里谐振腔原理的平行板天线。当然，每一份成绩的背后都是他辛苦的付出，多年的努力让丁勇在异地的生活也稳定了下来。那时的他，工作内容相对熟悉，生活也已进入成熟轨道，但在他的内心还是渴望着能回乡干一番事业。在香港、广东和武汉的 14 年成为他最宝贵的创业财富，为他积累了最先进的技术经验和最丰富的人脉资源。

虽身在他乡，但丁勇一直关注着家乡的发展以及创业创新政策，丹阳也因其优越的地理位置、便捷的交通条件、完善的基础设施、合理的土地价格成为海内外客商投资兴业的理想场所。丁勇清楚地知道，在国内移动通信行业是一个朝阳产业，这个行业是现在非常流行的物联网概念的核心，而要把万物连在一起首先要解决的就是通信问题。国家和地方省市，对于关系到国计民生的电子通信领域也给予了很大的政策扶持，尤其是通过丹阳市委组织部人才办，他了解到镇江的"金山英才"和丹阳的"丹凤朝阳"两大创业创新扶持政策，让丁勇觉得这是回家创业的好机会。

回乡创业

多年在外的闯荡，他的研究走在了行业的最高端，他想，自己该回家乡创业，为家乡做点事了。

丁勇，他凭借着自己的"最强大脑"，于 2018 年 1 月 17 日在丹阳成立了江苏泰科微通讯科技有限公司。江苏泰科微通讯注册资本 1110 万元，是一家专注于移动通讯、专网通讯及物联网领域天线和射频器件研发、制造及销售为一体的高新技术企业。

敢想敢干、务实真诚，这两种性格在丁勇身上相得益彰。一股冲劲向前闯，他掌舵的泰科微在短短一年内，就完成了从名不见经传的小微企业，到国内通信天线行业技术领头羊的蜕变。脚踏实地做实业，专注于技术创新、为客户创造价值，让泰科微走在了通信技术变革最前沿。"只要掌握核心技术，天线行业的发展速度能跟互联网的发展速度一样，快得让人不可思议。"丁勇如是说。事实也证明，公司的发展速度超乎了自己想象。"过去几十年，我们见证了移动通信从 1G 到 4G 的转变。我们从事的通讯天线和射频器件领域，发展前景乐观，因为所有的通讯都离不开天线和射频器件，行业较高的技术门槛给了这块领域真正搞技术的企业足够的生存和发展空间。我们开发的很多产品，业内也是屈指可数、甚至没有其他厂家能够开发，即使能开发的，很多款型在质量和成本方面和我们相比也没有竞争优势。"丁勇说，要想做强企业，技术绝对是核心。那么，他究竟拥有怎样的团队、怎样的产品呢？

江苏泰科微通讯科技有限公司拥有一支包括海归博士和行业专家在内二十余人的研发团队，成员均拥有业内知名企业 10 年以上产品开发经验。泰科微通讯建有行业先进的室外远场天线测试系统，拥有包括网络分析仪、互调仪及全屏蔽暗室在内完整的天线实验设备。公司研发及运营办公面积 2000 平方米，产线及仓储面积 6000 平方米。其主要经营：通讯设备及配件的研发、制造及技术服务；自营和代理各类货物及技术的进出口业务。

创业，丁勇又为什么选择天线技术呢？丁勇说，那是他自己的专业之长。"我从本科毕业，到硕士、博士的学习阶段都是从事天线方向的研究，曾先后在三家大型通讯设备企业工作，从普通工程师成长为事业部技术总监，都是围绕基站天线的设计及研发管理工作。"丁勇说，十几年来自己一直在这个行业深耕细作，主要还是对应用电磁学和射频技术领域特别感兴趣，只有浓厚的兴趣，才能保持激情和专注，才不会觉得技术枯燥，才有可能获得成绩。

技术出身的丁勇眼光独到，善于观察把握通信行业大势，而敢想敢干的性格则赋予他强大的行动力。他原本有着体面且自己非常熟悉的工作，有着不菲的薪水，且在大城市已经有了两套房。那几年，房价还一路飙涨着。可丁勇看到了天线技术的发展潜力，为了创立自己的企业，为了筹集前期投资，他竟然把自己在大城市的两套房子卖了，同时还向自己的亲朋好友借了巨款。他的举动，让很多人不解，都说这是一个冒险的决定，可是创业哪有不冒险的？甚至有很多人认为他"疯了"。人难道不能老老实实地过好自己的小日子吗？寻常的生活，上班赚钱，下班看电影，带孩子，跟同事搞搞小攀比，但他认为，那是被人为安置了、遮挡了、扭曲了之后的世界一角，是个假象。于是在那一年他辞去了大城市高收入的职位，回乡创业了。

2018年1月17日，江苏泰科微通讯科技有限公司正式成立，丁勇任公司董事长及研发首席专家，他像一头狮子，做好了战斗准备。我们每个人都生活在自己给自己讲的故事里，所有的故事里都有个英雄，有个历经奋斗战胜敌人的主题。创业期间，丁勇一直吃住在公司，没日没夜地搞研发，将科技转化为产品，旨在打造自己的产品优势。他还身兼多职，跑市场、见客户、演示产品。创业不仅是一件艰苦的事情，同时也是一件需要勇气的事情。有人说，这个世界上有两种人：95%的人每日循规蹈矩过着上班族的生活，5%的人则是创造未来，泰科微通讯公司董事长丁勇无疑就是这5%里杰出的代表人物。"干什么都不容易。"是一句普普通通的话。一个碌碌无为的人没有资格说，一个不谙世事的人难解其中味，一个少年得志的人无法体会其中的原委。当一个人历经沧桑，改变过、奋斗过、挣扎过，并由衷地讲出这句话时，他已经褪去了幼稚，抹掉了轻狂，体验了辛酸，挥洒了汗水，收获了稳重，积淀了成熟。丁勇是一个成熟稳重的董事长，他是那样的低调朴实。他的时间非常宝贵，他甚至不愿意为开门去浪费时间，所以他的办公室就在车间大厅边上，一个小门，门上写着"不必敲门，直接进入"。来办公室有事说事，别的应酬一概拒绝，哪怕是朋友，也毫不客气。他的办公室内布置极其简单，几张普通的沙发，一张板式办公桌，一把靠椅，旁边靠墙是那种简单的板式书柜，上面放满了书籍。

丁勇搞科研从来不计时间，他和他的研究团队一干就是五六个小时，吃饭喝水都是在研究室里。"我觉得要做好企业，最重要的是要做好产品，保持技术领先。"丁勇又强调了一次，"技术绝对是核心。""我有时会逆向思维，炒得很热的我不做，太烫手。别人不做的，我反倒敢做。"丁勇说。江苏泰科微成立后立刻投入开发十端口电调基站天线以及场馆覆盖赋型天线。经过不断的技术探索，江苏泰科微通讯终于"修炼"出了属于自己的"看家本领"。"我们天线的核心竞争力就在于小型化、更集约、功能更强大。"丁勇提到，在同等指标下，江苏泰科微的天线能够实现体积最小，在同样体积下，江苏泰科微的天线产品则能够达到指标最好。公司创立一年，江苏泰科微就实现了跨越式发展。那一年的 5 月 31 日，获得第一笔销售回款；11 月 13 日，开发区管委会给予前艾众创园 4000 多平方米的独栋扩产厂房，并提供"三免三减半"优惠政策，满足项目扩产的市场需求……

对于一个企业来说，市场的重要性不言而喻，企业与市场的关系是不可分割的。企业和市场的关系简单地说：企业是为了市场的需要而存在的，也可以说企业是服务于市场的。"比起打电话，现在大家好像更关注自己拍了一段视频后，能不能第一时间发上朋友圈和朋友分享。"谈到当前移动通信的工作重点，丁勇认为是从信号的覆盖转移到了提供更大的数据流量及带来更快的网速，这就需要提升网络的容量。"2G 到 4G 时代移动通信的服务对象主要是人，到了 5G 时代要实现万物互联。如今 5G 已进入了标准制定阶段尾声，各大运营商也正在积极地部署 5G 设备。"他说，有人曾预测进入 5G 时代，中国将需要超过 300 万个宏基站、3000 万个小微基站。面对即将到来的巨大市场，丁勇表示，现在是 5G 时代，韩国、中国、美国、日本等国家都已经开始建设 5G 网络，江苏泰科微通讯将迎来新的发展机遇，只要抓住 5G 基站天线、射频系统的核心技术，就能抢占全球 5G 市场先机。而 5G 通信到底需要什么样的天线？这是丁勇和他的公司正在思考的问题。

展望未来

丁勇关注的不仅仅是自己的企业，对于丹阳产业发展和布局、科技与人才项目的扶持政策等方面，丁勇有着自己独特的见解。他对家乡的建设非常关心，因为自己是搞科研的，所以，他对家乡的人才建设尤为看重。

丁勇自己的江苏泰科微通讯科技有限公司始终坚持"创新至上"的工程师文化，通过持续、专注、深入的技术创新，致力于在天线与射频技术领域，创建和德国 Kathrein、美国 Qorvo、日本 Murata 等齐名的世界级技术品牌，为客户、行业及全社会创造价值。泰科微通讯以"敢为天下先"的胆识和精神，在艰苦奋斗中创业，在改革创新中发展；泰科微人勤奋好学、务实求精、拼搏创新、忠诚奉献。丁勇认为，泰科微通讯能有今天，也是社会各界同仁、朋友的热情关心、鼎力扶持的结果。展望未来，泰科微通讯任重道远、前程似锦。欣逢盛世，百业兴旺，机遇与困难同在，挑战与希望并存。

弄潮儿，勇向涛头立。泰科微通讯公司董事长丁勇将带领企业和全体员工闯市场、走天下，将以诚实守信、顾客至上、为民造福的经营服务赢得社会各界朋友的赞誉支持。

海阔凭鱼跃，天高任鸟飞。回首过去，岁月如歌；展望未来，任重道远。在市场经济大潮中成长起来的泰科微通讯正显示出前所未有的勃勃生机，我们相信，泰科微通讯的明天将更加美好，创造的业绩将更加辉煌。

袁丞

　　1989 年 12 月生，江苏丹阳人。2013 年毕业于加拿大北英属哥伦比亚大学（UNBC）人力资源管理专业，本科学历。2016 年正式任职江苏恒立弹簧有限公司总经理。2017 年，与"新核云"签下了长期战略合同，开始恒立弹簧运营新一轮的改革，这是数字化、信息化和智能化的全面革新。江苏丹阳导墅恒立弹簧现在年产大约 1.2 亿根弹簧，2020 年年销售近 9000 万元。目前全球汽车行业排名前十的零部件供应商中，其中有六家就是恒立弹簧的客户。

创业青年
风采录

Chuang Ye Qing Nian Feng Cai Lu

一根弹簧传承的中国工匠精神

□文/周建新

人类历史上，树苗和幼树的枝干有弹性很早就被原始人注意到了，把一根棍子活结把它拉下来，张力一旦释放，棍子就会反弹回来。事实上，弓就是以这种方式利用幼树苗弹性的原始弹簧。

十八世纪的工业革命来临之际，提出了要大量的，准确的，廉价的弹簧。

20世纪90年代，我国工业化进程迅速发展。

1989年至2001年，中国工业实现了"世界一级，中国三级"的跨越式发展，其发展速度是世界工业发展速度的三倍。

21世纪工业生产发展日新月异，对弹簧应用提出了更高的要求。弹簧的功能已经从原来的简单复位，延伸到了缓冲、计量、助力、储能等众多应用。对弹簧的要求也从追求弹力强，转变为弹力精准、寿命持久，甚至耐高温、耐腐蚀、变刚度等特殊性能。而对结构复杂的高精尖技术弹簧却只有少数精密弹簧厂家有能力生产，且产量远远不足以满足市场需求。

父辈的旗帜

中国最早弹簧厂创建于 1937 年 4 月，当时在上海日商开办东亚厂生产弹簧。其中有六位工人觉得这样的生活苦累不堪，难使各家安图温饱，并且不甘心为日本人服务。抱着与人做不如与己做的思想，遂大家商量一不做，二不休，寻觅场地，另谋生计。

于是，大家拼凑钱财各出一股入伙，由此七人六股半起家。租居半间房子，通过途径搞到一台土制冲床和材料，添置一些简单生产工具，利用在日厂熟悉的内外关系，开业生产销售纺织弹簧、五金配件。

到了 80 年代中国乡镇企业异军突起。尤其苏南地区是乡镇企业的发端地，形成"以发展工业为主，集体经济为主，参与市场调节为主，由县、乡政府直接领导为主的农村经济发展道路"，被称之为"苏南模式"，其产生的积极效应异常显著，使苏南经济保持了 30 多年的高速发展。依托 20 世纪 80 年代初期的历史机遇发展村工业经济。早在 70 年代就开始办厂的村集体工厂中，有著名的华西村。

导墅地处丹阳东南，临近常州，一早开始兴办村集体企业。袁丞的祖父袁树茂与其说是弹簧厂厂长，不如说是弹簧机械攻关小组组长。偌大的车间设在公社食堂，生产机械设备稀稀拉拉只有几件，连他一起 4 个人，这四个人即是社员，也是技术员，还是维修工。那个年代，毛主席语录印在机械操作手册第一页，墙上刷着"工业学大庆，农业学大寨"。苦干加巧干，可是没有好的加工机械，全靠人力和一把尺子。以及简陋的卷簧机，吃尽苦头，才能勉强造出能用的弹簧，但产品还不能让人满意，父辈那一代的人工成本，几乎忽略不计，产品不管好坏，供销统筹，单纯意义的生产也根本无助于技术的前进。

"我爷爷袁树茂如果现在还活着要有 90 岁了，20 世纪 70 年代，他担任了村办弹簧厂厂长，当时只有'三四个人、七八条枪'，生产设备简陋，生产效率低下；直到 1992 年，我的父亲袁国平创办了'恒立弹簧'，主要生产摩托车气门弹簧、避震弹簧和纺织机械弹簧等，企业也从此走上了快速发展道路。"

袁丞谈起弹簧简直是一部活的历史书。

80 年代初，弹簧作为通用基础件，量大面广，应用领域几乎涉及国民经济所有领域。由于使用环境、场合、功能各异，使各种弹簧的形状和大小差别悬殊，品种繁杂。正因为弹簧本身的固有特征，生产弹簧投资不大，入门技术门槛不高，所以吸引了不少厂家投资于此。期间由于爷爷袁树茂在弹簧场长期生产经验的摸索，使得父亲袁国平从小耳濡目染，子承父业，也加入了弹簧事业。

进入九十年代，中国摩托车工业发展速度像是按下了快进键，不少企业开始研发、生产摩托车。例如九十年代春兰集团创立了春兰摩托车品牌，其所生产的春兰虎、春兰豹，因为做工和品质不亚于进口品牌，后起之秀的春兰成为国产车销量王者之一。

全民摩托化导致的结果是用于摩托车的减震弹簧需求大大增加。

摩托车的弹簧减震是最传统也是最亲民的一种，市面上绝大部分的车型上仍然在采用这种的减震类型。恒立弹簧厂，几乎与时下繁盛的摩托车行业捆绑在一起，日夜兼程，踏上了起飞的道路。

子承父业

90 年代生产弹簧工艺比起 70 或 80 年代的生产设备上有了比较大的进步。恒立弹簧厂当时添加了轧扁机、轧方机、喷丸机、自动卷簧机、自动磨簧机、热处理设备和测试设备，能够生产 0.1 毫米至 30 毫米之间弹簧。

当时摩托车弹簧问题一般是由于材料不过关导致，弹簧主要在动载荷作用下工作，因此，要求弹簧材料具有高的抗拉强度极限、屈服极限、弹性极限和疲劳极限，同时要求具有高的冲击韧性和塑性。在特殊条件下使用的弹簧，如在高温、低温、腐蚀介质中及衡器仪表上使用的弹簧，除上述要求外，还要求具有耐热、防蚀、导电、防磁、耐低温以及恒弹性等性能。因此设计弹簧时，选择合适的材料是一项技术性很强的工作。

摩托车由于离合器与变速箱故障离合器、变速箱的故障，不仅常见，且影响车子的正常行驶，须及时加以排除。

长久使用后，离合器弹簧压力不足造成打滑。弹簧压力不足通常是由于弹簧受热变软或离合器片磨损造成的，这是摩托车损耗比较大的一块，因此这一行需要大量的弹簧。

有些厂家质量不过关，采用的材料是次一等的钢材，价格是便宜了，到关键时刻可是要出人命的。

袁丞在回忆父亲袁国平时代的工厂场景时说道："弹簧在骑行中常受交变和冲击载荷，又要求有较大的变形，所以弹簧材料应具有高的抗拉强度、弹性极限和疲劳强度。在工艺上要有一定的淬透性、不易脱碳，表面质量好。"

袁丞戴着眼镜，面相和善斯文，谈吐敏捷，他更像个学者，温文尔雅的儒商，而不是风风火火的将军。父母从小就把他送到外地的寄宿学校念书，当时幼小的他还一直不理解父母的心思，一直误以为是父亲不喜欢他，当然那时的他才10岁，确实什么也不懂。直到他开始上高中时，他才渐渐理解父亲和母亲的用心良苦。因为是国际学校，上学期间不免也会接触一些海外的交流生和老师，中学期间也有几次出国游学的经历。这些经历让他对外面的世界充满了好奇。在高二的时候，他主动和家人提出出国留学，去看看外面的世界，当然，也是想学习学习西方人不一样的管理理念，将其带回自家公司。

五年北美生活后，2013年袁丞回到上海一家美资企业工作了半年后回家了。从2011年恒立弹簧公司已经开始接洽了一些外资客户，也拿到了几个好的项目。从后来的实践总结中，袁丞觉得，跟项目确实蛮锻炼人的。

因为开始做一个项目时，项目经理就得从头到尾紧跟。从前期的所有筹备工作，验证，跟客户的交流。到后期的成本到设计控制，质量的保证等等一系列的工作，窥一斑而知全豹，你可以完全了解整个行业的运作。

其实从2014年入职当年他手里拿到了4个来自舍弗勒（德国）的项目。这几个项目对当时恒立公司来说是新的产品，之前没有接触过类似的应用，对很多要求和标准都不是很了解，但舍弗勒一直是他们想要打进去的公司，他们不想错失如此来之不易的机会。这一年里，工作日他带着团队跑客户，跑供应商，

周末邀请专家来公司给他们上课培训。过程中他们多次碰壁，几次交样都存在问题，客户几乎已经准备放弃，在他屡次当面，相求下客户方给了他们最后一次机会，他们整个项目团队，在了解到他们真正存在的问题之后，连续1个月的加班加点，最终将项目拿下，并取得了客户对他们的认可，在短短6年里该客户在恒立公司的采购额已经翻了10倍了。

当时，他们买的特定材料是瑞士企业的，瑞士企业给的材料型号跟图纸上的型号不一样，造成了一些客户的误解。那时候只能自己带队，到客户现场去跟他们确认，把与供应商的材料拿到第三方去化验。把机械原理及机械性能，元素，各方面全部都做得好好的，送到客户那边去汇报，另外，图纸上还有一些特殊的要求，因为没有做过同类产品，当时他们对怎么正确校验确实不懂。

在机遇与挑战面前，不懂不能放弃，一定要把不懂的问题一个个解决。于是袁丞偷偷跟着他们工程师，跑到他们家门口去请教，必要的时候还需要把专家堵在路上，请他们来吃饭。大家聊聊天，关系处处好，让老外教教他门。外企确实是有经验与技术的，但要让人家好好地告诉你，你得耐心等待，好在人心都是肉长的，最主要的打铁还需自身硬，在卧薪尝胆式的努力下，心血终于没有白费，他们获得了成功。

只有做事情认真，人家才会高看你一眼，一定要到外资企业里面去，在外资企业生存很不容易。但是你一旦可以打入他们的供应链，而且他们觉得你们拥有好的技术与能力，有好的质量，价格都是次要的。供应商的质量表现和供应商的开发能力在同等条件下，如果你的质量表现和技术能力比你的竞争对手好，你的产品价格比别人高那么一点点是可以接受的。

项目经理一做就做了三年。2014—2016年，然后袁丞正式被任命为总公司的总经理一直到现在，当时的话，作为恒立弹簧总经理管的东西就更多了。比起项目经理的单一性，而面对整个工厂事情就会变得复杂起来。运营，成本核算，投资策划，厂房规划，产品未来设计，产品发展方向等等一系列问题。

质量是生命

袁丞从小在外求学的经历让他成了一个性格开朗，思想开放，敢想敢做的人。在参加工作的几年里，因为是运营家族企业的原因，自己也想尽快跟上公司的节奏，公司的大大小小事物他都不敢怠慢，事情不做完美绝不罢休，这也让他养成了做事认真负责，有始有终，遇事不惧，处变不惊的做事风格。

袁丞在采访时说道："我认为每个工厂都是小社会，都不一样的。人情世故也好，你看下我们，我们的人，50%以上都是20年工龄。在跟工厂一起发展到现在这种模式。那我，如果是我，我跳出去自己创业处组建全新的团队，那又是一种管理的模式，还是需要我们自己去动脑筋去推敲的。不是说去上两年学就能学到的还是要自己要花精力，接触了更多的人，接触了很多想法，会充实我脑子里面，对世界观的建立，人生观的建立，是有一定的帮助。包括待人接物。我觉得出国的经历让我就看事情的变得更客观，我觉得很多时候，我不会特别容易被一些过激的言论左右，比如说被别人带节奏，我们更不要过度的去解读一些东西。"

2008年的夏天，18岁的他来到了地球的另一边加拿大北英属哥伦比亚大学（UNBC），并开启了一段不一样的学习人生。在外求学的几年里，他不仅学到了很多专业上的知识，更多的是他结识了很多国内国外的朋友，了解了当地的文化也同样了解了我国大江南北各地的文化。通过大学的课堂他也认识了一些当地企业在职的管理者，也有幸去到他们工厂实习。实习过程中他也深刻地体会到，西方的企业管理中对人的专注度。安全，健康，福利甚至与员工对公司的满意度。至今他还依然记得当时实习公司人力资源副总裁跟他说的一句话："人，是一个企业最大的财富，员工在企业的幸福感是企业正常运营的重要保障。不要以为员工的满意度只是单纯的增加福利，我们要做的还有很多。"

在谈到企业如何把握好产品质量问题时，他说道："当然我们需要建立好的质量体系，我们现在弹簧产品从2003年通过ISO9001，到2007年通过ISO\TS16949，直到2009年通过ISO14001，几年便会稳步上一个台阶。

从原材料到成品出库都要做好，有些要走的步骤一步不能省，从原材料到成品顺利地完成，保质保量。其次的话我们通过一些简易的手段，在条件全部允许情况下我们必须事先全检出货。因此到了客户手里的时候，我们的产品都是免检的，客户抽检一下就发下去用了，因为我是承诺客户，我的产品都是全检的，我这边恒立产品绝对没有问题，慢慢的慢慢的，一年，两年，三年，四年，确实没有问题，恒立企业的产品没有问题。因为对于客户来说，他们去找新的供应商，会花很多的精力。而且需要一年两年时间通过审核和整改，他们不愿意去花时间去找供应商，对他们来说，成本太高了。我们只要做好我们分内的工作，给到客户满意的产品，成功我觉得是水到渠成很容易的事情，也不需要我们去花太多的精力去公关。你产品做不好，你再公关都没有用，你请人家客户吃你的饭都吃得拘束不开心，不消化。一开始的话就那么一两家外资企业肯定了我们的产品，但是他们都相通的，别的外资他们会打听你在用谁家产品，谁家质量最好，最值得购买。"

2015 年，公司合作多年的客户大陆汽车电子找到恒立弹簧公司，希望本地化一个产品，客户方的要求是产品的生产工艺必须完全符合国外原供的工艺。但原供工艺中的"特殊热压工艺"在国内还没有成熟的经验，因为多方面原因，客户也给他们看了一些产品在未来的市场，他们决定放手一搏。公司内部成立的专项小组，袁丞领队，在行业中寻找各种可行性方案，他们也专门请了德国的弹簧专家，在长达 1 个月的调查后，他们自己开发了一台设备，且完全符合客户的需求。在设备制作调试完成之后，他们用了半年的时间进行打样和路试，最终在当年年底成功量产。随后的几年里，客户陆陆续续把几种同类型产品转移到我们公司生产，到目前为止客户已完全不靠进口，100% 从我们公司采购。我们公司也因此在当年被大陆汽车电子评为"最有价值供应商"。

在流行语"内卷"与"躺平"之中，袁丞的理念无疑选择了内卷。科学技术的前进不是懒汉们创造与推动的，人类能够达到食物链的顶端，无疑是在不断的适应与竞争中，才能在万物里脱颖而出。

新的希望

2016 年袁丞正式任职江苏恒立弹簧有限公司总经理，他开始把他的工作重心放到公司的运营管理和未来规划。他策划在公司内部培养管理人才，通过对有潜力人员的提拔，培训，考核，他找到了一批可以帮他做改善的"帮手"。

培训团队会告诉给他的员工们："国防事业我们也做出了一份贡献，我们也出了我们的力，那你觉得我们应该感觉到自豪，但感觉自豪的同时，我们要了解到你们做的产品有多关键，你们的责任有多重大，我们产品失效了，出问题了，那是非常严重的。"

你要不断的跟员工去讨论，让他们知道些事情，他们才会心里面有个底。在干活的时候，他会格外小心，也是一份他们应该有的责任。精益求精，再差的一半也要做，我们必须把它做好。外国人能做的事，中国人也能做。以前跟老外比，我们必须得承认很多东西我们确实是不如人家，当然我们得学习人家的一些先进的方法，也学习老外的一些管理的模式，通过跟外企学习，我们也算是站在巨人的肩膀上做些事情。

袁丞心底最终要的是一个企业系统性的改善，光有人还不够，他还要一个有效的工具。因为常年与客户打交道的原因，他也多少了解一些外企的管理方式。他也一直记得：SAP，ERP，MES 这三大管理工具是几乎每一个外企的客户都在用的管理软件，一直以来他也在行业中关注这些。

在 2017 年的"工博会"上他遇到了"新核云"，在展会中，他们向他展示了系统的操作，他非常兴奋，因为当时他就知道，他终于找到了他一直在找的"工具"。这是一个结合 SAP，ERP，MES 三大功能的系统软件。随后一个月，他便与"新核云"签下了长期战略合同，开始恒立企业运营新一轮的改革，这是数字化，信息化和智能化的全面革新。

江苏丹阳导墅恒立弹簧现在年产大约 1.2 亿根弹簧，2020 年年销售近9000 万元，目前共有 2000—3000 个不同型号的弹簧。其中最小的直径 0.12毫米，只比头发丝粗一点点；最大的直径 30 毫米；最贵的一根弹簧销售价 3

万元，可以在 700—800 度的温度下正常工作。目前全球汽车行业排名前十的零部件供应商中，有六家是恒立弹簧的客户。

在过去几年里，恒立弹簧公司也非常感谢政府对他们企业的大力支持和帮助。有了政府在大方向上的把控这也让他们企业更有信心的往前冲。袁丞始终坚信一句话："企业的发展绝对离不开政府的关怀，政府的关怀同时也来自企业的回馈。"做企业不仅仅是创造盈利，更多的是通过企业创造的价值来回馈社会，回馈国家！

庄海涛

  1982 年 10 月生,江苏丹阳人。2017 年,庄海涛回到家乡创立了江苏省正理电器有限公司,这是镇江地区唯一一家空调生产企业。3 年的发展,公司从之前的单一产品家用空调到现在形成多系列产品,包括北方煤改电项目的地源热泵节能改造、集装箱一体空调、卡车驻车空调等多个项目。在企业经营发展的同时,他高度重视技术创新和积累工作,公司陆续申报了 18 项专利,2019 年 9 月,他在珥陵镇当地扩展企业规模,带动了周边商铺、餐饮业的发展,对地方经济起到了积极的推动作用。

创业青年
风采录

坚持"正理"，回乡创业

□文 / 许静

　　他从珥陵走出，秉承着"想做一点事"的理念带着资金、人脉和技术回到了珥陵。2017 年他回到家乡创立了江苏正理电器有限公司，这是镇江地区唯一一家空调生产企业，不但优化了当地产业结构，还盘活了珥陵部分闲置厂房。3 年的发展，公司从之前的单一产品家用空调到现在形成多系列产品，包括北方煤改电项目的地源热泵节能改造、集装箱一体空调、卡车驻车空调等多个项目。在企业经营发展的同时，他高度重视技术创新和积累工作，公司陆续申报了 18 项专利，其中 2 项发明专利产值从原来的 400 万元人民币发展到 2019 年的 2400 万元人民币。他深知公司点滴的发展都离不开属地政府以及当地群众的支持，所以 2019 年 9 月之后他又把与河南新飞家电产业园合作的项目停掉，聚精会神地在珥陵镇当地扩展企业规模，加大投入，并带动当地就业约 80 余人。自从公司入驻珥陵镇云林地区以后，曾经略显没落的小集镇又开始热闹起来，也带动了周边商铺、餐饮业的发展，对地方经济起到了积极的推动作用。他就是江苏正理电器有限公司总经理——庄海涛。

耐心沉淀，厚积薄发

一个成功创业者的背后，总有一段艰辛的奋斗经历，庄海涛也一样。庄海涛毕业于常州工程职业技术学院制冷与暖通专业，后进入常州新科空调厂实习。作为实习生都是从最基础的"打螺丝"干起，在流水线上"打螺丝"并非易事，一是机械化动作多，二是时间长，三是工资低。而且流水线属于是一个萝卜一个坑，如果一个人跟不上，就会影响到整条线的制造进度。庄海涛就从最基础的"打螺丝"入手，学会了第一项属于自己的熟练技能。直到现在，庄海涛的这份手艺还没有丢，只要用耳朵听，就能够听出谁打得好谁打得不好。由于在流水线上的优秀表现，庄海涛调入成品检验科，经过一段时间的努力当上了实验室主管。之后又回到了流水线，成了负责一整条流水线的班长。随着新科空调的快速发展和自身专业技术的积累，庄海涛进入了生产技术领域，当上了主管生产技术和质量的车间主任。就这样，庄海涛前后在常州新科空调厂工作了7年，从一位普普通通的实习生成长为经验丰富的技术骨干，也为自己之后的创业道路打下了第一道地基。

2007年10月份，庄海涛进入浙江正理电器有限公司。这家公司在空气源热泵热水器方面有着先进的技术，庄海涛本着学习先进技术的心态在公司工作了几个月时间。由于庄海涛在常州新科空调厂做过设备科科长，实验室中的许多设备出了问题，只有他才能修好，于是，庄海涛只能利用周末时间，来回奔波于浙江乐清和江苏常州之间。后又经人介绍，庄海涛进入常州木艺空调厂担任负责采购与生产的副总经理，后来又做了总经理，在该厂工作了两三年时间。庄海涛通过这些不同的工作经历，凭借自己的出色表现，逐渐在周边地区打响了自己的名声，为自己的创业道路打下了第二道地基。

庄海涛并不满足于自己已有的成就，他本着学习永无止境的心态，毅然离开常州，前往河北邯郸美的分公司，学习美的先进的管理经验。庄海涛在美的学习了两个月后，选择留在河北，利用技术入股，担任了河北一家空调厂的总经理。在先前的工作经历中，庄海涛虽然接触过空调生产经销的每一个环节，但往往是每次专攻一项。但在河北这家空调厂，他同时负责生产技术、质量、采购、销售等每一个环节，庄海涛第一次有了实战的战场。通过这样一个战场，庄海涛在反思自身不足的基础上，将自己的技术与经验融会贯通，形成了自己的一套风格。就这样，他在河北干了5年，不仅积累了经验技术，还积累了一定的客户与人脉关系，更重要的是积累了一定的资金，为自己的创业打下了最为坚实的一道地基。

回到家乡，创立正理

2017年，35岁的庄海涛回到了自己的家乡珥陵镇，创立了江苏正理电器有限公司。在此之前，庄海涛的年收入达到200万元，已然是一位实现了财富自由的成功人士，那他为何要放弃稳定的收入，从零开始，自主创业呢？

庄海涛十几岁就离开了老家珥陵镇云林集镇，在外学习工作十几年后发现老家并未发生多大的变化，也没有多大的发展，并且农村的年轻人越来越少了，农村空心化现象越发严重。庄海涛想，自己富起来了，也应该让自己的家乡发展起来。自己有这样的能力和愿望，响应国家乡村振兴战略，回乡创业给家乡提供一定的就业机会，吸引年轻人的部分回流，为农村空心化问题带来一定的改善。再加上自己有自主创业的梦想，于是，庄海涛下定决心，回乡创业。

当然，仅仅依靠一腔热血投资创业是远远不够的，还要结合实际情况，庄海涛分析总结了能够在家乡投资创业的三个条件。一是老家人民吃苦耐劳。云林集镇有一部分劳动力，虽然年龄结构偏大，但是老实能吃苦，精神状态非常好。二是当地政府各个方面比较支持。政府出台多项帮扶政策，给企业营造了比较轻松的氛围，从而能够让企业发展做到因时制宜，因地制宜。三是自己十几年的积累，不管是技术、资金，还是渠道、人脉，都已经有了较为扎实的基础。庄海涛的父母都是地地道道的农民，他形容一开始的自己是"三无人员"，即无人手、无资金、无人脉的创业人员，而"正理"之名取自"正确的道理"之意，庄海涛经过自己一步一步的努力，依靠这些正确的道理，从一个"三无人员"

成了"三有创业者"。

自主创业的小微企业往往存在好高骛远的弊病，创业者一腔热血想要干出一番成绩，跻身行业前列。庄海涛一开始的目标十分明确，就是尽快赚到第一桶金，养活自己，先生存下来。江苏正理电器有限公司一开始主要是提供OEM代加工业务，即俗称的贴牌代工，就是品牌方提供产品配置，然后代工方提供一个合适的价格，为品牌方生产。正理凭借自己成熟的生产线和过硬的质量，在公司成立初期就能为中松、康拜恩、新飞、荣事达等知名品牌提供代工。就这样，正理电器成功渡过了公司发展的初期。

当然，庄海涛并不满足于帮别人贴牌代工，而是想生产自己品牌的空调。但是空调市场已经是一个十分成熟的市场，格力、美的等一线大品牌已经将市场瓜分完毕。庄海涛凭借自己多年深耕于空调行业的经验，将市场瞄准在江浙沪的外来务工人员和山东、河北、河南的农村地区，推出了正理空调。到如今，正理电器公司从之前的单一产品家用空调到现在形成多系列产品，包括北方煤改电项目的地源热泵节能改造、集装箱一体空调、卡车驻车空调等多个项目，年产值也不断增长，已经成为镇江地区最大的空调生产企业。

克服困难，立足市场

江苏正理电器有限公司从 2017 年成立以来，公司发展并非一帆风顺，而是经历了两个比较困难的挑战。一是格力、美的等一线大品牌的价格战；二是新冠疫情的影响。

2019 年双十一前夕，格力电器在官微上发布的公告拉开了空调价格战的帷幕："为让消费者免受低质伪劣产品之害，享受高质量的生活，建立诚信、公平的市场环境，我司作为荣获'中国质量奖'的企业，有义不容辞的责任和担当。为此，格力电器将拿出精品机型和最优价格回馈消费者，变频空调最低1599 元，定频空调最低 1399 元，总让利高达 30 亿元。"自此，格力、美的、海尔、奥克斯等空调大品牌的价格战正式打响。这种看似有利于消费者的品牌厂商价格战看似有利于消费者，实则对空调行业整体发展产生了巨大的影响。这种价格战不利于自己的发展，更不利于行业的发展。格力、美的等国产一线大品牌竞争瞄准的对象本该是大金、三菱等一线国际品牌，他们有技术，有积累，有资格也有义务去缩小和国外一线品牌的差距。但格力、美的等国产一线大品牌打起了价格战，在行业内引领起压缩成本，偷工减料的风气。由于美的、格力两家的市场份额占去空调全行业的一半以上，因此价格战的爆发血洗了部分二三线品牌的市场空间。如果二三线品牌想继续以价格优势领先，在空调行业整体利润空间较大的情况下还有可能，自己定价低也许只是少赚点，现在当格力、美的整体"大放价"，这时二三线想继续保持低价，那就要冒着亏损的风险去赌市场。

庄海涛称 2019 年的价格战对正理空调是致命的打击，没有什么事情比这个打击还大。但是庄海涛敏锐地找到了自己和大企业价格组成的核心差异，即正理空调是直营直供给消费者，相比于大企业减少了很多中间环节。大企业每台空调的管理费用、广告费用、销售费用等不可避免，这些都是正理空调的优势所在，也是正理空调能够扛过一线品牌价格战的核心。在价格战过后，格力、美的等一线品牌元气大伤，与大金、三菱等国外品牌的差距也被拉开，而正理牢牢把握住自身的核心优势，在二三线空调品牌中占据了一席之地。

正理电器遇到的第二个挑战就是新冠疫情的影响。2019 年底的新冠疫情如山洪暴发一般席卷全国，国内全行业都受到了影响，正理电器在 2020 年三、四月份没有任何生产。由于正理电器的主要销售对象为江浙沪周边的农民工，受疫情影响人口流动受限，空调需求低，销量受到了很大的影响。如今进入疫情常态化阶段，庄海涛意识到正理空调应该拓宽思路，一方面减少企业内的非生产人员，另一方面进一步拓宽销路，开发周边省市的农村市场。就这样，庄海涛立足于自身的优势，顶住了压力，生存了下来。

短短几年时间，庄海涛克服了创业路上的两大挑战，在二三线空调市场打出了威风，打出了名声。

精准定位，集聚优势

正理空调能在趋近于饱和的空调市场有自己的一席之地，离不开庄海涛对正理空调精准的定位。庄海涛将正理空调的消费群体指向两个区域，一是江浙沪周边的低价市场，二是北方农村市场。

江浙沪周边的消费群体主要有三类：一是江浙沪的外来务工人员；二是建筑工地；三是小型的私营区业主，如小吃店、小理发店、小宾馆之类。这些消费群体的共性就是他们需要性价比较高的空调，同时空调的功能要求较低，只要能做到基本的制冷制热即可。而正理空调能够满足他们所有的需求，同时也没有那么多他们用不上的高大上功能，尽可能地做到价格低质量高。

同时庄海涛也注意到北方农村的广阔市场，山东、河北、河南等农村对性价比高的空调有很大的需求。北方农村的空调市场主要通过经销商去推广，正理空调由于价格低，利润高，颇受经销商的青睐，经销商也愿意帮助正理推广。就这样，正理空调在北方农村市场也取得了不错的成绩。

庄海涛总结说，做空调关键在定位准，定位不准的话，做的都是无用功，如果一心想着和格力、美的竞争的话，那就只有关门，找准定位，那就能活下去，干下去。

正理空调的另外一个优势就是各种差异化产品，比如针对集装箱推出的集装箱空调，建筑工地的工人经常会住在集装箱宿舍内，集装箱内空间比较小，集装箱空调功耗低、占地小，在工地上有一定的市场。还比如木材烘干和茶叶烘干空调，以往木材、茶叶等烘干往往使用煤烘干，但是国家一系列环保政策的出台，不允许采用煤烘干。庄海涛抓住机会，针对开发了一套空气源烘干方案，烘干空调出风温度可以达到85度，完美替代了煤烘干。类似的还有厨房类空调等。一线品牌认为这类产品没有量，不值得单开一条生产线，正理空调则抓住机会，抢占市场。

与此同时，正理空调也开发了一部分技术含量较高的空调，比如5G基站机柜中使用的太阳能空调。由于机柜中的设备发热量较大，需要保证温度控制在 26℃左右，这样能保证设备的正常运转。庄海涛根据要求，结合节能环保，推出了太阳能空调，这种空调在有太阳的时候可以使用太阳能，在没有太阳的时候才使用电力。这种空调不仅拥有自己的专利，并且也有着不错的利润。

庄海涛凭借着对市场的独到理解，以家用空调为基础，将市场细分，做出了不同于一线大厂的差异化产品，逐渐积聚了自己的优势。用他自己的话说，格力、美的是空调市场的航空母舰，而正理则是小河里的木船，航空母舰固然厉害，但小木船也有着自己的用处，哪怕是木盆，也可以去采菱哩。

不忘初心，回报社会

江苏正理电器有限公司成立至今，庄海涛始终没有忘记当初回乡创业的初心。当初庄海涛回到家乡，看到了家乡的空心化，想到了自己所能做的，可以解决小部分的农村空心化。如果把产品做好了，就可以带动周边相关的产业集群，可以让一些有能力有抱负的年轻人回到家乡。事实证明，庄海涛确实做到了，他在 2019 年 9 月之后把与河南新飞家电产业园合作的项目停掉，聚精会神地在珥陵镇当地扩展企业规模，加大投入，并带动当地就业约 80 余人。自从公司入驻珥陵镇云林地区以后，曾经略显没落的小集镇又开始热闹起来，也带动了周边商铺、餐饮业的发展，对地方经济起到了积极的推动作用。

不仅如此，庄海涛还热衷于当地的公益事业。2021 年 6 月，庄海涛向珥陵卫生院捐赠的 3 台一体式空调，安装在疫苗接种的遮阳棚中。如此一来，前来接种疫苗的居民，再也不用担心高温烈日了。他说："珥陵卫生院每天前来接种的人很多，排队的时候产生的热量很大，过几天天气就比较热，会达到三四十度，在这个温度的情况下面，空调能够把里面的温度降到人体比较舒适的温度。为什么捐赠也很简单，我作为本地人，当地的群众和政府对我们有很大的支持，我本身也是做这个产品的，所以我自然而然地把这个产品和大家一起分享，政府和群众给了我们很大的支持，我们也应该反哺他们。"2021 年 6 月 25 日，庄海涛去珥陵镇云林幼儿园，向幼儿园捐赠了 4 台空调。庄海涛表示："孩子是祖国的花朵，未来的希望，希望在全社会的关爱下，孩子们更加快乐成长！希望通过我们一点微小的努力，让孩子们在爱与清凉中度过酷暑。"

庄海涛总结了自己能够成功创业的三点原因，一是自己不忘初心，始终牢记自己创业是为了给自己的家乡带来发展，所以能够获得当地政府和百姓的诸多帮助。二是自己比较专业，对空调行业的各个环节非常熟悉。三是自己非常敬业，能够全身心地投入。正是因为庄海涛坚持了这些"正理"，才能够带领正理电器在正理之路上越走越远，越走越强！

冯文兵

　　2005 年初中毕业后在一家机械工厂上班。2006 年开始在无锡从事纯净水生意。2008 年在网上开始销售红木家具并取得了不错的成绩。2009 年从事面机销售工作，在销售工作中，冯文兵发现了传统面机的种种缺陷，觉得面机需要大幅度改进。2014 年，冯文兵创建了烽创机械公司的前身——福临机械。而令人意想不到的是，经过短短四年的发展，公司规模不断扩大，2018 年带动员工就业达到一百人左右。在 2020 年丹阳市创业大赛中，冯文兵的鲜面生产线研发项目获得了优胜奖。

创业青年
风采录

⋮

从送水工到面机王的创业之路

□文／周建新

在我国，面食文化博大精深，种类繁多，十分美味，造就了极其丰富的饮食文化内涵。面食行业作为餐饮的一部分，拥有极其广大的市场份额，而面食中的面条更是有着源远流长的历史。

中国面条文化的两个最基本内容为：一是面条的制作工艺和技术；二是消费行为的方式方法。前者特别对于中国传统面条的制作，与其说是技术，不如说是艺术。

在江苏丹阳珥陵镇就有这样一家企业，用不断创新的面条制作工艺和科技创新，使传统面食在更安全、营养、健康的道路上不断迈进。这就是丹阳烽创机械制造有限公司。

一

无锡给人的感觉就像是置身于一幅古代江南所特有的古老画卷。著名的京杭大运河即从这里经过，其上来来往往的船只络绎不绝，河岸两边繁忙的景象让人一下子就想到了"清明上河图"。

此刻，一位骑着三轮摩托叫作冯文兵的青年行走在河边的林荫大道，身边是不断飞驰而过的各型汽车，炎炎夏日下，大滴的汗珠从他的脸庞滚滚而下。

有时理想的蓝图可以把人的热血点燃，眼前的一车纯净水，像一座亮晶晶的小山，又似乎是一处挖掘不尽的宝藏。在冯文兵充满希望的心中也许只要 10 个家庭里有一个能喝上他的水，他可以走上福布斯排行榜。每天他骑着一辆电动三轮车，穿梭于无锡城市的大街小巷，在川流不息的车流人海中，他变成了一条在大海的波涛中奋勇向前的鱼。

回想一年前刚来到丹阳这家机械制造厂，他还是一位稚气未脱的青年，看着车间里形形色色的钢铁巨兽，心里甚至有点惶恐，难道一辈子就与这些铁疙瘩打交道了？从师傅面无表情的脸上他看到了未来一片灰暗。

2006 年的中国机械制造业还处于广而不精的阶段。各种技术严重依赖国外，与工业发达国家相比较，还存在很大的差距。主要表现为产品质量和技术水平不高，具有自主知识产权的产品少，而且制造技术及工艺落后，结构不够合理，技术创新能力落后，在先进制造技术和生产管理等方面，也存在一定的差距。况且随着社会的发展，人们的生活水平日益提高，各个方面的个性化需求越加强烈。作为已经深入到各行各业并已成为基础工业的机械制造业面临着严峻的挑战。

对于他这么一个刚从学校踏入工厂的学徒工来说，工资少得可怜的。美其名曰学技术，其实就是一个装卸铁疙瘩的廉价劳动力。

3 个月的普车学徒工作，这是冯文兵"机械专业"的开始。因为年少，以及刚入厂的新鲜感，他对车间里卧着的铁床很是好奇，对手脚熟练的牛逼师傅们产生了由衷的敬佩。由于害怕别人说他笨，却又不敢多问。总是带着诚惶诚恐的心情指向红绿按钮，机器发出一阵阵刺耳的声音，直到成品落地，才会松口气。而老师傅们的手，像魔术师，又似久练的铁砂掌，内含功力，这一拨，那一拉，这一抬，那一压，铁块变成一团面粉，可以任意揉捏。

重复机械的工作，让他早晨睁开眼就到了堆满钢铁料的车间，熬过8、9个小时，下班后，往床上一躺，基本不想动了。

一入机械深似海，一般在机械行业工作几年以后，人与人之间便开始了分化。同一批入职的工友他们之间的差距可以说是天差地别。

有的人赚得盆满钵满，有的人则始终拿着低微的工资，看着灰暗无光的道路，苟且度日。

机械行业特别容易把一个人边缘化，透明化，因为在大部分非研发的机械公司里，员工的能力都是靠经验积累起来的。在这种情况下就会发生一个情况：一个平庸的机械工程师在公司里基本没有任何价值，说句不夸张的话，你前脚离职，后脚马上就会有一个人完全顶替你的工作。

在丹阳公司里有很多工作了6、7年的机械工程师，他们的头衔是：资深机械工程师。

翻译过来就是：没啥用处的员工。他们中有的人到了油腻中年大叔工资也仅仅是6000多块，每年涨工资最多也就几百块钱。

而这样一群没有"野心"，没有忧患意识的人，很遗憾地说某种程度上他们已经废了。因为他们不仅在本公司混不上去，更悲哀的是他们也无法跳槽。因为百分之九十九的机械公司，他们提拔管理层都是从内部提拔，非常少会外聘，这也是机械行业和互联网行业的巨大的差别之一。

反观有一些老同事，他们混得稍微好一点的，已经当上了设计主管或者现场经理，年薪15—30万不等，混得最好的甚至已经成了项目经理，非常有钱，一个项目甚至可以拿到上百万。

在十五年前，对于一个懵懂青年来说，还远远没能够看清自己在这个迷雾重重的机械行业里能走到一个什么位置。

2017年，在他成为烽创机械老总时，对员工的价值进行了一番总结："任何一个员工或者管理者，在企业上班，都必须要懂得上班不是拿工资的理由。企业雇佣员工或者管理者，并不是购买他们的时间，而是购买员工的工作成果，员工按时上下班打卡，并不代表他是合格的员工，公司购买的是在工作时间内一个人的绩效和每一份产出，所以上班不是拿工资的理由，提供结果才是得到报酬的原因。"

二

日复一日的工厂生活，冯文兵感到迷惘，这是一种重复机械的劳动，每天在车床前守候着，成型二三百个零件，他才能拿到一百块。一个月几乎不能休息。休息一天意味着少一百块，而他一天的吃饭，上网，香烟，饮料之外，几乎所剩无几。

无锡"小外滩"地处运河西路，这里绿树成荫，环境优雅。"小外滩"作为锡城恋人的根据地由来已久，树下石凳坐着一对对卿卿我我的恋人，成了一道著名的风景线。

那一年，夏日的微风吹过他的发梢，运河水散发的气息使他心中升腾起一股淡淡的情愫，脑海中那位白衣黑裙的女孩似乎在不远处的桥边，向他微笑招手。

能恋爱吗？他问自己，自己都养不活自己，还能养家？

他拧灭了手中的烟头，做了一个大胆的决定，他要辞职，告别无望的生活，去城市的中心舞台，因为每个人都有机会展示自己的才华。

一个个行业在他的脑海中迅速闪过：小吃店，服装店，电器店，家具店，种植，养殖。虽然三百六十行，行行出状元，可是贸然要进军一个行业，要么你有技术，要么你是行家里手。种植，你得去租地，防病防灾。养殖，活的牲口一天不吃，就得饿死……

做什么好，这是一个14亿人都在考虑的问题。

妈妈。我渴。一个小女孩在一位年轻母亲的面前要水喝，母亲并没有买冰镇的饮料，而是买了一瓶矿泉水。

炎热的夏天，水最解渴，人人都离不开水，既然一瓶不起眼的水都能卖2—3元，哪一个人又离得开水，何不做水的生意？

目前，市场上出售的桶装水品种很多，有纯净水、山泉水、矿泉水、矿化水、活化水、离子水等。由于水源不同，制作工艺不同，不同种类桶装水中所含微量元素种类和含量也有很大差别。有的桶装水水源是天然的地下水，有的则是自来水加工制成桶装水。

中国是世界13个贫水国之一，除水资源短缺外，中国七大水系及主要湖泊污染严重，流经城市的河流水质90%不符合饮用水水源标准。

只做大自然的搬运工，农夫山泉的创始人钟睒睒，可以说是一个非常低调的富豪，因为自己每年光靠卖水就能赚上百亿。

说干就干，租门面，加盟品牌，冯文兵似乎天生是个做生意的料，嗅觉灵敏。挨家挨户地一个个宣传他的水，小伙子精力充沛，服务周到，深受广大用户喜爱，送水的局面一下子就顺利打开了，比预想的容易。

原来世界除了枯燥的两点一线打工生活外，人还可以这么精彩而自由地活着。经过一段勤勤恳恳的经营。首先自己手头宽裕了，想买的也敢买了。其次时间上相对自由了，哪怕是在送水的路上，也感觉比工厂车间轰隆嘈杂的机器声富有生机。

这一年冯文兵碰上了他现在的妻子,同样一个来自四川淳朴睿智的女孩子。他的整个世界一下子亮腾丰富起来，两人同心协力，生活充满了奔头。

如果人生中没有意外，人是否会顺着一条单一的轨道一直运行下去。

人的命运似乎就是由一个个意外组成，贝多芬说，人要扼住命运的咽喉，可绝大多数人都只能随着命运而随波逐流。

老天给他开了一个玩笑，甚至面临生死一瞬间，那一天等他醒来，已经在医院不能动弹。回想究竟是怎么一回事情，脑子却撕裂般地疼痛。父母亲在床前神情焦虑，妻子坐在床边暗自垂泪。

送水时，在一处拐角他被车撞得飞腾起来，纯净水桶滚落一地……

所有的送水业务停止，本来事业刚刚起步向好，阳光开始照耀前方的道路。

可是在生死一秒间，人生便发生了巨大的变化。自己身兼老板，送水员，为了节省成本，没有外聘人员，他倒下等于送水公司也倒下了。

窗外城市的夜空绚丽多彩，繁华依旧，人们的脚步依然急促而匆忙，世间所有的一切并不会因为他的倒下而停止。

三

一点点生意上的积蓄，很快消耗殆尽。他不仅不能够赚钱，还得每天花钱如流水，一文难倒英雄汉。回到丹阳珥陵，他所能做的只能是静心修养。伤势没有好透，尚需要做几次手术，才能彻底铲除威胁。

冯文兵本是闲不住的人，躺在床上百无聊赖，心情郁闷灰暗。家里人看着着急，常常开导他道：命最重要，钱是身外之物。

钱不是万能，但离开钱是万万不能。自己是家的顶梁柱，就算躺着也不能坐以待毙，人可以被打败，但不可以被毁灭。

温瑞安《四大名捕》中的无情即使坐着轮椅也是一方绝世高手，更何况他还能走能吃。他相信天无绝人之路。

父亲做过红木家具，知晓其中坎坎道道，妻子喜欢上网一直鼓捣想在网上卖点什么。当时正值2008年，淘宝正在强劲的发展势头之中，很多人已经占得先机，挖取了人生一大桶金。他觉得网上卖家具也是一项不错的选择。

货源地，在苏州蠡口红木家具市场。这里红木家具品种繁多、雍容华贵、性价比也高。家具批发市场最集中的是在蠡口镇上，大概有几百家家具城，目前是华东地区最大的家具批发集散中心。

他所做的只需把各个批发商的家具图片上架，自己和老婆成为客服专员即可。

在运营淘宝家具店中一晃一年过去，其后手术也非常成功，冯文兵身体恢复状况不错，他又回到了生龙活虎，充满活力的生活状态之中了。

谈起丹阳市的珥陵镇，大家首先想起的是陈醋和羊肉。羊肉面更是闻名遐迩，寒冷的冬天一碗羊汤，一碗面条，据说长久胃寒，手脚冰冷的人，天天坚持喝一碗，胃病都可以治愈。巧的是，珥陵镇虽小，却有大小11家做面条机器的厂家，销售面机更是占到全国同行业的80%。

当今的面机产业，有这样一句话："大厂看不起，小厂不敢投，是冷门偏僻不赚钱的传统产业。"如今几经发展，以面机为特色的食品机械制造，已成为珥陵镇一张新的产业名片。

一个男人长期闲着没事干，给人感觉不务正业，总得进个单位，上个班或进个厂，才踏实。淘宝红木家具店有老婆在电脑面前接单就可以了，用不着两人都待在家。

面机虽小，也是机械，虽不能和国防高科相比，却也事关民生，毕竟民以食为天。冯文兵人生的起点便是机床，夹具，刀具，耳熟能详，当初看不起的机械，觉得毫无希望的人生，一个轮回又回到了机械厂。

车间待了几天后，早年熟悉的味道又回到了身边，他主动找到老板，要做销售。如何把产品销出去是每个老板都要面临的问题，谁也不希望自家的产品像山一样堆在仓库。冯文兵给人的感觉少年老成，能说会道，条理清晰，但不油嘴滑舌，待人接物分寸有礼。老板们的眼睛都是雪亮的，什么人适合做什么事情，搭一眼就知道了。

现成有淘宝卖家具的路子，依葫芦画瓢，网商经验的积累也是对销售面机的一个极大的帮助。冯文兵很快在淘宝建立了一个铺子，里面摆满了各型面机，和所需的零配件。

面条作为中国大众最普遍的主食，受到了全国人民的喜爱和餐饮投资者的青睐。以前的面馆通常是分布于街头巷尾的苍蝇小馆，常见由夫妻档或家庭式开店，门店面积有限，除十几元的一碗面外，通常还有各式凉菜及炒面炒菜。虽然价格低廉，但由于夫妻门店可以忽略不计的人工成本，加上不论南北口味的普适性，这些面馆往往也具有较强的生命力。

随着生活水平的提高，部分消费者对餐馆的态度从量大实惠升级到了健康美味，对价格也不再那么敏感。于是中高档针对城市白领的面馆，也在商业中心兴起。

长期以来，各种档次类型面馆呈几何级的增长，无疑对于面机的需求变得旺盛。不仅仅是餐馆需求自己个性的面条，社区生面加工同样需要好的生产加工设备。面疙瘩，饺子皮，馄饨皮，多样化的需求也在增加，机器损坏，零配件的置换数目也很可观。

网络销售和他预想的基本一致，销量非常不错，不错的同时，也带来些挥之不去的问题。早期传统面机，构造设计缺陷导致漏油、漏水。顾客一来反映这些陈年痼疾，他就有种想把面机推倒重来的冲动。

传统面机和面杠密封设计是单油封设计，没有油路循环设计、没有正常磨损杂质外排设计，久而久之的使用慢慢就导致和面机和面杠两端油路堵塞，面食杂质的拥堵，严重损毁了密封圈的正常使用状态，加剧了和面杠与承重套的磨损而使得配合间隙变大，最后导致杂质与脏油污向面斗里的泄露，面斗里的配料液体外露问题，严重污染面食的卫生。

另外，传统和面机"震耳欲聋"听着"心惊胆战"的噪音，是因为采用牙轮外部裸露设计，这样的设计，牙轮的机械运转的声音会很明显，由于牙轮裸露设计，操作员维护在牙轮上本该有的润滑油、黄油，还没起到正常的润滑作用、隔音作用，就被牙轮旋转的离心力甩到了一边，牙轮永远是那么干磨着，由于旋转的牙轮得不到正常的润滑作用，大大加剧了传动牙轮的磨损，久而久之会产生牙轮间隙的加大，传动力度的减小，形成了和面机"撕心裂肺"的声音。

老大难问题如何解决，各大厂家老板们也想解决问题，但拿不出解决办法，能拖一天是一天。结果有的面机厂积重难返，濒临倒闭的局面。

四

在这简陋狭小的厂房里，连他自己一共六个人，这一年是 2014 年，冯文兵创建了烽创机械公司的前身——福临机械。而令人意想不到的是，经过短短四年的发展，公司规模不断扩大，在 2018 年员工更是达到一百人左右。

"开始的困难是在你进行具体实施的时候，人少工作时间长，事情比较多，比较繁杂，有的看似简单，做起来却是另一回事情，资金方面，虽然只是几个人，工资是要付的，但是在研发设计之初，并没有什么产出，每天都在消耗，没有收益，这是比较大的困难。"创业中的困难远比想象要多。

每个人的一生都会遇到他生命中的贵人，他的第一个贵人是他的连襟，一个普通跑运输的司机，为了支持他的面机事业，不惜把货车卖了，毅然投入他的面机机械制造中。冯文兵手里的每一分钱都饱含着亲人们沉甸甸的寄托与期望，他不敢有丝毫的松懈与懈怠，他要对得起每一位对他投以信任的人。后来无锡江南大学——烽创食品机械联合研究中心的设立，自然也离不开当地政府领导积极的牵桥搭线。使得产品由传统单一的面条机械生产全面向多功能、智能自动化的食品机械制造迈进。

"做产品就像做人，把人做好了，产品也就做好了。"他在谈到如何攻克传统面机顽固性问题时说到了产品的品质："我们烽创机械专门有个研发部门，这个在同行中是没有的，光公司专利就有二十几项，每年都会申报7、8项专利。像我们坚持做品牌的，最终的反馈都会回到我们这里，注重品牌的代价自然要承担无形的压力与风险。"

起初团队也是不断在解决传统面机问题时，不断积累经验。比如在解决油路与抱怨声比较大的磨损问题时，他的技术团队采用不锈钢板与铸铁板严密封相结合，和面杠采用C型杠，和面杠两端设计了双油封圈、润滑油循环油路、机械磨损的杂质外排油路设计，传动装置采用了250型减速机整体机传动方式。

犹如汽车发动机与变速箱的关系。此设计完全脱离了传统和面机的传动装置。这种设计噪音低，无需天天的维护传动装置的润滑问题，输入能耗低、输出的动力大等优点。本机设计永远不会产生漏油漏水问题。

研发团队三十来人工作非常敬业，往往为解决一个问题废寝忘食。从小到一个面机零部件的打磨，大到面机核心部件的加工，每一道工序他们都仔细琢磨。经过不断地研究与革新，面机的生产工艺也得到了很大提升。

事到如今，烽创机械再也不会有无意义的无用员工，他们一直在路上，这是烽创的企业精神，他们成了鲜面领域的引领者，他们始终坚持不断改进面食机械的工艺，始终坚持产品品质。与面结缘的烽创，正在改变面食制作工艺的路上不断前进着。

陈诗尧

　　1993 年生，江苏丹阳新桥人，丹阳市丹北镇诗尧汽车配件厂厂长。2014 年毕业于建东职业技术学院。2020 年荣获丹阳市创业大赛优胜奖。

创业青年
风采录

⋮

Chuang Ye Qing Nian Feng Cai Lu

激情燃烧的创业路

□文 / 许静

丹阳金三角：

开启梦的旅程，勇敢挑战命运

千淘万漉虽辛苦，吹尽狂沙始到金。人生事业的坐标，是由个人经历的 X 轴和社会需求认定的 Y 轴的交叉点决定，因而只有一个坐标，一个事业点。而年仅 28 岁的本文主人公陈诗尧，却在这个坐标和事业点上做出了令人瞩目的创业成绩。

陈诗尧，丹北镇新桥人。丹阳人都知道，丹北可谓是创业的沃土，陈诗尧从小生活在这里，耳濡目染那些成功企业家的实例，又怎甘心泯然于众人。大学里，陈诗尧学的是机械专业。2014 年 9 月大学毕业后，陈诗尧在浙江台州学习了一年的模具设计，之后回到家乡，先后在谊善、东兴等汽配厂继续学习、工作，积累经验，然后于 2018 年开始了艰苦却甘之如饴的创业生涯。

丹阳新桥，长江之滨的一座美丽的江南小镇，陈诗尧在这里度过了他的童年和少年。家乡永远是难忘的，这里有着他多少美好的记忆，寄托着多少亲情

和乡愁。远远望去，长江大堤和长江江面连在一起，江天一色，真像一幅美丽的油画；江面时而波平浪静，时而波涛汹涌。一排排整齐的绿树挺立在大堤边上，宛如一个个威武的士兵守望着长江。去江边捉蟛蜞，是童年无穷的快乐。长江里还藏着许多美味的刀鱼、鲈鱼、河豚、鮰鱼等，让人回味无穷。

然而，命运常常是那么的不公，在陈诗尧童年回忆中，却有着许多阴影，有着许多难以愈合的心灵的创伤。他10岁时，一场意外事故，夺去了母亲的生命。一个失去母亲的孩子的童年，是多么不幸啊！每当看到小伙伴们依偎在妈妈身边，享受着妈妈的关怀和爱，他是多么的羡慕啊。祸不单行，后来，父亲又罹患重病，家中积蓄几乎全用于治疗，却依旧没能留住每况愈下的父亲。家庭的变故，不幸的命运，在陈诗尧的性格上烙上深深的印记。

一路跌跌撞撞走过花季，独自摸索着长大成人。在苦难中磨炼出的意志让他学会了坚强，给了他挑战困难的勇气。

陈诗尧的家乡，素有丹阳金三角之称，是一个充满浓厚创业氛围的地方。然而，在改革开放之前，苦难的阴影却始终笼罩这片土地。这里地处长江沿岸，千百年来，经长江的泥沙沉积、冲刷，江面渐渐萎缩，形成一大片湿地，吸引了一批批背井离乡的流民，迁徙到这块湿地垦荒种地、以求谋生。他们筑堤垒圩、挖沟排水，辛勤劳作，此外，家家户户还依靠劈篾、卖席子、锻碾，以度生机。遇上风调雨顺，肚子还能填个半饱，遇上长江发怒，洪水泛滥，冲毁田地，那就苦不堪言了。村民年年闹饥荒，靠捞鱼摸虾、挖野菜、啃树皮充饥肠，有的携老扶幼，外出逃荒。

当改革开放的大潮席卷到这块土地上时，这里很快发生了天翻地覆的变化。几十年来，这里的人民以他们无穷的魅力，谱写了一曲曲创业富民赞歌，形成了汽车灯具、汽车配件支柱产业。新桥镇 20 世纪 80 年代就成为镇江地区的"首富镇"。如今作为有名的"汽车配件之乡"丹北，拥有上千家汽车配件企业。小时候，陈诗尧就听大人们说，就是这些汽车配件产品，就是这一家家生产汽配的企业，改变了这片昔日的荒滩，给家乡人民带来了富裕和幸福。

站在高高的长江大堤上，清新的微风拂面而吹，远眺着汹涌东逝的长江水，不禁让人心潮澎湃。昔日的长江贫瘠荒凉，今天的新桥绚丽多姿，可自强不息的新桥人民永远不会止步。今天的丹阳金三角，集群化的创业环境，吸引了不少年轻人来此创业，创业人才遍地开花，强劲助推经济的飞速发展，越来越多的创新创业者在丹阳金三角开启梦的旅程，实现诗意栖居。作为丹北人，陈诗尧引以为豪。他从小就有一股敢打敢拼不服输的劲，他认为，前人栽树，后人乘凉。经过 20、30 后的安邦，40、50 后的定国，60、70 后的建设，80、90 一代的他们是享受的一代。年少轻狂的 90 后也曾被冠上"垮掉的一代"的帽子。如今，最早的一批 90 后已经三十岁了。"垮"这个标签早就被部分人用行动与果实摘去了。而陈诗尧这样的主流年轻人正应该以自己的奋斗和拼博，为 90 后书写光彩夺目的华章。对一个年轻人来说，遭遇各种泼冷水可不是好事，很多人都会选择放弃。可是，陈诗尧，不曾给自己留下丝毫的退路，咬定青山不放松，他要彰显自己不屈的性格！

命运的不公并未成为陈诗尧消沉度日的借口，反而养成了他日渐顽强、动心忍性的品性。"白手起家"在这片土地上并非是个神话。自此，创业的念头越发强烈。

2018 年，陈诗尧向亲戚朋友借了些钱，加上自己和妻子积攒的存款，共计 50 万元，买下了第一套设备，在界牌的界西工业园，开始生产汽车注塑配件，并很快接到了人生中的第一单——公司的第一笔业务。

然而，创业并非一条坦途，适逢三伏酷暑，并不宽阔的车间，蚊蝇横行，室内温度一度高达 40 度。客户的要求相当高，配件上的微乎其微的"水丝"，都可能使得一天辛苦的劳动全部化为乌有。这让陈诗尧十分头疼。

为了解决这个技术问题，陈诗尧邀请了之前的同事来帮忙解决问题。"一个好汉三个帮"，创业光有闯劲当然还不够，陈诗尧邀请前同事技术加盟，丹阳相关部门也帮助他获得了大学生创业资金，帮他度过了创业初期的困难，他的配件厂再次购入三套设备，开始拓展业务，并着手展开技术创新。

发展初期，诗尧汽车配件厂环境卫生把握得不够好，但是诗尧汽配尽快整改了厂容环境，尤其是高度重视了安全生产和消防，努力防范了管理上的漏洞。

筑梦汽配业：
人生是场追求，创业更是领悟

人生是一场追求，也是一场领悟。"船在负重的时候，才是最安全的；空船时，才是最危险的时候。"人生亦是如此，只有时刻肩负责任，人前进的步伐才会坚实无阻。怀着这份宏愿，陈诗尧奋力前行。

诗尧汽车配件厂——这是陈诗尧仓促之下取的厂名。目前有四台注塑机，占地面积约为 500 平方米，经营范围：汽车配件、塑料制品、加工 生产、注塑机对外加工。如今有员工 9 人。诗尧汽配主营长城配件，以哈弗 H6 配件为主，哈弗 H6 已多年蝉联国内 SUV 销量冠军。可以说，未来五至十年，发展空间还是非常足的。注塑加工以温度、位置、压力、时间、速度五大要素为主，每一个要素对好产品的诞生都扮演着重要角色。注塑加工市场竞争主要是质量的竞争以及价格的竞争，因为长城厂家对零部件质量的要求非常苛刻，这也与诗尧汽配秉承的质量为先理念不谋而合，诗尧汽配邀请了富士康的前质量部负责人加盟后，更严格把控了产品质量。因此，在价格竞争非常激烈的前提下，诗尧汽车配件厂能成为长城零部件供应商。诗尧汽配原材料以聚丙烯、玻璃纤维、ABS，PMMA 等为主，泡沫塑料袋、纸箱、胶带为次。月产能，诗尧汽车配件厂一个月，共出 5 万模长城 64A 换挡器底座，1 万模长城风骏牌照总成。现在在发展的初期阶段，半年产值 50 多万。创业仅仅三年多，陈诗尧的丹阳市丹北镇诗尧汽车配件厂现在半年产值，就超过了创业的初始资金，并在不断扩大生产规模，加大产品创新，增强自身市场竞争力，诗尧汽配未来趋势是扩大生产规模，以形成产业化为目标，收购不同型号的注塑机，满足不同客户的需求，增加市场竞争力。陈诗尧坚信，自己在创业的路上，可以走得更远。

2019 年 10 月 1 日，在北京举行的中华人民共和国成立 70 周年庆祝活动，让全国各族人民、海内外中华儿女备感自豪。在这场盛况空前的庆祝活动背后，"丹阳汽配元素"熠熠闪光，让每一个丹阳人为之骄傲，陈诗尧更是心潮澎湃。陈诗尧得知，在气势如虹的阅兵式现场，习总书记乘坐的红旗牌检阅车的包括仪表板总成、车门护板总成、副仪表板总成、立柱护板总成等 70 多个内饰总成、200 多个零部件都是由丹北镇的汽车零部件公司设计、研制和生产。在阅兵方阵中高大威武的重卡的仪表板，信息作战方阵、火箭军方阵、防空导弹部队方阵、后勤方阵等多个装备方阵里也有陈诗尧家乡丹北镇生产的部件；阅兵总指挥乘坐的红旗轿车散热器总成和机油冷却器总成等都是丹北镇生产制造，这让陈诗尧感到无比光荣和自豪。

陈诗尧向丹阳汽车零部件商会会长、林泉公司负责人陈建林确认此事时，陈建林激动地告诉他："习总书记乘坐的红旗牌检阅车的全套内饰件都是由林泉公司设计、研制和生产，希望有更多像你这样的年轻人加入到汽车零部件产业的创业队伍中来。"

阅兵仪式上"丹阳制造"的汽车零部件的精彩亮相深深鼓舞了陈诗尧，马不停蹄又邀请了富士康、谊善等公司技术部人才作为诗尧汽车配件厂产品顾问，制定标准，严格在质量上把关。2020 年 10 月，诗尧汽配扩大生产规模，再次购入三台注塑机。

强中自有强中手，莫向人前满自夸。陈诗尧明白这个道理，创业是一个极其艰辛的过程，要想创业，就必须吃苦耐劳，坚持不懈。从创业的第一天起，就要不停地面对困难和失败。任何挫折都必须自己去面对，没有人会替你去扛，创业本身就是面对困难、挑战自我的过程。丹北镇、界牌镇有全国最大的汽车灯具、汽车配件产业园，大量的零部件生产商聚集在此，诗尧汽配正是以产品"标准"高于同等加工厂作为优势，做好每一环节的各种服务。

质量才是产品的生命力。诗尧汽配以提高个人技术、节省产能为目标，做好产品质量为宗旨，不断提高本厂在当地的竞争力。陈诗尧说，他们得以在激烈的环境中得以生存，离不开团队每个人的可持续"发展意识"。而据市场数据统计，到 2021 年，我国模具行业的销售收入将超过 6000 亿元。江苏省更是模具行业集中需求区，据不完全统计，共有大、中型模具生产厂点 350 余家。像诗尧汽配这种规模的加工单位更是数以千计。但陈诗尧成竹在胸，信心百倍，准备去迎接明天的战斗！

胸有"压舱石"：
人生充满激情，创业行稳致远

陈诗尧坚信，人生如船，创业如船，信仰是块压舱石。航船有了压舱石，吃水就深，航行就稳。干事创业行稳致远，胸中要有一块"压舱石"，有目标追求的信仰，有团结创业的信仰，凝聚不可战胜的力量。陈诗尧深知，虽然诗尧汽配已有较大发展，但这只是万里长征走出了第一步，事业未竟，脚下的路还很长，诗尧汽配的标准化、自动化、集团化、创新化的建设，都在等待着陈诗尧团队来完成。

在大学生创业大赛现场，陈诗尧曾坦言，"身为 90 后的一员，如何成为社会的中坚力量，如何接好父辈递过的担子、如何成为孩子眼中的星辰大海。今天，借着我们创业大赛的平台，我想说说我交出的这份还未曾完结的答卷。"

陈诗尧在创业大赛现场侃侃而谈，产品与技术，注塑加工以温度、位置、压力、时间、速度五大要素为主，每一个要素对好产品的诞生都扮演着重要角色。注塑加工市场竞争主要是质量的竞争以及价格的竞争，因为长城厂家对零部件质量的要求苛刻，这也与我们秉承的质量为先理念不谋而合，诗尧汽配邀请了富士康的前质量部负责人加盟，严格把控产品质量，使产品质量上了一个新台阶。因此，在价格竞争非常激烈的前提下，诗尧汽配能成为长城零部件供应商，在汽车零部件市场有了自己的一块天地。

2020年搬迁新厂房后，诗尧汽配的发展潜力得到进一步彰显。陈诗尧向评委展示了诗尧汽配项目未来发展的规划：标准化：环节制定相应体系标准。自动化：用高效率的机械化取代人工。集团化：争取做到集研发、生产、销售、于一体的企业。创新化：革新理念、更新技术。

人生充满激情，创业无处不在。陈诗尧认为，创业是所有想成为老板的人的梦想，而对于即将创业和正在创业的人们来说，借鉴成功者的经验，无疑是最近的捷径。而实战经验最丰富的创业楷模，更是其所从事领域中的行业先锋。同时，他认为，创业是一种传奇，更是人生的一种升华。要想创业美梦成真，每一步都不会轻松。但创业楷模的成功轨迹，可以给正在创业的人们指引路标。

梦想点燃生命，创业改变人生。陈诗尧满怀信心地说，一代人有一代人的境遇，一代人有一代人的担当。"创业固然辛苦，我认为要走好创业人生的每一步路，最基本的也是最重要的就是要有一颗善心，要坚持基本的价值观和道德情操。其次，要走好人生路还需要保持一颗谦虚的心，做人要低调，做事要踏实。有一个观点，基业常青的企业，其老板往往都是做事低调、踏实、极其务实的人，我想一个人只要瞄准自己的理想坚持下去，胜利或者成果最终还是会来到眼前。在顺境中如此，在逆境中更是如此，并视之为对自己的考验，视作为为未来打基础。但有国家和政府不断为我们青年创业者亮绿灯，给支持。我们又有何理由不去奋斗，奋斗正青春，失败又如何，只不过是重头再来。我们任何时候都会坚信：强国富民，创业有我！"

【作者感言】

每一个人的创业故事，对包括本文主人公在内的创业者来说都是一种激励，是对创业理想的一种保护，更是引领人们从梦想走到现实的桥梁。陈诗尧的成功创业案例或许不能直接给创业的人们带来成功，却能给予创业的人们一个提示，一个视角，一个忠告，一个鼓励，以期告诉所有创业中的人，创业其实不仅有许多鲜花和掌声还有很多误区，需要创业者自己去反省和规避。但愿更多像陈诗尧这样的创业青年不负青春，努力奔跑！

刘宇

　　1999 年 7 月生，江苏镇江人。初中毕业后在镇江高等职业技术学院上职高，本科阶段毕业于南京师范大学中北学院。2018 年成立萌石趣鲜花店，担任店长，并担任镇江高等职业技术学校装配钳工社团助教，指导学生荣获江苏省职业院校技能大赛三等奖 3 项。2019 年 5 月成立镇江匠人创新科技有限公司，担任总经理，带领团队成功研发了全国首台小型数控篆刻机。在校期间，获得各种创业大赛奖，作为第一发明人申请各类专利 23 项，大学毕业不久就拥有 2 家公司。

创业青年
风采录

......

发明创业正当时

□ 文 / 李俊美

如今，越来越多的大学生投入到创业大军中来，有的是为了实现自己的理想和抱负，有的只是为了能过上安逸无虑的生活，而刘宇，本文的主人公，属于前者。苏轼曾在《晁错论》中写道，"古之立大事者，不惟有超世之才，亦必有坚韧不拔之志。"如果智力和才气相当于一个个"0"，那么意志力就是"0"前面的"1"，没有意志力再聪明的人也只能原地踏步。刘宇，一个才能和毅力俱佳的人，注定他的人生要大步向前，绽放异彩。

"江苏省职业院校技能大赛钳工中职一等奖""职业学校创新大赛二等奖两个三等奖两个""丹阳市第四届青年创业大赛三等奖""第四届'创青春'江苏青年创业大赛三等奖""江苏省'挑战杯'第十一届大学生创业计划竞赛金奖""作为第一发明人申请各类专利二十三项"……

作为一个大学才刚刚毕业的年轻人，刘宇就获得了如此多的奖项和荣誉，着实让人惊讶和赞叹，但在他身上看不出一点骄傲自满的影子。在合影中，戴着一副黑框眼镜的他，总是双手交叉紧握放在身前，略显羞涩和腼腆地对着镜头。认识刘宇的师生们都对他评价很高，温和、谦逊、敦实只是他外表显露的一面，更深沉一面的是他的勤奋自律，敢于开拓创新，敢于挑战未知，有理想和目标，有团队合作精神，是现代青年大学生的榜样。

无法割舍的机械情结

刘宇从小就热爱机械。他回忆起小时候，自打记事开始，就莫名其妙地对拆解和安装玩具零件，对机械类的东西感兴趣，尤其对工程机械的喜爱尤甚。由于父母工作的原因（小时候在爷爷奶奶家见得农机比较多，父母是普通的流水线工人），除了对它们的作业状态及"变形"感兴趣之外，刘宇也被它们威风凛凛的样子所吸引。"我记得当时还有幸坐进了收割车的操作室，和开收割车的叔叔在城市的道路上穿行。这个钢铁般的大家伙和高高在上的座位，尤其是脑袋上方粗壮的吊臂和前面晃动的吊钩，让我有了非常威风的感觉，这台车就像是守护地球的变形金刚一样。"他说这句话的时候，脸上尽是对天真无邪的幼年时期的怀念。除了经常能看到的工程机械，刘宇最痴迷的是火车。那时候只要寒暑假和爸妈出门，他最期待的不是去哪里玩，而是能不能坐火车前往。每每见到绿皮火车或者货车，他的目光就会被那粗壮的弹簧、磨盘一样的轮子，以及全身不加修饰的各种管道、阀门的火车头所吸引……兴趣是最好的老师和动力，幼年的刘宇与机械结下了不解之缘。

刘宇的学习成绩中等，在进入镇江高等职业技术学校学习后，刘宇对机械专业的学习更是如痴如醉，从小的兴趣爱好在这里可以得到最大程度的发挥。他怀着激动的心情投入进实战的课堂，画图，维修，研究一颗颗小螺丝，一道道工序……当别的同学在操场上玩耍，在宿舍里睡觉时，刘宇都在低着头默默探索研究，安装拆卸零件，他常常沉浸在自己的世界里而废寝忘食。

刘宇怀着对机械的热爱，在职高二年级的时候，参加了学校的技能社团钳工项目。在社团里，刘宇一直愿意付出比别人更多的努力，他常常为了机械方面的问题钻研到深夜。努力总是有回报的，通过在社团里长达近一年的高强度训练，他在市技能大赛中脱颖而出，之后又接着参加了省技能大赛并获得了人生中的第一块金牌。在这段时间里，他不仅培养了刻苦钻研的精神，更是结交了一群志同道合的好友。他的信心和勇气让他跨越一个个门槛，在后续技能生涯中继续深耕，从钳工技能拓展到零部件测绘，再到工业产品设计，刘宇在学校期间获得了丰富的技能操作和技能知识，这些都为他后来创业夯实了基础。

小试牛刀的创业实践

刘宇早早地就开始了自己的创业之路。还在读职高期间，就开启了他的第一个项目——创意盆景，刘宇2018年成立萌石趣鲜花店，他担任店长。年轻的刘宇在第一次创业时并没有好高骛远，去做那些看起来高收益，实则高风险的项目，而是在与朋友交流后，决定从一个适合普通人操作的创业项目做起。石头创意盆栽，它不是一夜暴富的生意，而是需要脚踏实地地动手操作和造型设计，同时它也是一个利润较高的正规项目，石盆景在市场上也有着不容小觑的一席之地。

刘宇和他的朋友一同做过调研，发现现在有很多人都喜欢在家种些花花草草，美化家居环境。正可谓"石有势，一石犹如一山，具体而微者，陡峭如刀削，或连绵起伏，或一峰突起。"当石与植物两者巧妙结合为一体的时候，观赏盆景宛如看见植株在悬崖峭壁顽强生长的情景，石之趣味其乐无穷。用石头做出来的盆景古朴、灵动，与植物搭配更显生活的本质。石头盆景因其返璞归真，正迎合现代人的追求。"取自然之形，露本质之色，顺天然之质，融生活之用"，就算是捡回来的普通石头，只要稍作加工，先在石头上打孔，然后再打磨切割，搭配以花草绿植，即可绽放出新的生命。在这样的灵感启发和鼓舞下，刘宇和其他学生全身心地投入到了这个项目中去，在灯影下一坐就是多少个小时。打磨石头需要手部用劲，弄不好手就会被刮破，手指破皮流血是经常会有的事，老茧也起了！但这点小困难难不倒他们。

刘宇一边学习，一边打理着"萌石趣"这个小店铺，用着学校免费提供的场地和不错的一个市口，还真的赚了点小钱，让其他同学羡慕不已。刘宇发现，仅凭校内的学生和学校周边的客户群是远远不够的，于是便想出拍微视频发在各大网络平台上面，给顾客自己DIY盆栽机会的方式，来扩大知名度，拓宽销售渠道。他说当时最可观的销售利润一周可达三千元之多。在江苏省创业能力大赛中，参赛作品萌石趣石艺盆景荣获三等奖，其创新的盆景结合得到镇江市电视台的宣传报道。

随着"萌石趣"这个店铺的创收不断增长，在项目启动的第二年，刘宇和他的合伙人决定换个大一点的场地，并且扩大生产销售。但好景不长，刘宇等人很快就遇到了一些难题。比如由于每一个石盆景都需要人工打磨和悉心养护，人力时间成本一直高举不下；石盆景依靠手工，无法批量生产和大规模销售，出货很慢；还有生产原材料匮乏、销售趋于饱和状态等问题。令刘宇更为惊讶的是，市场上已经有厂家利用机器做石头花盆的自动化产品，这样既节约了成本，又能大批量生产，规模之大和效率之高是他的小店铺无论如何也不能跟上的。在没有合理解决方案的基础上，刘宇和他的合伙人只能拓展销售范围，开始在店内同时经营鲜花业务，但这样也没能拯救亏损的趋势，因此他们决定及时止损，另谋出路。

发明创造硕果累累

在经营店铺的同时，刘宇并没有忘记自己的学业，他在老师的指导下开始了技能转型，往产品设计方面靠拢。有了一定的设计基础之后，再加上面临着店铺日渐亏损的困境，他开始拉着学弟们做小型数控机床的研发。期间，他阅读了大量有关数控机床方面的书籍，例如《数控机床系统设计》和《数控机床编程与操作》，并自学掌握了CAD/CAM基础知识、数控车床编程、常用编程指令等知识。刘宇还给自己报了许多课，或者进入各种社群听大佬的课，这些宝贵的经历，都帮助他提升了自己的认知能力。有了丰富的理论基础，再加上通过参加各种创新创业大赛获得的资金支持，刘宇带领团队一步一步地将他们的产品做了起来。正可谓"合抱之木，生于毫末；九层之台，起于累土"，有了技术和经验的积累，刘宇开始尝试研发新的产品，有教学用途的雕刻机，有微型的数控雕刻机等等。2019 年 5 月份，刘宇及他的合伙人成功创立了镇江市匠人创新科技有限公司，这是刘宇的第一家公司，之后他还成立了一家龙湖印象文创工作（丹阳）有限公司。

进入大学学习是刘宇一直的梦想，当他通过自己的努力得知被南京师范大学中北学院录取后，高兴得一夜没睡。大学生活是丰富多彩的，本科阶段的学习让他的时间更不够用了，为了吸引投资，参加了很多创业比赛，可以说整个大学阶段他都在学习和比赛的旋律中度过。当一些同学还沉浸在花前月下和虚拟的游戏世界里时，刘宇已经带着项目在江苏省内举办的各个创新创业大赛中，斩获了骄人的成绩，同时通过参加创业比赛遇到了他的指导老师、投资人和女朋友。他在创业这条路上乐此不疲，好运也接踵而至。

2017 年，他获镇江市技能大赛装配钳工项目二等奖；同年在江苏省职业院校技能大赛装配钳工项目中职一等奖、江苏省职业学校创业能力大赛三等奖；2018 年，获江苏省职业院校技能大赛装配钳工项目高职二等奖；第八届职业教育创新大赛二等奖两个，三等奖两个；2018 年中望杯机械识图与 CAD 创新设计能力大赛高职组三等奖；在 2017—2018 学年中，他荣获国家励志奖学金；在校期间，他带领自建研发团队自主研发产品获得各项专利数十项。

机会向来都是留给有准备的人的。2019 年 7 月，刘宇通过学校平台被引荐参与全国首台小型数控篆刻机的研发工作。要去研发一个之前从未有过、仍只存在于设想中的产品，刘宇和其他人一样心里没底，不知道该从何处下手。以后实不实用，受不受欢迎更是未知数，但他看到了这种产品背后蕴含的文化意义，因为一旦研发成功，那么就可以填补国内小型数控篆刻机的空白，从而使中国篆刻从"小众欣赏"走向"大众艺术"成为可能。刘宇最终抛下了顾虑和担忧，决定带领团队研发这款产品，为此还去图书馆翻阅了许多书籍，了解篆刻的历史、篆刻的各个流派等等。在研发数控篆刻机期间，刘宇和团队上网查阅各种资料，准备报告到凌晨，这样的日子是数不胜数。功夫不负有心人，通过数月的技术研发和难点攻克，刘宇的团队最终向所有人交出了一份满意的答卷。他们设计出一款体积和台式电脑相当、使用简便的数控篆刻机，其中还植入了功能非常强大的软件系统，并且能设计秦汉古玺、浙派、皖派、歙派等各种风格的印面。向投资人现场演示时，他们设计的数控篆刻机既能精细、精美、精准地体现篆刻家印稿的线条效果，又能满足一般入门级的爱好者，用电脑即可完成选择书法字体并自动生成印面的简单操作。印桌式夹具，使印材的装卸十分方便，经多次实验，这台机器对寿山石、青田石、昌化石等常规印材驾轻就熟，对传统刀具难以下手的木头、铜、玉、牛角、水晶、竹根等特殊印材更能大显身手。

2019 年 11 月 23 日上午，我国首台专门用于刻制印章的机器——小型数控篆刻机鉴定会在镇江市碧榆园会议中心举行。鉴定会上，镇江市发改委、市场监管局、科技局、工信局以及南京、常州、扬州和朱方印社的专家学者组成了鉴定委员会，与会专家学者听取了项目汇报，仔细审查了工作报告、技术报告、经济效益分析报告、检测报告、科技查新报告、用户应用证明、相关知识产权证明等鉴定材料，经质询答疑和研究讨论，一致认为该小型篆刻机整体技术达到国家先进水平，顺利通过鉴定。

小型数控篆刻机进入产品批量生产环节，订单也随之涌来，《扬子晚报》专门采访和报道了这件事。我们看到这张刘宇和几位印界名家站在一起合影的照片，脸上的神情已经透出自信和坚定。

在校内刘宇的名字几乎无人不知，一个人的一生有一两项发明专利就已经了不起了，而还在大学阶段的刘宇已经作为第一发明人，申请了二十三项专利，这种成绩让人望尘莫及，成绩的背后靠的是坚守、坚持和不轻易言败的信念。作为一个大学生，他把他的聪明才智发挥到了极致。2019 年 5 月份，刘宇及他的合伙人成功创立了镇江市匠人创新科技有限公司，投资 500 万，刘宇任董事长。这是刘宇的第一家公司，主要从事产品设计与研发，经营状况良好，公司位于镇江市京口区学府路大学生创业中心。之后他还成立了一家龙湖印象文创工作（丹阳）有限公司，市场和前景也很好。现在刘宇的公司已经成功地研发了数款产品，有数码电子、机电产品、数控机床、智能寻呼医疗设备等，涵盖范围非常之大。一个产品的成功需要市场的检验，一个公司的成长也需要内外环境的协调，好在刘宇还很年轻，他的路还很长很宽，我们相信刘宇的公司会越做越强，越来越得到消费者的肯定和满意。

创新路上的追梦人

刘宇不仅自己创业，还带领整个团队创业，这种合作共赢的精神正是时代的需要，也是一个社会人的人格基石，立足之本。2018 年，他担任镇江高等职业技术学校装配钳工社团助教，共同指导学生荣获江苏省职业院校技能大赛三等奖 3 项。2019 年 5 月，他带领的镇江匠人创新科技有限公司团队成功研发了全国首台小型数控篆刻机，团队新申请专利 6 项。2019 年底，因积极推广现代篆刻艺术被镇江市篆刻艺术推广协会授予广篆达人称号。2019 年，获丹阳市第四届创业大赛中北学院校内选拔赛暨中北学院创业街区入驻项目遴选会项目一等奖。2019 年在"创翼丹阳，智胜未来"丹阳市第四届创业大赛中获得三等奖。

2020 年 9 月 28 日，在丹阳市人社局的鼓励与支持下，丹阳市第五届青年创业大赛南京师范大学中北学院校内选拔赛正式开幕。前期中北学院共有 46 支队伍报名参赛，35 支队伍进入初赛，7 支进入复赛，通过层层选拔，最终有 5 支优秀团队站在了决赛的舞台之上。刘宇团队是其中之一。他们参赛的项目是：移动设备一站式功能拓展解决方案。在使用电脑时，USB 接口数量总很难满足人们的需求，而移动设备一站式解决方案——雷电 3 拓展坞产品能让人们不再因为传统台机互联的笨重困扰，轻装上阵，高效办公。其核心优势——菊花链连接和双系统的兼容性让产品在竞品间脱颖而出。决赛成果揭晓：刘宇团队的移动设备一站式解决方案项目获得一等奖。

对于正在创业路上拼搏的大学生们，刘宇有很多的话要说："在整个创业过程中，我深深感觉到大学生创业的不容易与艰辛，在创业的路上你们会遇到很多重要的人，可能这些人最后会成为你的合作伙伴、投资人。创业是一个逼迫自己学习并且成长的机会，能否抓住这个机会就要看你们是否有坚定的信念和创新精神……"此外，他在接受采访时还谈到了非常重要的一点，那就是要问清楚自己创业的理由是什么，他认为创业最好的理由是"我强烈地想要完成或改变某一件事情""除了我没人能完成好这件事"，其他理由类似于"想当老板""能赚更多钱"等可能很难支撑一个人在创业这条路上走下去。他给出的原因也很中肯：一方面在创业的过程中一定会遇到难以想象的挑战和痛苦，可能是来自客户的刁难，也可能是团队内部的矛盾，以及对于未来发展的困惑。在这个时候能驱动一个人不断解决问题的力量一定是足够强烈的动机；另外一方面，如果仅仅是以短期利益为目标，而缺乏长远的视野，势必会追求眼前的收益，但有的时候适度的损失，甚至敢于在功成名就的时候冒险一搏，不担心已有的成就化为乌有，才能使长期目标实现。

现在国家大力提倡创新创业，实业报国。对职校的人才培养也越来越重视，职业大学越来越多，以后会涌现一大批能工巧匠，一大批专业技术人才，一大批科技创新人才，谁能及时抓住机遇，谁就能在人生舞台上一展身手。

再看看如今这个时代，青年人当之无愧地成为创新创业辽阔舞台上跃跃欲试的主角。以"互联网+"为代表的技术潮流，将无数青年推入"大众创业，万众创新"的洪流，将从前不可能实现的梦想，通过互联网，通过大数据，通过"云端"，推向中国，更推向世界。英雄不问出处。只要你有敏锐的眼光、创新的点子，不管你出身如何、背景怎样，这个时代都会给你掌声和肯定！

在一个创新和改革紧密相连的时代，最具创新活力的青年，将会成为中国经济和社会发展的新引擎。这是青年的力量，这是刘宇青年们的未来，也是中国的未来。以创新引领创业的潮头，创新在路上。我们期待刘宇以及他的团队创业创新能够更加精彩。

卢烁冰

　　南师大中北学院即将进入大三的学生，就读环境工程专业。她出生在贵州安顺的一个小县城，从幼儿园到高中都在县城接受教育，高中就读于县民族中学，后考上南京师范大学中北学院。来到丹阳后，因高温的天气，给予了她灵感：天气越来越热，为什么不能将空调带在身上呢？经过潜心研究，她和她的团队发明了以太阳能作为能源，利用太阳能光电进行驱动制冷的伞。

敢向骄阳邀冷风

□文／秦曼村

阿诺德曾经说过："无可否认，创造力的运用、自由的创造活动，是人的真正的功能，人的创造活动，是人的真正的功能，人在创造中找到他的真正幸福，证明了这一点。"是的，天才的主要标记不是完美而是创造，只有天才能开创新的局面；"创造"包括万物的萌芽，经培育了生命和思想，正如树木的开花结果；熟是经验，巧是创造。

九曲黄河万里沙，浪淘风簸自天涯

在我国贵州省有个黄果树瀑布，古称白水河瀑布，因本地广泛分布着"黄葛榕"而得名。它位于贵州省安顺市镇宁布依族苗族自治县，为黄果树瀑布群中规模最大的一级瀑布，是世界著名大瀑布之一，其以水势浩大著称。它是贵州最著名的景点，也是外地游客到贵州必游的景点。就在这风景如画的黄果树瀑布脚下走出了一位青年才俊，她就是就读于南师大中北学院的卢烁冰。

卢烁冰，布依族，是家里的独生女，父亲是一名法官，母亲是一位幼儿教师。这样的家庭看起来，她是在既温柔又严厉的教育下成长起来的，其实并不是，她的父母都很温和，给予了她最大的自由，思想自由，行动自由，他们没有给她过多的管束，用言传身教让她明白哪些事是她可以去做的，并且让她自己承担相应的后果。所以后来她天马行空的奇思妙想，得益于父母对她在思想上给予的高度自由。

卢烁冰小时候所生活的镇宁布依族苗族自治县，处贵州西部低洼地带，海拔较低，终年无霜。全县温度适中，雨量充沛，气候宜人，年平均气温为14℃左右；冬无严寒，夏无酷暑，是避寒避暑的好地方。1月最冷，平均气温在4.3℃，但最低气温很少会跌至零下；7月最热，平均气温在22℃，基本不会有高温天。这使得她不太能理解高温是什么，更不知道为什么南京会叫火炉。等来到江苏，来到南京，来到丹阳，入学中北学院后，才知道什么叫骄阳似火，什么叫烈日炎炎，什么叫挥汗如雨……吃惯了香、甜、脆，色泽麦黄，食之口内久留芝麻清香的波波糖的卢烁冰，尝过了南京盐水鸭后，她曾经有过这样的一段诙谐经典的话："我们是不是都会从盐水鸭变成南京烤鸭？"虽然是笑话，却让我们感受到了她从大山深处来到南京火炉后对火辣辣的太阳和高温的切身体会。

丹阳，是卢烁冰有生以来所待过时间第二长的地方。丹阳，冬季偏暖，夏季偏热，春季雨水多，秋季雨水少，全年日照偏少。年平均气温16.5℃。丹阳虽然没有南京那样的火炉之称，但夏季白天平均27度，夜间平均18度，这可让大山深处出来的卢烁冰深感不适。这也让她只知道了，祖国之大，世界之大，不仅仅是只有冬暖夏凉的黄果树瀑布脚下，还有很多烈日当空，热不可耐的地方。

进入大学后的卢烁冰，知识丰富了，眼界开阔了。她知道，我国目前已经是旅游（目的地）大国了，如2019年全年，国内旅游人数60.06亿人次，比上年同期增长8.4%；入出境旅游总人数3.0亿人次，同比增长3.1%；全年实现旅游总收入6.63万亿元，同比增长11%。旅游业对GDP的综合贡献为10.94万亿元，占GDP总量的11.05%。旅游直接就业2825万人，旅游直接和间接就业7987万人，占全国就业总人口的10.31%。我国能吸引这么多的游客，靠的是什么？一是地大物博，二是历史悠久，特别是五千年的历史

很吸引人，三是环境相对安全和平。而每年的夏季都是孩子们的世界，两个月的暑假，我们很多家长会选择暑假带孩子们出去走走。把孩子还给大自然，让他们在获得欢愉的同时，学到知识。成长在路上，旅行是一场父母和子女之间的修行。但是，夏季气温高，排汗多，特别是孩子们外出旅游最易发生中暑。

这些数据和资料，对她和她的团队的创造发明提供了有力的市场保障。

濯锦江边两岸花，春风吹浪正淘沙

目前市场针对大众的夏季出行，提供遮阳伞、手持风扇、防晒化妆用品，它们的用途单一。且因为能源消耗问题，节能减排已是国家号召，小功耗的太阳能功耗机器的广泛应用研究将会是主流方向，与大家电齐头并进。针对节能减排的环保理念，以及新能源的利用，卢烁冰和她的团队开辟出了全新的微型制冷模式应用。他们深知，利用太阳能光电制冷是一项成熟的技术，但基于空调电机的高功耗和高成本，小功耗制冷的广泛研究应用才是他们研究的方向。因为，现代科技高速发展与能源大量消耗，可再生能源逐渐上升为重要地位，新能源的开发普遍应用是必然的发展趋势。

众所周知，导致全球气温上升的因素很多，其中发电占比很大。为了减轻发电压力，目前在探究可再生能源的利用，太阳能是公认的未来人类最合适、最安全、最绿色、最理想的替代能源之一，具有取用方便、能量巨大、无污染、安全性好等优点。国内对于太阳能的研究着重于大功耗家电以及太阳能建筑和新能源动力利用，目的以最大程度节能省电为主。对于太阳能转换为制冷动力的利用是以空调制冷为主。利用太阳能驱动空调系统可减少不可再生能源及电力资源消耗及常规燃料发电带来的环境污染问题，但缺点是只能用于室内。节能化与功能多样化的要求，使得高温户外环境急需满足遮阳同时可制冷降温供电的便携手持设备。于是，卢烁冰与她的团队的研究项目应运而生。

卢烁冰就读的是环境工程专业。有一次，她和同学一起看柴静的纪录片《穹顶之下》，大家受到了极大的震撼。他们了解到，全球变暖使空气中的热量增加，这些能量促使大气的运动更频繁，以至于产生异常，可能增加某些地区的极端天气，比如极端的干旱、飓风、热浪、暴风雨等。而热浪和干旱降低了某些地区的生态系统生产力，这样会导致人类的粮食产量下降，从而导致更多的饥饿人数。卢烁冰的家乡被称作避暑胜地，但从 2005 年到 2020 年，它的最高平均气温从 27/8 度，升到了现在的 35/6 度，短短十多年的时间，气温的变化已经如此可怕。试想，如果它继续升高，会发生什么？那么大家觉得未来十年气温会下降吗？根据全球气象局发布的气温预警，到 2025 年，全球气温将会呈现一个不断上升的趋势，意味着人们对于便携式随身防暑，防晒物品的需求更大。

有了这些认识，她和她的团队开始专注于环境保护和能源利用，为更蓝的天空而努力。既然未来十年，气温上升趋势不会减缓，而气温上升必然使得中国居民平均每百户拥有空调台数逐年上升，如 2018 年就达到了 209.4 台，在 2019 年苏宁发布的盛夏销售数据中，风扇占比 144%，这些数据无一不显示出人们对于夏季防暑的强烈需求。

于是，夏季出行过程中防暑防晒成为当下最关心的问题。截至 2019 年，中国伞业销售情况稳定，夏季随身出行必不可少的遮阳伞达到 71.92 亿的市场规模。随着经济水平上升，人们对于精神生活的追求也更高，每年的 4 月—10 月属于旅游旺季，人次更多，流动更频繁。也意味着出行过程中中暑和曝晒的问题更严重。即使是非旅游人群，在日常生活中也会存在必不可少户外出行，在室外，空调无法发挥作用，如需步行以及跋涉，环境高温及运动导致体温上升后，再突然进入室内吹冷风空调，产生的冷热差会带来极大的生病隐患。在全球疫情形势下，保护好自身身体健康是一项重要任务。室外的高温环境为日常生活带来多种不便，高温造成的形象不利会极大影响到个人的社交生活。

基于此背景，卢烁冰的项目团队积极探索可再生新能源的利用，以光能转化为电能的形式运转，遵循节能减排号召，设计了一体式太阳能制冷伞。针对旅游人群及普通出行人群，为大众的出行和旅游提供方便以及健康的保障。

君看渡口淘沙处，渡却人间多少人

夏季，卢烁冰和同学们行走在教室、餐厅、宿舍之间。高温的天气，满头的大汗，虽然只有短短几百米的距离，大家都觉得很热。她曾经问过她的同学，如果从宿舍楼到教学楼单独给他们开一辆公交，一块钱坐一趟，愿意吗？同学们的回答是，愿意啊，就一块钱，怎么不愿意呢？以小见大，随着国民经济的上升，市场对各类小型制冷产品有很大的购买能力。这给予了她灵感：天气越来越热，为什么不能将空调带在身上呢？她想，贵州因为独特的喀斯特地貌和高山环绕，平均气温不高，但前往江苏求学之后，她发现江苏夏季的平均气温比贵州高很多，除去地理因素外，江苏的繁荣发展也是造成气温升高的因素之一。在江苏，夏季出行要面临的高温就成了一项棘手问题。并且江苏的日照时间充足，长江三角洲平原是孕育生命的平原，同时也孕育了无数资源，其中太阳能就是最可利用的可再生环保能源。通过市场调查，他们发现市面已存在带有小充电风扇散热的遮阳伞，采用 USB 为手柄处电池充电储能，原则上未实现节能减排，未响应环保理念。且只能输出环境温热风，未有制冷效果。无自动循环供应系统，功耗较大，续航能力差，作用效率不大且卖价过高；手持式太阳能伞只能遮挡紫外线以及简单光电蓄电，且蓄电较少，只可用于小功率用电器，作用单一；手持风扇、新型伞夹风扇，无自动循环供应系统，续航能力差，通过扇片旋转带来风力，且通常是室外高温的热风，散热效果差。并且目前市场在制冷伞方面技术未完善，市场竞争相对宽松，这为推动卢烁冰及其团队研究制冷伞提供广阔的前景。

卢烁冰他们从太阳能光电大功率电器应用中受到启发，发现光电转化应用于便携太阳能制冷伞中，可大大降低所需功耗。功耗可降低控制在 16—25w，所需的太阳能板数量降低，转化电池消耗减少，成本极大降低。基于太阳能光电转换空调制冷原理，经过简化与改革，将研发太阳能便携制冷遮阳伞，其优点为：防紫外线，便携易收纳，响应节能减排号召，太阳能供电的自动循环供应系统，可制冷，可折叠，可拆卸，可作为应急给手机充电，一伞多用。

如果将他们特制的微型制冷系统与遮阳伞结合，可实现随身便携的制冷，就像是把空调带在了身上。并且以太阳能作为能源，利用太阳能光电进行驱动制冷，不会像传统空调一样消耗发电厂的电力，也不会排放氟利昂，既节约了资源，也减少了污染。而将微型制冷系统和太阳能做成完整的一个微型便携系统，让它实现可穿戴，可便携，在利用环保资源的同时带去了便捷。

听说过雨伞还能制冷吗？卢烁冰团队用他们的聪明才智，将梦想变为现实。从此，再炎热的夏天，有了太阳能制冷伞，一切都能变得舒爽宜人！利用 CIGS 柔性薄膜太阳能电池和冷热半导体技术，雨伞上也能安上冷风扇。

流水淘沙不暂停，前波未灭后波生

小功耗的太阳能功耗机器的广泛应用研究将会是主流方向，能与大家电齐头并进。卢烁冰与项目团队主攻太阳能微型光电制冷电机的研发，未来可用于多种微型用电器。若进展顺利，在国家政策支持下，此项目的发展可再上一层楼。

如今的市场已出现各式的遮阳防晒产品，前面说过，普通遮阳伞：只能遮挡紫外线；普通风扇伞：价格高昂，需要 USB 充电储能，原则上未实现节能减排；普通太阳能伞：单纯蓄电供能，无一体化功耗器；手持 / 伞夹风扇：无自动循环供应系统，续航能力差，送风为室外高温的温热风，散热效果差。而他们的产品具有许多特点：轻巧便携；可折叠收纳；可以在室外吹到空调冷风；随身给手机应急充电；轻便新型复合材料；可再生能源利用；创新微型制冷系统；创新风路管道系统；产品零配件可更换……其功能创新：微型半导体制冷散热装置，功耗较小，可输出冷风，实现"随身空调"的理念。其技术创新：创新多管道多方位制冷送风系统，三种送风模式，可全方位覆盖制冷给风，夏季凉爽出行。

那此产品的服务人群是哪些呢？旅游群体、学生群体、上班族（其中女性为主）、易中暑中老年群体。随着我国国民经济的上升，大中学生手头宽裕，普通上班族等大部分国民经济收入保持在月入 3K—8K，有一定的经济水平。

购买一把制冷伞的价格与购买一把普通精制伞的价格相当，大多数人能够负担，所以，制冷伞市场前景广阔。

卢烁冰的团队和她一样，来自环境工程与电气自动化专业，具备节能减排和新能源利用方面的知识，具备电气及其自动化方面知识，具有开拓思想以及创新发散的思维。

不经一番寒彻骨，何来梅花傲骨香。想是想，说是说，要做起来就难了。有志者取得的成功，并不是一蹴而就的。卢烁冰不是能源动力专业的，对于太阳能啊，电机啊，制冷器等等的知识都是现学的，她的导师给予了他们很多帮助。在卢烁冰遇到不懂的问题时，导师总会替她解答。他们的相约地点永远是食堂，因为导师吃完饭还得继续回去忙，于是就趁吃饭的时间给她解答。在许多个饭点，别的同学吃下去的是饭，而卢烁冰吃下去的是新知识。

当她的同伴沉浸在甜美的梦乡时，她还在深夜的孤灯下苦苦钻研。卢烁冰就是这样一个人，干练利落，事事为人先；她追求完美，对工作细节严格要求。在她的带领和推动下，项目类工作飞速推进，时间不长，就小有了成就。她带着兄弟姐妹一起度过了项目研发最为艰难的时期，每当风雨将临之际，她总是满腹豪情，自信地对他们说："我们一起努力干！"

要知道，一开始，社会资源匮乏、人员配备不齐，连项目和各类产品的基础条件几乎都处于空白。但这些丝毫没有动摇他们前进的信念和步伐，她发出豪言壮语："世界的舞台如此之大，怎能没有我们腾挪的空间！"没有社会支持，他们自己去找。人才不够，他们自己去招。项目条件不成熟，他们自己去思考、去摸索、去垫基。项目研究开发以来，她带着队员们一起找资源、聘人才、写材料……带着大家一起碰过无数钉子，熬过数十个不眠之夜。天道酬勤，每一点小收获都离不开队友们的辛勤付出，每一位来访者、每一位客户、每一份文件，事无巨细，精确把控，亲力亲为。

千淘万漉虽辛苦，吹尽黄沙始到金

有了产品后，如何营销呢？卢烁冰和她的团队经过调查和研究后，决定展开"线上销售＋共享经济＋大厂合作"模式，开设淘宝店，运用网络媒体多渠道推广，其中包含抖音，B站等流量巨大的媒体平台，大厂合作模式主要是与制造遮阳伞等厂家进行理念与技术售卖的合作。共享经济目标主要是对准景区，设置扫码共享工作台，在景区的进口，扫码领取伞，出口扫码支付并归还。整个伞的使用范围始终局限于景区，极大减少了共享模式下产品丢失的风险。他们的模式售卖以及合作是想将目标对准共享经济公司，用他们的模式售卖去吸引此类公司的合作。而关于景区，他们想要将目光对准北京、上海、杭州、广州、深圳、海口以及厦门这几个国内排名常年居前七位的城市。此前他们做了一个市场调研，问大家是否会使用共享智能伞，是否看好共享智能伞的未来发展？答案是肯定的。

后来他们发现大家忽略了一个地方，那就是四川到西藏这条著名的川藏线。去川藏线的都有哪些人呢？骑行追求梦想的人。川藏线有一个特点，紫外线极其强烈，给太阳能微型制冷应用的研究，带来了一个极其广袤的市场。

对于产品的迭代，后期他们可以将他们的伞进行一个技术的更新，把它做成一个可穿戴式的太阳能微型制冷便携的制冷背心。

当然，每一项科学发明都不是完美的。卢烁冰和她的团队此项目也有其不足之处。为了确保散热，太阳能板与伞面的贴合方式需要进行进一步的选择。为遵循送风管道封闭原则，需要设计合理的镶嵌方式保证微型半导体制冷器与送风管道的紧密贴合。由于伞柄的内部管道要便于拉出以及收回，所以管道的收缩设计也是一个待解决问题……

卢烁冰，只是一名大二的学生，就有如此的科学前瞻性，如此的刻苦钻研精神，如此的创新成就，是难能可贵的。她和她的团队有非常扎实的基础，有非常严谨的科学精神，有创新的意识，以及承担为国家的发展作出贡献的责任。习总书记曾经说过：实践告诉我们，伟大事业都成于实干。新时代是奋斗者的时代。新时代是在奋斗中成就伟业、造就人才的时代。我们要激励更多科学大家、领军人才、青年才俊和创新团队勇立潮头、锐意进取，以实干创造新业绩，在推进伟大事业中实现人生价值，不断为实现中华民族伟大复兴的中国梦奠定更为坚实的基础、作出新的更大的贡献。

2020 年，卢烁冰团队的太阳能制冷伞项目参加了丹阳市第五届青年创业大赛， 获得三等奖。我们衷心祝愿卢烁冰和她的团队继续努力，在科学的道路上越走越宽，越走越辉煌；在创业的天空上，飞得更高更稳！

王茜

　　1988年11月生，本科毕业于南京大学生态学专业，2017年获得南京大学商学院工商管理学专业硕士学位。丹阳市现代口腔门诊部行政院长；丹阳市青年商会副秘书长；"花朵计划"护牙公益活动组织人；镇江市青年联合会第八届委员；2019年荣获丹阳市第四届创业大赛一等奖。

创业青年
风采录

Chuang Ye Qing Nian Feng Cai Lu

口腔医学路上的追梦人

□文 / 李俊美

青春如一首诗，很美好，很浪漫，也很短暂。有人虚度，有人张扬，有人挥霍，也有人在这段时期投身创业，奋力拼搏，绽放灿烂绚丽的光芒，而无愧于青春，无愧于自己的一生。

如今，年轻的王茜和她的"现代口腔"门诊部在丹阳已是响当当的名字，人们提起她和她的"现代口腔"，常常会竖起大拇指夸赞。

王茜，出生1988年的一个美丽大方的江南女子。她明眸皓齿，一头短发，举手投足间尽显干练和聪慧，且谈吐高雅，听她讲话如沐春风春雨。她爱笑爱生活，这样一个活泼开朗又明媚的丽人，如今已是丹阳市现代口腔门诊部行政院长，丹阳市青年商会副秘书长，2017年共青团丹阳市第十八次代表大会委员，共青团镇江市第十七次代表大会委员。获得2016年度丹阳市青年商会"年度贡献会员"称号。在2019年丹阳市第四届创业大赛中获得了一等奖，参赛项目是现代口腔——"合伙人制"口腔连锁诊所。

每一个为事业奋斗的人都值得尊敬和喝彩，都是年轻人学习的榜样，在成功的背后都有着无数的艰辛和感人的故事。作为一名名校毕业的女大学生是如何创业的，想必你一定会很感兴趣。

青春作伴好还乡

　　王茜本科毕业于南京大学生态学，和林业专业相关，父亲是一名林业高级工程师，对这个女儿视如珍宝，希望女儿毕业后也能继承他的事业。在高知家庭中成长的王茜，言行深受父母的影响，从小爱学习，为人有礼貌，喜欢看书，父亲的书房是她最爱待的地方。左邻右舍都非常喜欢她，说这丫头长大肯定有出息。天蝎座的她，兴趣爱好广泛，喜欢结交正能量的朋友。虽然在父母老师眼里是乖乖女，但她骨子里自认为叛逆，爱折腾，在大学期间任班干部，表现活跃，多个社团里都有她俏丽的身影。对学校里的一些创业项目她也表现出浓厚的兴趣，常常关注这方面的信息。这就像在内心埋下了一粒种子，一旦遇到合适的土壤，遇到阳光雨露，就要开花结果。她毕业后先在英文报社《中国日报》工作了六年，任南京工作站站长。良好的素质和优秀的工作能力，让她在这个岗位上能轻松胜任。她说如果不是爱情的召唤，也许她在南京会待得更久。

　　王茜的丈夫封岩，是一名科班出身的口腔科医生，也是一位正直善良、积极进取的年轻人。他戴着眼镜，看上去挺斯文。2013 年，他正在西安第四军医大学进修学习，即将毕业，而他的父亲和几个合伙人在丹阳开办的现代口腔诊所，正在紧锣密鼓地筹备中。因为诊所里人手不够，封岩决定回来帮忙，王茜舍不得和他分开，也回来帮他一起分担。于是，青春作伴好还乡，他们双双回到了家乡。

　　然而，生态学专业毕业的她，对口腔方面可以说是毫不了解，丈夫是个医生，对于行政管理等也是知之甚少。重重的困难摆在他们的面前。

　　她从零开始学起，亲力亲为装修、购置设备等这些琐碎又繁杂的事情，光是各种证件的审批就跑了十几趟。而此时她刚好又怀孕在身，不适反应时有发生，但能做的都尽量去做。父辈们放心让她去参与其中，她也不负众望，做事有条有理，一年不到就全部完工了。

现在想来，2013 年是她最艰难的一年，因为在这一年她还收到了南京大学商学院（MBA）的录取通知书。王茜不愿意放弃这么好的机会，一来读研可以让她接触到更优秀的人、丰富自己的知识，二来管理公司也需要掌握相关知识，因此王茜在读研期间就给自己做了非常详细的规划，一天忙碌下来，晚上再利用休息时间看书做题备考。这确实是一种身心的全面考验，好在她都咬咬牙挺过来了。王茜认为人生其实就是一个不断做出选择、遇到问题并解决问题的过程，在这个过程中形成的思维、心智模式和养成的品格习惯是可以让人终身受益的。

王茜说 2014 年是特殊的一年，也是幸运的一年。因为她有两个"女儿"诞生了！一个是"现代口腔"正式营运，一个是女儿的降临，这两件都是大事喜事。

现代口腔门诊部设在丹阳市的丹凤南路上，一整面绿色的玻璃幕墙很是醒目。原本以为这只是父辈之间出资合伙的生意，她和丈夫负责管理和打理就可以。谁知道，现代口腔的运营状态并不是很理想，合伙人由于各种观念不合，出现了很大的分歧：自己和家里人希望朝着先进、高端的模式发展，而合伙人认为收回成本，最快速度盈利才是最重要的。双方协商不通，最终，在 2016 年合伙人要求退出，这是现代口腔发生转折的一年。王茜和丈夫需要支付合伙人原始投资的那笔钱，还要继续垫资运营。众所周知，医疗材料和设备投入昂贵，这么多资金一时从哪里来？当时面临两条路，一条路是把现代口腔卖掉，收回投资成本，降低自己的风险，而王茜和丈夫则可以找一份安稳的工作，过安稳的生活。凭她南京大学的文凭，找一份好工作也很容易。另一条路是坚持下去，再难再苦都坚持下去。口腔行业前景光明，把眼前的困难解决掉，应该会柳暗花明又一村。在这重要的关口，任何一种选择都意味着不同的人生。王茜和封岩不甘心辛辛苦苦建立的现代口腔就这样半途而废。王茜的父母一向开明，看到女儿女婿因为此事愁眉不展，就主动提出把开发区的一套商铺给他们做抵押贷款，这笔资金帮助他们度过了最困难的时光。

迎接新挑战

2016 年，随着合伙人的撤资，父辈也不再参与任何管理和运营，王茜和封岩正式接管现代口腔诊所。从那一刻开始，王茜觉得肩上挑起了千斤重担。封岩是医生，他以给病人看病为主，一次次出去进修学习，就是为了提高自己的口腔医术。行政上和对外联络宣传的事务就都落到了王茜肩上，好在她有了几年在南京工作站的经验，处理事情的能力也得到了很大的锻炼。她临危受命，义不容辞。

2016 年也是整改的一年。随着人们生活水平的提高，对牙齿的保健和治疗越来越重视，几个公立医院的牙科诊治已经不能满足人们的需求，口腔诊所如雨后春笋般地涌现，就拿丹阳这个小城市来说，去年一年新开的口腔诊所就多达十几家。现如今，想要运营好一家诊所必定要打造自己的核心特色。王茜发现，原本的装修风格很老气，跟乡镇卫生院的风格很像，充满了浓郁的传统医疗机构的味道，但是实际上目前高端的口腔诊所、门诊部是以温馨以及舒适感为主基调的，让客户进入诊所时能够不感到害怕和恐惧。王茜夫妇决定从诊室开始整改，把原本开放式的诊室改为每一个独立密闭的诊室，这也是为了客户的私密感体验，现代人很注重体验感，注重服务，注重细节。开始购置新的沙发，整改吧台，大到诊室定制的功能性柜子，小到一个个垃圾桶……王茜事无巨细地过问与经手，从小到大养成的那种做事认真严谨的习惯在这里又一次体现出来。接下来就是完善门诊的内部管理制度，从考勤制度、到业务范畴的消毒制度以及专业内部培训等等。从外行到内行，从一知半解到样样俱通，王茜称没有捷径可走，只有多学多问多借鉴。当人们一走进"现代口腔"，感觉到的是一种宾至如归的轻松，是清新淡雅的祥和，而这正是王茜需要达到的效果。

如何吸引新客户以及留住老客户也是王茜一直在思考的问题。如果在十几年前，口腔诊所根本就不用担心没有客人，但现在越来越多的口腔诊所开始打造自己的一套营销策略，因此吸引了不少用户，加上口腔业发展如此迅猛，难免导致泥沙俱下，极少数害群之马造成了社会对医疗行业整体性的质疑。

王茜深知营销是一门大学问，它不是发几篇新闻稿夸夸自己，更不是花点钱做广告。好的营销一定是建立在真正了解消费者需求的基础之上的，要针对不同客户制定不同的用户体验。因此，王茜决定开展市场调研，对周边的竞争因素进行评估。王茜还分享了一个小例子：她以前认识了一位需要做假牙的阿姨，一开始那个阿姨并没有很放心在他们家做，但王茜非常热心、耐心地给阿姨免费做咨询，慢慢地她们成了朋友，那位阿姨也很信任他们家的医疗水平。后来，通过那位阿姨的推荐，又有接二连三的几位顾客被吸引了过来。经过这个事情，王茜深受启发，她明白了客户关系的管理在一家企业里有多么的重要，只有掌握了客户行为才能更好地改善诊所服务，实现诊所效益最大化。

在创业初期，遇到最大的困难就是人才的招聘和流动问题。王茜说，刚开始，会通过一些公立医院的推荐，推荐来的医护人员大多是外地人才，涉及到住房、吃饭各种各样的问题。后来又通过专业的口腔人才招聘网站进行招聘，招聘的人才水平和素养参差不齐，有所谓资深的医生（只是年龄很大而已），却发现三观不合，不准备录用的时候，又出现了偷门诊试剂和材料的事情，好在有监控，差点因为这些所谓鸡毛蒜皮的事情对簿公堂。紧接着又招聘了一对年轻夫妇，男的是口腔医生，女的是口腔护士，本以为是很对口的人才，谁知道由于没有管理经验，签署用人合同的时候，薪酬部分没有标注得特别清楚，又差点闹出纠纷。经过接近 5 年的磨合，现在终于团队稳定，留下来的也都是志同道合的小伙伴。人才是团队的核心竞争力，目前"现代口腔"团队成员近 20 人，其中博士 1 人，硕士 4 人，本科 5 人，现成了一支年轻化、专业化的高素质队伍。

人才有了，检查和治疗如果有精良高端的仪器设备则更能如虎添翼。2017年，王茜和丈夫商量后，用不菲的价格购置了丹阳地区第一台德国产显微镜，这也标志着"现代口腔"正式跨入了显微时代，从传统看牙只能通过口腔医生肉眼诊断到显微镜诊断，这是一个新的突破。两年后，又购置了丹麦的口腔扫描仪，用精准的数字化扫描替代原本传统的硅橡胶取牙模，从此"现代口腔"又进入了真正的数字化口腔时代。并且牙齿的隐形矫正、ALL—ON—FOUR全口种植这两项高难度顶尖技术的开展，已经引领了丹阳乃至镇江地区的口腔医疗技术……这一系列高端先进的背后凝聚的是王茜和丈夫的眼光和心血，要做就要做行业中的翘楚，这是他们的心愿和目标。

当门诊部的经营状况趋向稳定，走向正规，初具规模的时候，王茜又会去思考一些新的问题。比如原地要不要再扩大，要不要再去开分诊部，包括经营方式和经营模式的转型。"合伙人制"是一种新型的经营模式，已经出现了很多成功有名的案例，效仿者也越来越多。王茜也很认同这种模式，但面临的问题也很多。王茜做任何重要的决定，都会先征求封岩的意见后才去做，不会一意孤行，虽然封岩都听她的，但她认为这是对丈夫的尊重和爱，这一点非常重要。在王茜身上具备创业者的精神：坚毅、勇往直前，追求不同，勇于改变……马马虎虎，得过且过，维持现状不是她的作风，她愿意去挑战一个又一个高度。

"花朵计划"行动

在这里，特别感动我的还是现代口腔提出的口号"8020"，就是希望每一个人到了 80 岁的时候还有 20 颗好牙可以吃东西，对标发达国家的标准。这是一种多么美好的愿景！这不是走向小康社会的人们需要追求的一种幸福吗？这是这个团队正在努力的方向。《黄帝内经》说"上医治未病，下医治已病"。王茜认为预防大于治疗，因此她带领着手下的人员，在每年的各个重要节假日，都会去各个社区义诊和宣传牙齿的保健。尤其对于儿童和青少年的牙齿健康，王茜更是感到自己有义不容辞的责任，王茜和她的团队投入了大量的时间。从2016—2021 年开展"花朵计划"公益行动近百场，走进三十多所幼儿和中小学宣传预防保健知识。保护祖国的花朵就是呵护祖国的未来，因为花朵的牙齿健康确保了能够更好地营养摄入，有好身体才能报效国家。希望通过整个医护团队的努力，降低整个镇江的儿童牙齿蛀牙率。王茜说，"我们希望给大家不仅带来牙齿治疗上的便利，更希望能将更多的口腔预防保健知识传播给大众。医者仁心、大医精诚是我们应该保持的情怀。"这样的情怀在现代这个利益至上的社会值得我们称道。王茜不愧是一个眼光高远的热血青年，能力和魄力并举，不仅仅以眼前的利益为重，而是身上担负起更多的社会责任感。历来社会责任感能驱动人有更大的作为，小我被大我战胜，王茜正用行动在践行，一条宽阔而充满希望的路在她的脚下延伸。

王茜的时间曾被各种各样的事情极度压缩，只能像海绵一样挤着用。牙牙学语的女儿要陪伴，她不希望在幼儿的关键期把孩子扔给父母。要处理门诊部的很多事务，要照顾家庭，还要抽空去南京上学，有时内外的压力一齐袭来，让她真有想打退堂鼓的感觉。如果不是家人在背后默默支持，她无法坚持下去。所以她说自己取得的一点成绩，首先要归功于自己的家人，她非常感谢他们。提起自己的家人，我们看到王茜脸上尽是幸福的模样。一个女人事业再成功，家庭的幸福和谐是最重要的，王茜深深懂得这一点，我们也应该给予她最大的祝福。

2017年，王茜终于拿到了南京大学商学院工商管理学专业的硕士学位证。有多少个晚上她挑灯夜读至深夜，付出终有回报，这一刻她喜极而泣。

王茜说，今年距离创业已经六个年头了，回头看，虽然很辛苦，流过泪流过汗，但都是值得的。在国际上有人统计过，存活超过3年的公司不超过25%，存活到5年的公司就更少了。王茜的口腔门诊虽然有别于企业，但实质是一样的，都得一点点起步，都得有良好的团队建设，都得有收益和口碑。这么多年的奋斗，使王茜无论是在个人的为人处事、对外打交道，还是对内团队建设、行政管理都上了一个台阶，成熟了许多。

当现代口腔步入正常轨道后，王茜也会抽出一定的时间和闺蜜去旅行，去读书运动学习。她认为虽然家庭、工作很重要，但不是全部，应该有真正属于自己的时间，应该去不断地提升自己，充实自己。王茜对书情有独钟，在学校时看各种中外经典名著，历史和传奇类小说，在创业初期看一些如何创业的书，孩子出生了就看育儿书，现在又在看一些如何管理和经营之书，包括很多针对90后管理的书籍，例如《轻有力》。因为她深知，自己的团队成员越来越年轻，如果自己的知识和意识不更新，很难真正管理好年轻团队的心。《樊登读书》也是她每天上网去收听的内容，她认为对提高自身的修养和工作能力很有帮助。

没有时间，就在做家务或者走路时利用这些碎片时间来收听学习。一个人的成长和越来越优秀，离不开主动的学习能力。王茜就是这样一个精力充沛一边工作生活一边学习的人，她的丈夫封岩也不甘落后，和她比翼双飞，不仅专注于临床技术的提升，也一直在钻研和学习的路上努力奋斗。在上海、苏州报了各类培训提升班，每天看书至少一小时，计划两年之后再去欧洲国家深造，把更先进的管理理念和设备引进回来。

王茜关心社会，积极投身于一些社会活动中。2017 年，他任共青团镇江市第十七次代表大会委员，并当选镇江市青年联合会医药卫生界别组副组长，同年 9 月 20 日"爱牙日"，组织镇江市青年联合会医药卫生组代表走进丹阳幼儿园开展幼儿大型口腔宣教公益活动；2016 年—2020 年开展"花朵计划"公益行动，希望通过系统的幼儿、青少年牙科健康知识普及，让更多的孩子、家长以及老师掌握更多保护牙齿的知识。目前已经走进幼儿园、小学三十余所，科普幼儿、青少年近千人。保护祖国的花朵就是呵护祖国的未来，花朵的牙齿健康确保了能够更好地营养摄入，有好身体才能为报效国家。王茜希望通过自己的努力，降低整个镇江的儿童牙齿蛀牙率。2019 年 3 月 12 日，她参加了镇江市青年联合会"保护母亲河 争当河小青"义务植树活动；2019 年 5 月，"五四"一百周年之际，作为丹阳市医疗行业的青年代表，她向丹阳市委黄春年书记汇报了"花朵行动"的开展情况；2019 年 7 月受邀参加"樊登读书会"线下读书会讲书分享；2019 年 12 月 获得由中共丹阳市委员会、丹阳市人民政府主办的"创翼丹阳 智胜未来"丹阳市第四届创业大赛金奖；2019 年 12 月担任"齐梁仪风 南朝今韵"丹阳青年企业家助力传统文化传承与发展活动主持人；2020 年 4 月受邀参加丹阳市融媒体集团录制的《阅读时间》栏目，主题为《青春》。同年，走进丹阳福利院，购买大量食品和衣物，看望残障儿童。这一年在全市"我身边的好青年"评选活动中，被评为"创新创业好青年"。王茜以自己的实际行动把爱一点点反馈给社会，也得到了社会的认同和赞赏。

创业心得

2020 年 1 月 11 日下午，南京大学镇江校友会 2020 年迎新年会暨第二届宏观经济论坛，在位于镇江市润州区的新城碧桂园樾林苑售楼处举行。丹阳现代口腔医院的王茜校友主持了年会活动，同时也对校友们谈了自己的创业体会。

同年 9 月 28 日下午，"创翼丹阳 智胜未来" 2020 年丹阳市第五届青年创业大赛在南京师范大学中北学院起凤楼礼堂顺利举行。 此次大赛特邀请了丹阳市第四届创业大赛金奖获得者王茜女士为大家分享她的创业经历，希望让同学们能从中得到更多的启发以及帮助。王茜在分享中提到，在创业大赛中写商业计划书，制作 PPT 与团队成员的沟通等每一次的历练比拿奖项和名次更加重要。在创业的过程中要简单阐述项目在如今的时代背景下与所处的环境；明确团队项目的优势在哪里以及赢利点的形式是怎样的，才能说服打动别人；对项目未来的前景要摸清摸透，才能确定今后产业的发展方向。

目前，王茜所在的丹阳现代口腔门诊部，已成为一所集医疗、预防、保健、美容为一体的大型口腔门诊机构。全院拥有营业面积 800 余平方，环境整洁、设备先进、消毒严格、治疗规范，视患者、客户为家人，量身设计治疗、美化方案，服务贴心。设有：贵宾诊疗区、普通诊疗区、种植牙手术室、CT 室、化验室、心电图室、消毒室、无菌室、处置室、技工室等。诊所引进了世界——的美国卡瓦口腔 CT 和德国、意大利、荷兰、日本、韩国等发达国家生产的先进口腔综合诊疗设备。开设口腔内科、口腔外科、口腔修复科、口腔正畸美容科、儿童口腔诊疗科、牙周预防保健科、现代化口腔种植中心等诊疗科目。常年和上海九院、西安第四军医大学（西京医院）、中国人民解放军第 359 医院（镇江）、江苏省口腔医院、南京市口腔医院等医院进行技术合作，并邀请全国口腔专家、教授、博士、硕士生导师常年坐诊。 致力于为患者提供舒适的就诊环境、可靠的消毒措施、先进的牙科治疗技术、人性化的管理和服务。

不久前王茜在做客一档《悦读时间》的节目，谈谈创业心得时说："创业是一条艰辛的路，年轻人创业的困难要比外人想象的多很多，尤其是在创业初期，社会的经历、资金、各个方面的经验，都是很匮乏的一个状态。再加上外部的市场竞争，各种各样的压力，应该说是纷至沓来……但既然做好了创业的准备，选择了这条路，就要义无反顾地走下去。要有一个好的心态、持续不断的学习和坚定的信念。创业就像一条'玄奘之路'，只有你确定不管千难万险都要去西天取经时，才会有人持续跟随你。最好制定一个长期目标和短期目标，一周、一个月的目标，目标还可以再分得细致一些，这样进步会明显些。另外就是坚持，坚持一天一个月很容易，长期坚持下去就很难。只要坚定目标和坚定前行，那么就勇敢地去拼搏吧！此时不拼搏，更待何时！"

关于为什么要创业，王茜是这样回答的："有人说，我没有背景，没有人脉，没有资金，所以不能创业。我想说：如果这些都具备了，就没必要创业了，创业就是让我们把没有的变成拥有。在这个世界上所有别人给予的都有可能被收回，只有自己创造的才会永久留下来。作为新时代的青年们，更应该努力奋斗，实现自我价值，也为社会作出一些贡献。"

泰戈尔的一句诗里说，"今天你吃的苦，受的累，忍的痛，最后都会变成一道光照亮你。"王茜希望把这句诗送给所有创业的人。

"守得云开见月明，静待花开终有时"，我们也衷心希望王茜的路越走越宽广，越走越坚定，让一个个美好的梦想成为现实。

赵国荣

　　丹阳埤城人，"诺得物流股份有限公司"创始人。2004年8月，为适应市场经济发展，赵国荣正式成立"丹阳市飓风物流有限公司"；2013年，随着物流信息化平台在华北市场悄然走热，赵国荣果断抓住机会自建全资技术子公司 ——"江苏斯诺物联有限公司"。2018年，诺得物流作为国家标准化试点企业参与起草两项江苏省物流服务规范标准；2020年1月1日诺得物流获颁网络货运道路运输经营许可证。

创业青年
风采录

Chuang Ye Qing Nian Feng Cai Lu

数据化物流服务平台践行者

□文 / 顾金燕

艰难抉择，开启梦想之旅

两次选择，走出人生迷茫，从学生娃到乡镇企业工人，再到汽车维修学徒工。

20 世纪 80 年代末的一个仲夏，毕业季顶着艳阳，悄然而至，人生的一个关键转折点，摆在了刚高中毕业的赵国荣面前。

他陷入深深的迷茫之中：高考成绩不理想，是再上一年高补班，去努力实现自己的大学梦？还是勇敢地走向社会，去学一些真实靠谱的技术，在社会这个大学校里，自我闯荡、锻炼成长？

高中班主任对他的父亲说："你家儿子平时成绩还是不错的，再上一年高补班，明年高考肯定没问题。"……

穷人的孩子早当家，懂事的赵国荣当时如此想：一、自己存在严重偏科：数理化强项，语数外薄弱，二、父亲是木匠，母亲是农民，家里底子薄，一个哥哥，一个姐姐已经在为家庭承担责任了，自己不想再增加父母的负担。考虑再三，他对父亲说：自己想早点踏入社会，为家庭减轻一些负担，为社会出一份力。

时值当时是国家纺织行业的一面"旗帜"，埤城镇企业——"镇江润州纺织机械厂"，对外招工，赵国荣来到时任技术厂长的叔叔办公室打听消息。

叔叔打量了一下学生气尚未褪尽的赵国荣，说："你就到我们单位先跟我学晒图吧，每个月一二百的工资，还可以经常跟我出出差。"

赵国荣心动了，当时就答应了叔叔的要求。期间跟着叔叔到上海出了一趟差，这对于像他这样没出过远门的农村孩子来说，就像《红楼梦》里的板儿跟着刘姥姥进了大观园似的，算是开了眼界！

接着，赵国荣参加了"润州纺机厂"的招工考试，从200多名考生中以优异成绩脱颖而出。如果一切都按照预期发展的那样，赵国荣就会进入润州纺机厂成为一名企业员工，过上再平常不过的生活；也有可能靠着自己的努力当个科长、甚至技术厂长；当然，当时人们更加没有想到，红极一时的"苏润纺机厂"某一天会轰然倒塌，成千员工突然间成为下岗职工，赵国荣也将会是这几千名下岗员工中的一员……

然而，历史总在不经意间被改写。

一次偶然的机会，"某汽车修理厂"厂长找他父亲商量造房事宜。闲聊中得知赵国荣打算去纺机厂上班时，就讲了一句："上什么班啊，又不是很稳定，俗话说'荒年饿不死手艺人'"，还不如像你爸一样，学一门手艺多好，来我这里学修车吧，现在车子越来越多了。你以后坐坐车都能赚钱（意思是你坐在车上突然车子坏了，就有机会挣钱）！

正所谓一语惊醒梦中人！赵国荣浑身打了个激灵！本来就怀有"钱，足够多的钱；空间，足够广的空间！"这个远大梦想的年轻人茅塞顿开！他清晰地知道自己真正想要的到底是什么！于是他立刻跑叔叔面前："我不来上班了，我要去学修车，以后自己当老板。"叔叔当时被他这番话愣住了，还未回过神时，他已经大踏步地走出了叔叔的办公室，开启了他的汽车梦之旅！

几天后，脸颊稍显稚嫩，却目光坚毅的他怀揣着一本厚厚吉林工大的《汽车构造》书，来到常州，开始了汽车维修的学徒生涯。

都说"兴趣是最好的老师"。凭借对"汽车"的热爱，动手能力极强的赵国荣仿佛进入了一个理想的王国。每天他都会花15—16个小时在学习技术上。

一早起床，把那本修车宝典预习一下，然后跟着师傅进行操作实践。无论修车到多晚，他都会在等大家都洗漱休息后，拿出日记本，认真记录当天维修心得。常言道"世上无难事，只怕有心人"，正因如此，在别人用2—3年甚至更多时候都学不了的事，他只用了短短四个月的时间，便把汽车上一万多个零件摸索得一清二楚，了然于胸。

"那时候我写的维修笔记就装了几个大箱子，每天就滚在汽车底下摸索，学习各个部件构造。有一次，我姐姐过来看我，见我又瘦又黑一副邋遢模样，心疼得直掉眼泪，拉着我的手，说：'咱不干了，咱家不缺这个钱，咱不受这个罪，咱回家吧。''不，我特别喜欢这份工作！我要继续学修车！'我沉醉在高强度的劳作和充斥着汽油味的劳动环境中，快活得跟神仙似的！"赵国荣回想起自己的学徒生涯，感觉是在讲述一件有趣的故事，谈笑间，就把自己辛苦的学徒经历轻松地一带而过。从此，赵国荣算是正式踏入，因为喜欢而选择的汽车维修行业。

是雄鹰，就要翱翔

第三次选择，从汽车维修工到修理厂厂长。

都说：不想当将军的士兵不是好士兵。学成归来的赵国荣，来到某汽车修理厂，成了一名正式维修工，1988至1990年，开启了三年的修车工生涯。在此期间，赵国荣所拿的工资是每个月58.6元，这显然与他的付出不匹配，但是只有赵国荣自己心里明白他真正的追求和梦想！"燕雀安知鸿鹄之志，什么是年轻人该有的志向？"如今的沉淀，只是为了今后的高飞！

在修理厂的头几年，他每天只睡5—6个小时，苦练手艺，有事没事就蹲在车上"瞎琢磨"。说他是一名汽车修理工，不如说他更像一名给汽车把脉看病认真负责的大夫。每当看到一辆辆有毛病的车辆送到汽修厂，经过自己的回春妙手，像个健康人样一个个走出去时，心里就有一种满满的成就感。

赵国荣带着一种非常愉悦的心情讲述着他的修车经历。"记得有一次，驾驶员开了一辆新的解放牌汽车来维修，新解放刚刚上市，以前我们都没有维修过这种车子，所以刚开始有点无从下手，不知怎么办才好。当时我有点年轻气盛，有种不服输的精神，心想：不管什么车子，他的构造和原理应该都是一样的。于是我翻出那本吉林工大的《汽车构造》，和以前做的维修笔记。一本一本地翻，一本一本地找，吃住都在车间，整整三天三夜，硬是把新解放车的各个零件都摸了个透。功夫不负有心人，问题点终于找出来了，手到病除。当我把车修好，已经是第三天深夜的 12 点多钟，我把车开出去试车的时候，心中的那种兴奋劲真是难以言表。"就这样，凭借过硬的本领和高超的技能以及对客户高度责任心，憨厚的赵国荣赢得了当地修车业内的一致好评。

"机遇总是留给有准备的人"。经过三年的勤学苦练与伺机等待，终于迎来了某运输公司外包汽车修理厂的契机。"初生牛犊不怕虎"，赵国荣毛遂自荐提出了要承包修理厂的想法，面对当年只有 22 岁的赵国荣，修理厂经理一脸质疑，担心厂子会被这个"嘴上没毛，办事不牢"的小愣头青搞砸。但是赵国荣天天找经理软磨硬泡，谈设想、谈方案、表决心，精诚所至，金石为开！经理终于点头答应了，但提出了新的难题，要求增加附加条件——必须找个恰当的担保人来担保。

于是，赵国荣鼓作勇气找到了他的一个远房亲戚，即现在鼎鼎有名的沃得集团（当时"富豪机械"）老板王伟耀，请他出面做担保。看着面前勤奋努力，吃苦耐劳并且踌躇满志的赵国荣，王总给予了高度的信任与肯定！于是他二话没说，就把这个事情给应允下来，帮助赵国荣顺利承包了修理厂，这是他人生中遇到的第一个贵人。

1991 年的 9 月 1 日，赵国荣顺利拿到"该运输公司汽车修理厂"承包经营权。终于为自己争取到了施展拳脚的机会。

老板是好当的吗？刚开始，怎样把公司运转起来？解决流动资金就成了他必须要解决的头等大事。"借鸡下蛋"这是赵国荣当时首先想到的应对策略。他凭借过人的技术和良好的信誉，使得圈内人都愿意先预垫付修车费用，拿着先付的修车费去买配件来修车，借如此"鸡"，才有他流动资金"蛋"的慢慢积累。

　　承包三年期满后，赵国荣向工商部门申请了营业执照，向交通部门办理了汽车维修许可证，白手起家，成立了真正属自己的汽车修理厂。在与司机们的交流中，赵国荣发现了另一个商机：司机们跑车回来月运输收入3—4千，相比于需整天摸爬滚打在油渍抹污的汽车中的汽车修理，钱来得更快，赚得更多。所以在承包"汽车修理厂"的第二年，赵国荣就买来他的第一辆车子，附带着搞起了运输，开始了物流运输的雏形试水。创业之初，因为资金问题，同时也仗着自己修理工出身，车是买的便宜的二手车，车况也不是太好。为了节约成本，跑长途别人都有两三个司机，赵国荣都是自己带上一个司机亲自跑车。为保证车辆的出车率，基本上都是白天运输，晚上回来加班修理。经过一段时间的摸索，在熟悉了各条线路情况和市场行情后，再把车交给技术好信得过的司机，由司机亲自跑车，自己则一边在修理厂修车，一边在继续拓展运输业务。但也因为车辆太老太旧，在路上抛锚现象难免发生，常常是带着修理工连夜赶过去抢修。记得有一年夏天，车子坏在福建的一条山路上，时间就是金钱，车辆抛锚不仅耽误客户卸货，也使车上成本增加许多，所以一听到这消息，就带着伙计连夜赶了好几个小时到达现场突击修车，修好后继续赶路。还有几千公里崎岖山路，车子不断地上坡下坡蛇形绕行，天时已经很晚了，不过也快到山下了，也许是连续刹车，造成车子轮子发烫导致刹车失灵的缘故，车子发生侧翻，几经辗转，终于很幸运地被挂在一棵大树旁，6个轮子朝天，大家从车厢钻出来，打着手电筒朝外一看，吓得一身冷汗，因为脚底下就是万丈深渊，整个人都吓蒙了！车动不了，只好暂时作罢，好不容易在附近找了一个小旅馆，几乎虚脱的人躺下就睡着了，一直到早晨八点多才醒来。一看车子不见了，到处找不到车了，可把人给急死了，不知道我们的那挂车子是什么时候被拖走的，又拖到了哪里？后来想起给当地交警队打了电话，才找到了车子，一颗悬着的心才终于落地，现在想想真是后怕。听着赵总的创业路上艰辛与不易的经历，笔者的心情跟着跌宕起伏。当然后来运输经营过程中也发生过其他大大小小的交通事故，过程的艰辛，非常人能想象得到，但是他从不为此后悔。"现在想来当初的选择是正确的，规划也是正确的。"他这样告诉笔者。

华丽转身"物流领头羊"

正因为他锲而不舍的追求和对事业的热爱，加上他对客户的敬畏与尊重，赢得了当时大亚、沃得、华宇灯具、天工等规模企业的认可，他们纷纷解散了原有的车队，把物流全部交给他承包。他的业务量不断扩大，从最初的第一辆车，到第二辆车，第三辆车，发展自己的车队。2004 年 8 月 16 号，正式成立"丹阳市飓风物流有限公司"（也即"诺得物流"的前身）。

从汽车维修行业转向物流运输，他完成了他人生的第四次转折。

创业如逆水行舟，不进则退。随着视野的开阔，赵国荣有了新的抱负，他的目光已经不仅仅局限于本乡本土的业务，他要把蛋糕做大，让越来越多的人有饭吃，他要带领大家共同致富。新的时代，赋予了新的使命。随着时代的发展，行业内存在一些痛点和难点问题也逐渐凸现：

公司创立之初，物流运行模式跟传统行业差不多，买几辆车，雇几个驾驶员，再招聘业务人员跑市场。当时的物流市场不成熟，信息不透明，货源需要经过层层转包才能抵达终端，大多数物流企业规模小、实力弱、功能单一，难以满足社会化物流的需要。面对模式单一、同业竞争激烈的市场情况，如何实现货主和个体运力的直接对接？如何提高车辆利用率以及货物合理分配率？如何降低企业运输成本提高车源黏性？这是赵国荣长期以来一直苦苦地思索的问题并试着寻找着解决方案。

赵国荣说："早在 2009 年，我就开始思考转型，经过市场调研，'第三方物流'的概念进入了我的视野。我们开始着手进行传统项目物流管理优化，通过分段管理实现资源有效管控和效率升级。我们卖掉部分车辆，甩开包袱，轻装上阵。利用信息平台调车，和驾驶员签订用车合同，到市场找黄牛调车，经过这一系列举措，盘活了公司资产，优化了公司的营运方式。如此一来，公司就可以拿出更多时间和精力，用于对直客的全方位精细化、个性化服务。"

2012 年，公司申请认证 ISO9001 质量管理体系认证，从而增强了客户的信任，增强了企业的市场竞争力。当年年底，公司的大客户占到客户总数的50%。直客的经营模式使得诺得物流业绩快速增长，年营业额达 1.2 亿元。

2013 年，随着物流信息化平台在华北市场悄然走热，赵国荣顺势而为，果断抓住机会自建技术团队，开始投入技术变革，探索物流信息化对三方物流的赋能和升级。

2015 年，自主研发"智运通一站式 OTO 物流平台"，整合市场180000+ 优质运力资源，打造去中介化"物流 + 互联网"运作模式升级，实现线上物流运作全流程可视化管理和数据智能画像分析；线下提供分段式、一对一的现场发货管家服务，致力为制造业集团大客户运作降本增效。

物流标杆引领业界

第五次选择，从传统产业向信息化、标准化转型升级。

2013 年创立"江苏斯诺物联有限公司"，2015 年自主研发"智运通一站式 OTO 物流平台"的建成，公司便步入了高速发展快轨道，营业额从 2016年的一个亿，到 2019 年的 11 个亿，再到今年的 15 亿的目标的快速发展……这一切的一切都得益于赵国荣对公司定位的精准把控、依托政府的扶持、对新技术的投入和人才的重视。

用"诺得物流"副总裁姜吉柳的话说："公司的每次转型与重大决定都离不开董事长赵国荣对公司定位的精准把控，在董事长做事的魄力和人格的魅力影响下，公司的技术团队和营销团队顽强拼搏、团结向上、奋发有为，为公司的发展壮大作出了巨大贡献。"

"早在 2011 年，丹阳市政府部门就经常组织我们创业青年到北大、清华、厦大等高等学府充电、学习、培训，每次都是大半个月的时间，通过这一次次学习，我们知道了企业应该怎样才能做大做强，同时在办企业的过程中，作为老板应该承担怎样的社会责任等等，期间还带着我们走出国门，到诸如德国等一些发达国家参观学习，也正是因为前期不断的学习与培训，使我们打开了眼界，开拓了视野，增长了见识，同时也提高了自己决策问题的能力。所以说，政府在关键时刻帮一把、危难之际扶一扶、重要节点推一推是我们企业发展的坚强后盾。"赵国荣语重心长地说。

2012年，刚刚任命为镇江经信委主任的薛峰对全市物流行业进行调研，那是12月份周五的一天，薛主任带队一行人来到了"飓风物流"公司。当时还是借用的"华宇灯具"的办公室，赵国荣跟他交流了一个多小时，把他从各大高校培训、学习得来的理念结合平时工作中的一些感悟，以及对物流行业的一些自己的想法和展望，竹筒倒豆一样倒了出来，引起了薛主任极大兴趣，对他寄予了很大的期望，最后感叹道："赵总，今后镇江物流的提升与发展就靠你了。"

几天后，赵国荣便接到了薛主任的电话，让他去镇江跟经信委与分管物流和软件的副主任、处长等一共10余人，交流对物流发展的看法，及下一步工作开展需要得到哪些支持。当赵国荣刚到他们的会议室，薛主任对他就下了一道"谕旨"——"这次请你过来，有这么多的领导在场，就是交给你一个任务，你一定要代表整个镇江的物流行业，把我们镇江物流做成一个标杆，你需要到哪去参观，由我们跟相关部门沟通协调，满足你的一切要求。"

后来，由镇江经信委为他和同行牵线搭桥，带着他们到全国各地物流较为发达的地方参观学习。记得最深的一次，是他们一行到江阴的"长江物联网"之后，"长江物联网"的老板对他们政府部门如此重视物流行业无不羡慕。领导的关怀和信任，社会的责任，成了赵国荣新的动力源．他常常告诫自己必须加倍努力，不干出个"人模狗样"来就对不起大家。

赵国荣说："当初我决定自己搭建互联网平台的时候，就面临着是'借鸡生蛋'，还是'借蛋孵鸡'的抉择。常人的做法就像我创业之初一样，肯定都是'借鸡生蛋'，而我如今却反其道而行之，采用的是'借蛋孵鸡'的思维模式。别人对我的做法大感不解，认为自己搭建平台无论是从技术、人才还是资金投入方面，成本都相当高，而且周期长。而买个相关软件只要30万左右。面对别人的困惑，我有着自己的想法：自己搭建平台虽然成本高，但是，我自己的软件公司会时刻根据公司发展需求及时更新平台软件，沟通成本、前期调研、商务谈判等方面成本就会大大降低。便于我们很快地'迭代'升级，像我们现在每周都会发布'迭代'信息，公司的竞争力也大大提高。"

"如今，我们的'斯诺'技术公司在业内已经有了很高的知名度，开始承接对外的业务，像'沃得工业互联网平台''镇江恒顺票务系统''徐工5G仓储系统'等项目都由他们参与建设实施。当然也有诸如'扬中大航'等同行出资购买我们的软件。"赵国荣自豪地说。

"都说同行是冤家，为什么要跟同行做软件提升他们的竞争力？"对此，赵国荣有自己一套独到的想法："其实我们在帮别人做软件的过程中也提升了我们软件团队的技术水平。"

赵国荣在"斯诺公司"科技方面的资金投入，从2013年筹建之初，每年投入100—200万元，到现在每年投入达1000万元以上。

与此同时，赵国荣一直注重对人才的培养与引进，他深知人才对一个企业发展的重要性。为了吸引专业技术人才，2013年，赵国荣在东南大学建立"飓风奖学金"，每年资助24名品学兼优的贫困大学生，之后又在"南京信息工程大学""江苏大学""江苏科技大学"和"中北学院"等一些院校都设立了奖学金，招聘相关专业技术人才到公司创立物流平台，不断进行探索。

不管初创时候资金多么困难，赵国荣在人才和技术方面的投入从未减少。他不仅对技术人员开出丰厚的物资条件，更是从精神层面给以父亲般的关怀。从开始由华为、富士康引进，到现在80%人才逐步本土化。985、211高等院校的员工每年到公司实习。这些实习的985、211大学生因为公司提供了优厚的实习工资和福利待遇以及人文关怀待遇，很多学生毕业之后就直接被留用了。到目前，公司已拥有100多名本科以上优秀人才。

2017年，诺得物流被列入无车承运试点单位（网络货运前身），通过持续整合社会零散运力，上线大数据分析平台，促进无车承运业务规范化、标准化。

2018年，诺得物流作为国家标准化试点企业，参与起草两项江苏省物流服务规范标准。

2019 年 9 月，交通运输部于国税总局印发《网络平台道路货物运输经营管理暂行办法》，诺得物流积极贯彻执行，落实规范公司，办理了 ICP 增值电信业务许可证、网络信息安全三级等保认证，及线上能力认定等网络货运硬性条件。

2020 年 1 月 1 日，诺得物流获颁网络货运道路运输经营许可证。这是由于前期诺得物流无车承运的模式已趋于成型，拥有数据平台，且数据已接入省级交通检测平台，及省国税委托代征系统，完全符合网络货运申请条件。

与此同时，赵国荣个人也得到了很大的发展与提升。2007 年，加入中国共产党，2011 年，成为中国诺得物流股份有限公司党支部书记，先后获得"丹阳市劳动模范""镇江市科技企业家""丹阳市优秀共产党员"，2016 年获得"江苏省科技企业家""镇江市劳动模范"等多项荣誉，并当选为中共丹阳市委十三届党代表。

创业路上无止境

创业路上无止境！无论是顺利还是坎坷，赵国荣从 22 岁开始承包汽修厂，到 2013 年试水"物联网"，再到而今成为"物联网"先行先试的领头羊，个中滋味只有自己能够体会。

人说"树大招风风撼树，人为名高名丧人"。赵国荣从 1991 年开始承包汽车修理厂，到 2010 年，用了近二十年的时间，从一个穷小伙华丽变身为身价几千万，然而有着远大理想的赵国荣并未从此"躺平"。2012 年，他开始建厂房，2013 年，开始谋划组建"物联网平台"，并于 2013 年 6 月 28 日，在"天交所"上市，接着又进入"新三板"。为此央视"新闻直播间"对此进行连续报道。正当赵国荣踌躇满志，准备撸起袖子加油干的时候，一封突如其来的举报信，让急行在快车道的"诺得物流"一个趔趄，差点就倒在了前行的道路上。

回顾自己走过的创业道路，赵国荣面色凝重，他说："成功的背后是艰辛的汗水和着苦涩的泪水。"

事情是这样的，国家税务总局接到举报，说"诺得物流"存在的偷税漏税问题。为此，国家税务总局发文通知地方税务局调查此事。于是，2013年9月15日，税务部门入驻"诺得物流"。而同年的9月16日，诺得物流的银行贷款到期，银行收回后停止放贷。

面对如此局面，见过大风大浪的赵国荣也彻底懵了！那段时间好多问题纠缠着他，让他彻夜难眠，甚至开始怀疑当初的选择与做法。"其实早在2012年，我手上就有上千万资产，如果当初不想再闯荡一番，承担一些社会责任，我完全可以选择躺平，干嘛要遭受这么大的罪？从一个千万'富翁'真正变成了一个千万'负翁'事小，还将遭受身败名裂被误解的境遇！我不过就是想把物联网搞起来，想把这个行业做大做强，我这是招谁惹谁了？冤不冤啊？"……怎么也想不通的赵国荣，人一下子消瘦、憔悴了很多。

"2012年建厂房的贷款要还，每月几十万的工人工资要付，每月的税收要交，因为查账，好多业务承接不了了，导致客户流失，业务萎缩……这时候的我是叫天天不应，叫地地不灵啊！"赵国荣想到此事，一脸感叹！陷入了深深的痛苦之中。

好在公道自在人心！他积极配合税务局的查账工作，经过3个多月的稽查，最后得出我们没有任何的偷税漏税问题，到2013年12月，税务局开具了无违规证明，终于还企业一个清白，拨开云雾见天日！到2014年1月份，银行贷款也放下来了，这期间为了维持公司的正常运转，只得向民间借贷，借贷的利息就需要几十万，想想这钱从哪里来？我想我当时的心情应该跟伍子胥被关在东皋公的居所一样，晚上，寝不能寐，翻来覆去，其身心如在芒刺之中，卧而复起，绕屋而转，就这样，度日如年地熬过了最艰难的2013年和2014年。

2015年初，为扩大业务规模，赵国荣找到本地某银行申请新贷款，银行行长亲自深入公司调研，对公司的发展前景非常地看好，他将贷款资料送总行审批，总行却以该企业无资产抵押为由，拒绝放贷，该行行长分析了该企业的形势，说服了总行，最终总行决定放贷。后来事实证明在贷款放下来的第二天，北京投资人的第一笔投资款到账，进一步佐证了该行银行家们的眼光犀利和其所具有的魄力。

2015年，平台建成之后，央视的新闻直播间对此做了报道。正面报道带来了正面效应，投资人纷纷向公司投来了橄榄枝，公司终于从困境中解救出来，并更加的蒸蒸日上。"这也是天不绝我吧！"赵国荣脸上终于露出了微笑。

面对诺得物流未来的发展走向，赵国荣说："诺得物流从2013年开始迈入信息化物流这个门槛开始，多年以来一直在摸索中升级，近年来，已经趋于规范化、标准化。2020年，获颁网络货运道路运输经营许可证是对我们多年来努力的认可与鼓励，未来我们也会坚持在网络货运的道路上深入研究，为行业规范发展奉献一份力。"

对于网络货运行业来说，规范与标准是重中之重，诺得物流将落实管理办法，严格把控每笔订单，使其合规。对于下一步的工作计划，赵国荣表示：将会不断加大对技术的创新，不断运用新技术加快产业转型，构建物流生态。目前，诺得还处于规模化发展阶段，未来我们希望可以通过区域性市场横向拓展，及客户产业链纵向延伸，两方面进行业务规模发展，实现发展愿景，打造中国领先的一流网络货运物流平台，构建工业互联化、产业生态化的布局。

听他胸有成竹地描绘着公司发展的蓝图，我们的心里也不由涌起一股暖流，衷心祝愿赵国荣和他的诺得物流，在物流业发展迅猛的高速路上，永不停步，一路高歌猛进，谱写华彩乐章！

陈爽

　　1986 年 1 月生，北京昆仑海岸科技股份有限公司物联网行业总监，江苏双木测控技术有限公司总经理，籍贯江苏省连云港市赣榆区，毕业于南京邮电大学测控技术与仪器专业，安徽昆仑云联创始人。2018 年，基于对 IOT 产业的深刻理解，开启了自己的创业之路。创业三年以来，每年的业绩倍数增长，也让陈爽和他的团队拥有了更加强烈的创业决心和奋斗激情。

创业青年
风采录

Chuang Ye Qing Nian Feng Cai Lu

缘结丹阳　　为梦创业

□文／汪海

一

陈爽，自幼生活在江苏省连云港市赣榆县门河乡。父母在电力系统上班，日子过得平凡温馨，有滋有味，因弟弟的到来，违反了国家计划生育政策，父母双双下岗，原本小康的家庭生活变得拮据了起来。陈爽从小体弱多病，三天两头去看病，成为医院的常客，让本就不富裕的家庭雪上加霜，但是生活的困难并没有打败这个普通的家庭。

为了让孩子能生活得更好，父母先在村里开了一家电器商店，因为生意清淡，顾客稀少，不久又租房搬到镇上，主要销售电线电缆、开关插座、简单的家用电器，好在父母在电力部门工作多年，人脉资源丰富，收入足以维持家庭开支。待生意稍有起色，父母亲又将电器店搬迁至县城，并给两个儿子买了城市户口，想让子女能够享受县城里优越的教育资源。

陈爽和弟弟跟着父母不停搬家，不断转学，刚刚适应新学校老师的教学风格，结识了一群玩得来的同学，屁股还没有坐热，又要转学，成绩自然不理想，在班里总是倒数。

父母看在眼里，急在心里，虽然店里事务忙碌，还是忙里偷闲跑学校，买学区房，与老师交流，请家教上门辅导，天天给陈爽念紧箍咒，讲励志青年故事。直到上了初三，班主任为激发学生竞争心，按照成绩排座位，陈爽孤单地坐在最后一排，他才如梦初醒，意识到再不用功，前途渺茫。

亡羊补牢，为时未晚，突击三个月，陈爽终于考取了城区的青口一中，这是一所综合实力在赣榆排行第二的重点高中。高中三年，他偏爱理科，语文、英语一直难以及格，但数理化成绩却在班级、年级遥遥领先，名列前茅。为此，班主任老师煞费苦心，安排语文、英语老师单独给他开小灶，木桶效应的故事说了一遍又一遍。在高中母校，只要提及"三条腿的坡脚驴子"，全校师生都会捂嘴窃笑，都知道暗指的是谁。

一直以来，陈爽都认为自己木讷，情商低，不善与人打交道。平心而论，高中三年他已经尽心尽力，别人在玩游戏、谈恋爱的时候，他在挑灯夜读，面对漫天繁星憧憬着未来的一树桃花，重理轻文可能是性格中的一种偏执。

2003年夏天，陈爽不负十年寒窗苦，被南京邮电大学自动化测控技术与仪器专业录取。收到录取通知书的那一天，全家都很开心，父母觉得这么多年的努力付出总算得到了回报，这也给要强的父母挣足了面子，毕竟在当时的农村包括整个家族，大学生都是稀罕物，金榜题名在老家村民心目中是一件光宗耀祖的大喜事。

二

大学四年转瞬即逝。

2007年新年一过，毕业季的骊歌奏响，南邮校园的微风里散发浓烈的离别气息。同学们忙着投简历，找工作，整理行囊，各奔前程。

陈爽的父母在连云港电信公司给他找到一份安逸的工作，但陈爽觉得这不是他想要的未来，他的心里一直有一个明确的目标想要实现。他坚定地认为自己的人生应该自己把握，但他明白现在的自己太弱小了，梦想不是一蹴而就的，所以他给自己制定了一个人生计划，第一步先找一份工作养活自己，毕竟有了面包才有诗和远方。

但是这一切和父母希望中的样子背道而驰，父母希望他拥有一份稳定的工作然后成家，让他们享受儿孙绕膝的天伦之乐。他们无法理解陈爽心中的理想，这是他和父母之间第一次产生如此大的分歧。但是当母亲看到陈爽找工作投简历踌躇满志的样子时，似乎有些理解儿子那种不甘平淡的心情。而在父亲的心目中，他希望自己的儿子坚强，像连云岛海畔的浪花，即便无数次被礁石击碎，也会无数次扑向礁石。

得到父母的认同后，陈爽收到了北京昆仑海岸科技股份有限公司的入职通知，但是接下来的事让他觉得这个夏天格外的不平凡。

因为他遇到了改变他一生的姑娘，那个像是从天而降般突然出现在他 QQ 好友列表里的女孩，这一段邂逅哪怕多年过去，这仍是个未解之谜。

起初，陈爽只是好奇对方的身份和为什么会出现，但是经过多轮探讨，渐渐的答案已经显得不那么重要了。同时因为对方的年龄，陈爽一直把她当成一个小孩。偶尔网络相遇，会为她解答一些问题，聊些生活琐事。

在日常的闲聊中，他知道了她的名字她的学校以及她生活的城市，他开始好奇，这究竟是一个怎样的姑娘。随着时间的流逝，两人成为无话不说的聊友。林源这个名字，成了他最后一个暑假中最大的惊喜。自此，他也没有想到数年以后林源会成为自己一生的挚爱、一辈子的伴侣。

三

2007 年 8 月底，他被安排在昆仑海岸公司技术部门，为公司产品提供技术支持，月薪三千。对于应届毕业生来说已经算不错的收入，但在北京这样的城市只够维持房租和吃喝，买房更是天方夜谭。

第一个月拿到工资，他想了很久。正是不甘平凡，他才放弃了去连云港电信工作的机会，来北京闯荡。每月拿三千死工资无异于坐以待毙，只会离心目中的梦想越来越遥远。于是，他向主管提出，想换到营销部门跑销售。主管当时很吃惊，告诉他跑销售底薪只有一千，收入与销售收入挂钩的，而且他的个性也不适合。

陈爽说："正是因为技术部门不适合改变自己，所以我想挑战一下自我，我有我的优势，做事踏实，可信度高，业绩不一定会差。"他的一番话感动了主管，当即同意帮他调换工作，并说公司做得好的销售人员每月收入可以达到七千至万余。

自此，陈爽开始了走南闯北的生涯，在全国各地推销公司的传感器。别的业务员靠拉关系做生意，陈爽靠过硬的技术讲解，让客户心服口服，加之从小生活在从商家庭中，对父母的生意经耳濡目染，多多少少对自己有所启发。面对陌生的销售行业，他总结的成功经验是：最大的失败是放弃，最大的敌人是自己。正是一次次的坚持不懈不放弃，才有一次次拿到订单的机会。

不久，初出茅庐的陈爽在销售部门崭露头角，将产品销售业务做得卓有成效。两年后，他被昆仑海岸公司派驻无锡，负责开拓华东市场。

期间，他曾收到华为公司人事部的加盟邀请函，开出的优厚待遇很有诱惑力，他一度纠集，是否要回到通信领域。他最喜欢看的电影是好莱坞科幻大片《终结者》系列，电影里的智能化世界才是他梦想中的未来世界。现实世界中，人类的科学研究已经进入了微观领域，芯片、CPU的体积越来越小，人工智能化水平越来越高，科学研究的趋势也要智能化，人工智能代替人脑有许多优势，如肉眼看不到的粒子或能量，可以通过人工智能来研究它的特性。昆仑海岸公司的智能化传感器、自动化控制技术他更有兴趣。

而就在2009年8月，温家宝总理视察无锡物联网产业研究院时，高度肯定了传感网技术的研究发展，并提出在无锡高新区建设"感知中国中心"，我国物联网产业发展迎来了前所未有的机遇。

物联网是继互联网之后的一个新时代，如果说互联网是人人相联的话，那么物联网就是物物相联、物人相联。实际上，物联网的部分应用已经在我们身边出现，如电子病历、门禁系统等，在未来，物联网将应用于交通、家居、环保、政务、产业等各个方面。

在物联网摸爬滚打多年，陈爽积累了大量经验和人脉。2012年05月25日，他在丹阳成立了江苏双木测控技术有限公司，经营范围包括：传感器、自动化控制技术、物联网技术的研发及技术服务、计算机软件开发等。

四

一个连云港赣榆的年轻人为何来到他乡异地成立一家公司，这不得不说是爱情的力量。

自从陈爽离开江苏到北京工作后，心中有诸多的不舍，一个是离家越来越远了，无法在父母身边尽孝。而另一个是离想见的姑娘越来越远了，想要去见她的计划又不知道要延期到什么时候。无论是在技术部还是销售部，繁重的工作压力，让他们之间聊天的时间越来越少。于是，他们开始给对方写信，每周一封信，既方便又稳定。可是刚收到第一封回信的陈爽就被打击了，因为林源吐槽他字写得难看。看着信笺上林源的清秀笔迹，陈爽自叹不如，不过他自有高招，第二封信他用打印机打好后寄到丹阳，林源回信中又说他不亲自动笔写，心不诚恳。陈爽看完信后，不禁莞尔，果然是个小孩。

就这样书信来往了一年，两人分享着生活、工作、学习中的琐碎小事，但处处透着用心陪伴，一起呵护这浅浅岁月。

相信美好的事情即将发生，陈爽乘着出差的机会约见了他心心念念的姑娘，说来也是，聊了这么久，现实中竟然没见过一次面。

当火车停靠在丹阳火车站时，陈爽怀着激动的心情连出站的步伐都加快了，踏出检票口，他一眼就认出了那个长发及肩、衣袂飘飘的姑娘，站在广场的凉亭下等他，亭亭玉立的样子，一点也不像一个小孩。身高1米68的林源着实让身高只有1米70的陈爽有些自惭，好在林源开朗热情，拉着他走到车站附近的眼镜市场，一路走一路给他介绍丹阳的风土人情，俨然一个专业导游。丹阳是全世界最大的镜片生产基地，素有"中国眼镜之乡"美誉，时尚的各式眼镜琳琅满目，陈爽忍不住给自己给朋友配了好多副眼镜。丹阳悠久的历史、繁华的经贸和深厚的人文底蕴给陈爽留下了深刻的印象，只是一眼，他便喜欢上这一方水土。

之后，只要有时间有机会，陈爽就会去丹阳看他喜欢的姑娘，在车站附近吃顿美味，聊聊家常。陈爽也体验到了思念成灾的内涵，对爱的思念、对情的感怀是一种煎熬，也是一种幸福，当思念一个人的时候，往往会心神意乱、神魂颠倒，直到身心憔悴，那种意境不是一般人所能体会得到的。被人思念也是一种幸福，无论身处何方，有人时刻关心，经常念叨，想象着对方的音容笑貌，难以忘怀。

林源毕业后在练湖一家会计事务所上班，她把假期都积攒下来，因为陈爽答应带她去游玩连云港的水帘洞，顺便回他老家赣榆转转，体验一下苏北人的生活。2011年11月，在连云港游玩的林源突然接到母亲要求视频的电话，他们的恋情才正式曝光。双方父母都通情达理，亲家见面也是水到渠成，林源父母也特别喜欢憨厚朴实的陈爽。

为表达对林源的深爱，2012年5月，陈爽的公司特意在丹阳注册，公司的名字将"林"字拆开称为"双木"。2013年1月4日，寓意"爱你一生一世"，那天一大早，两人去民政局领结婚证，门口领证的队伍排得好长。当时两人经济拮据，在丹阳买了婚房，还在银行贷款了50万元。

五

2012年5月，陈爽成立江苏双木测控技术有限公司时，是为了实现自己的一个梦想，想做成一个智能化的公司，数字化的公司。公司真正启动是在2017年，那一年，他的孩子刚刚出生。陈爽与国内传感研发一线厂商北京昆仑海岸达成共识，共同开发华东区智慧行业应用市场，聚焦打造智慧应用感知层解决方案、传感硬件定制供应及技术支持为一体的综合服务体系，同时共同成立安徽昆仑云联传感技术有限公司，深耕安徽智慧应用市场。

他觉得要成就一份事业，不能观望等待，创业者光有激情和创新思维是不够的，还需要有更好的团队、制度、体系以及良好的盈利模式。

在紧锣密鼓招兵买马过程中，几位物联网老兵入股加盟，这些都曾经是陈爽的客户或者是合作伙伴，他们了解陈爽，对他知根知底，知道陈爽宁可自己吃亏，也从不坑人。负责项目的合伙人陈灿对陈爽评价很高，认为他做事认真，有责任心，重情义，对物联网理解深刻，有远大抱负，有信任度，在技术能力上有优势。也正因为如此，陈爽才能将一群物联网青年才俊聚合在身边，成为公司的领路人。

负责战略投资的合伙人刘睿介绍说，公司目前有20位员工，主要致力于智慧三农的建设，这是一片科技应用的热土。中国的农业农村建设需要有更多的科技人才去关注和支持，这一方面国家政府也给了各项指导方针以及重点扶持，陈爽和团队目标是将双木打造成国内行业知名品牌。

双木针对智慧农场管理及农村饮水方面做出了很多的努力，拥有先进的技术成果，融合应用了物联网、大数据分析，人工智能和区块链等各种新一代信息技术，也凝聚了苏、皖两省诸多农业、环保专家的智慧与结晶，可对农村及农业的管理现场实现可视化远程诊断、远程控制、灾变预警等智能管理。智慧农场的规模化应用是农业的未来，依托部署在农业生产现场的环境感知及植物本体感知的各种传感节点和无线通信网络实现农业生产环境的智能采集、智能预警、智能决策、智能分析、在线专家指导，为农业生产提供精准化种植、可视化管理、智能化决策。

当前，我国智慧农业技术起步较晚，并非一看就会用，一用就见效，有许多部门许多人对农业物联网不了解，完全是门外汉。为完成设备安装任务，培训操作工人，陈爽经常带队亲临一线，现场指导。曾经在安徽有一个农业基地项目，因为环境的特殊性，调控难度大，陈爽和公司技术骨干奋战在闷热的大棚里，衣服湿透，有时一整天也吃不上一顿饭，但没有一个人叫苦叫累。正是这些奋斗者在汗水汇集的江河里，将事业之舟驶向理想的彼岸。

2020年，双木公司与中电科38所合作了安徽省萧县永堌镇窦庄村葡萄园物联网项目，该项目挺过了疫情期间的重重考验，得到了安徽省副省长张曙光、省农业农村厅副厅长杨增权等领导的高度肯定，在安徽省农业圈站稳了脚跟。紧接着，双木公司又参与了首批国家级现代农业示范区宿州市埇桥区现代农业产业园等多个知名项目建设。

当然，双木公司曾经也遇到过由于客户拖延账期，导致流动资金紧缺，项目款未到账，银行贷款却必须如期归还。但公司成员个个不把自己当局外人，有人出人，有钱出钱，有力出力，同舟共济，克难奋进。正因为大家同舟共济、携手同行，双木公司 2018 年销售额只有一二百万，到 2020 年销售额已经突破一千五百万，开拓、深耕于物联网，双木公司的前景一片光明。

在陈爽心目中，只有创造才是真正的享受，只有拼搏才是充实的生活。励志照亮人生，创业改变命运。作为一个逐梦的青年，他希望不久的将来，随着业务的扩展，能拥有自己的更加强大的技术研发团队，双木的 AI 算法拥有更强机器学习能力，同时也能研发生产更多更好的先进设备应用于我们广大的农村建设。

对于个人，他有两个梦想，其一探索邀游太空。随着人口的增加、地球环境的破坏、可利用资源的枯竭，太空探索、太空旅行肯定会持续不衰。就像埃隆马斯克的火星移民计划，可以寻找人类的第二家园，太空探索还可以缓解地球的资源压力。

其二，他梦想能将人的精神世界同步在云服务器上，科技可以实现人体躯干制造，人体躯干只是载体，最终实现不一样的永生，就不会与相爱的人分别。

总而言之，陈爽和他的团队始终相信科技能够创造我们的美好生活，未来的社会确实很值得让人期待，也祝愿陈爽的美梦成真！

顾骐

　　1990 年 5 月生，丹阳市新桥人，省丹中 2005 届毕业，2008 年考入南京审计学院税务专业。2002 年大学毕业进入汽车配件行业，2018 年参加了由丹阳市政府举办的"创翼丹阳 智胜未来"创业大赛，其参赛项目"越野创意改装文化"获得第一名。2020 年 5 月 1 日创立"江苏越野共合文化有限公司"。

创业青年
风采录

Chuang Ye Qing Nian Feng Cai Lu

向诗与远方出发

□文 / 顾金燕

说到"硬派越野创意改装文化",估计大家都较为陌生。在此我们先来科普一下硬派越野车的相关知识。

硬派越野车 ORV(Off—Road Vehicle),是一种高性能的越野车,是指可在崎岖地面使用的越野车。

由硬派越野衍生而出的"硬派越野车改装文化",在汽车文化中占据着很重要的位置。目前美国、日本的越野车改装文化在世界非常流行。随着国内汽车保有量的大幅提升,车主年龄更显年轻化,个性越发彰显,越野改装文化更加活跃,越野改装市场前景广阔。硬派越野车具有代表性的车型有:牧马人、北汽 BJ40、霸道、陆巡、途乐、吉姆尼等,车型保有数量约在 300W 以上,而且每年以 30W 辆的速度递增。喜欢硬派越野文化的客户一般收入水平普遍较高。

一方面,随着经济的快速发展,人们的生活水平不断提高,走出喧嚣的都市,来一趟"诗"与"远方"的心灵之旅,变成很多人,特别是年轻越野爱好者的首选,从而硬派越野文化市场进入快速发展时期,大家都以粉丝车友会形式聚集;而另一方面与之相对应的状况是国内硬派越野品牌较少,中高端品牌缺乏,竞争激烈程度较低——使得这个汽车细分市场充满了机遇与挑战。

新桥镇，位于丹阳市的东北部，地处富饶的长江三角洲，位于最具活力的经济区域—上海、南京经济走廊中心地带。素有"全国汽配之乡"、丹阳市"金三角"乡镇等美称。新桥镇的汽配产品畅销全国，被国务院发展研究机构批准成立中国汽配城市场。

顾骐，这位生于新桥、长于新桥的年轻人，或许是受环境的影响，从小便对汽车有着浓厚的兴趣："我小时候包括到现在家里都会放满各式各样的汽车玩具和汽车模型，没事的时候就喜欢一人静静地坐在那里，把汽车模型分了拆，拆了再装，大人经常说我是破坏分子，是个小车迷。小的时候我还喜欢做的一件事情就是跟着大人到姑父的厂子里到处转，坐在老板椅上感觉特别好，看到工人师傅拆装汽车零部件，我一看就看几个小时，这也为我之后的职业取向埋下了伏笔！"

年轻的顾骐，立志要站在前辈的肩膀上更上一层，为新桥、丹阳乃至全国硬派越野文化市场的繁荣昌盛贡献自己的力量。

现在就让我们看一看他的自我介绍吧：

大家好，我是顾骐，今年 28 岁，毕业于南京审计学院，我是一名富有激情的创业者。

我热爱运动，篮球和拳击是我的最爱，每次精疲力竭之后的我都是一次重生，每次汗水浇灌后的我都是一次升华，所以，我把每一次的失败都当作是一次历练，每一次困难都当作一次挑战，我永不服输……

我从小就喜欢汽车，这也是大部分男生的梦想，所以，大学毕业后，我便从事了与汽车行业相关的工作，在北京工作的 6 年里，我发现北方的越野文化非常的浓厚，自从跟着大部队去了一次沙漠以后，就被硬派越野的魅力深深地吸引。2017 年 7 月回到家乡丹阳，开始了我的创业之路，就想打造一个国内最好的硬派越野文化及改装品牌，目前，我们的团队有 20 多人，电影《战狼 2》中吴京的战车就出自我们优秀的团队之手。

视频中的顾骐阳光自信，坚毅、果敢。他身上所具备的这些特质跟他的成长经历和家庭氛围有着很大的关系。

成长历程

说到顾骐的家庭背景，不得不提一下他的祖父辈。顾骐的祖父母，那在 20 世纪七八十年代的腰沟大队甚至整个新桥也是赫赫有名的人物。祖父顾水林就是中国改革开放中第一批下海的弄潮儿，80 年代初便是整个新桥镇为数不多的"万元户"。曾经在上海做过学徒的顾水林因为脑子活络，回乡抓住机遇创办了"翻砂"小作坊，没到几年便赚取了人生的第一桶金，变成十里八乡赫赫有名的"万元户"，记得村上第一台"红灯"牌全波段老式收音机就是出自他家。

他的奶奶陆腊凤年轻时便是李铁梅式的"铁娘子"。她是七八十年代腰沟大队 18 个生产队中唯一一个女性生产队队长，身材高挑、皮肤细白、长得眉清目秀，走路说话都有着常人所不具备的气势，一看就不同于寻常农村妇女，她做事泼辣、干练，大队交代的任务总能带领生产队人员保质保量完成。

受"万般皆下品，唯有读书高"思想影响，顾水林夫妇非常注重对三个孩子的培养，老大女儿高中毕业进入镇办厂，老二女儿顾礼英、老三（顾骐父亲）都是 80 年代初从农村考出来的大学生，毕业之后都进入界牌中学当上了中学老师，特别是老二顾礼英，她的创业经验及成功经历深深影响着顾骐的人生，顾礼英原来也是一名高中英语老师，各方面的能力都很强，早在 80 年代初就下海经商，她凭借出色的英语功底，在北京开了一家汽配贸易公司，短短几年下来就赚取了第一桶金。在八九十年代作为新桥招商引资的引进人才，回到家乡兴业办厂造福桑梓。

初中就读于丹阳实验学校的顾骐并不是那种特别勤奋刻苦的学生，尽管母亲也执教该校。在江苏省丹阳中学就读的三年，作为理科数学科代表的他其实特别擅长文科，于是进入南京审计学院之后，他就选择了偏文的"税务"专业。

大学毕业之后的顾骐面临两种选择，一个就是顺从父母的意愿，通过公务员招考进入体制内，像他们一样过上体面、稳定的生活，用顾骐的话说"人生轨迹早已被固定，今后的人生一眼就看到头，没有任何波澜"；另一个就是通过自主创业，过上自己想要的生活，"当然这条道路会走得曲折而又艰辛，前途未卜"。聪明的顾骐很清楚这两方面的利弊。骨子里不甘平庸，天生有股叛逆、勇于探索、不断进取的顾骐不顾父母的反对，遵从自己的内心，毕业之后就踏入了与汽车相关的行业。

"从毕业到现在大致分为三个时间段"，面对记者的采访，顾骐侃侃而谈。

第一个时间段是 2012 年—2017 年。2012 年从南京审计学院毕业，来到北京姑姑的汽配贸易公司，由姑姑带领踏入这个行业，并一直在那待了 6 年。刚到北京就是从普通员工做起，跟着姑姑做汽车配件生意，在这期间铺垫了很多，也是一个学习汽车、汽配相关专业、积累各方面经验的过程，期间跟着大部队去了一次沙漠越野旅行之后，便对这个领域产生了浓厚的兴趣，就有一种想把硬派越野打造成一种文化产业这么一个愿景。

第二个时间段是 2017 年—2020 年。带着两名员工回到家乡。在家乡丹阳新桥姑父的工厂里，用了两年时间熟悉企业管理和经营。

第三阶段就是 2020 年 3 月 26 日离开上家工厂，因为同样对越野文化的热爱，对美好生活的愿景，在仅一公司吴总的支持下，于 5 月 1 日成立自己的公司，江苏越野共合文化有限公司。

临危受命

"如果说在北京的 6 年是我潜心苦练学习基本技能的蛰伏期，那 2017 年回家做工厂那真正对我是一个考验期，而且通过这两年的实践，事实证明我具备创业者的基本条件。"

顾骐侃侃而谈：

"踏入社会之后的第 7 年，也就是 2017 年，我带着两个员工回到丹阳新桥姑父的制造工厂。因为姑妈那边是贸易公司，这边是制造企业，所以从开始什么都不懂到用 2 年时间完成 2100 万的销售销额。这源于与常人不一样的思维方式。"

第一，改变单一的销售模式。一到工厂，顾骐就把硬派越野汽车配件融入进来，改变以往单一的销售模式，把越野装备改装、汽车配件销售等都拓展进来，如此这番，销售业绩提升很快。另外，在此之前，工厂外销产品以赊账为主，结果是经过20多年的市场运作，留下了一个千疮百孔的烂摊子，好多的应收账款收不回来，在外面欠了一屁股外债。之前干了20多年的师傅也实在干不下去了，直接撂挑子走人，更可气的是，这个老师傅出去之后还变成了他们的竞争对手。利用这几年在他们工厂积累的资源与人脉跟他们抢分市场。面对这样的不利局面，顾骐回去之后大刀阔斧地对公司管理进行了改革，一方面从设计理念、品牌创新各个方面进行改革，另一方面对公司的内部管理进行创新，首先对公司未来的组织架构进行重新设置，其次是供应商、供应链的创新，这些创新也都是在一边摸索、一边尝试中完成的，两年时间就收到了很好的效果，做到了越野改装行业细分市场第一。

第二革新销售模式，提升产品服务附加值。

顾骐举例说："比方说原来2000块钱的东西，现在我们降价至1500卖给你，但必须得签个协议，授权代理，我们既然把利润让给你，就要求回款提现要快，然后再给予一定的年度激励政策，你的年销售达到一定的量，我们就给你一定的返利，同时把捆绑销售、促销等手段运用到其中。在这期间，我跳过中间商，直接跟终端客户打交道，只要终端消费者认可你的东西，那么那些中间商又会反过来找我拿货，这样话语权、主动权又转到了我们这边。这样一来，第一年我们便签了100多家，第二年签了200多家，而且两年之后，某个集团打破从未采用现金结账的方式，到捧着几十万的现金找到我们购买产品的局面，而且这样的操作方式也仅对我们一家。"

第三充分利用互联网这个无边界平台。

借助互联网平台，充分发挥自身很好的文采，同时，又另辟蹊径，做别人没做过的、想不到的事情，比如说运用许多他们自己拍摄的原创图，在相关互联网平台发表一些见解独到的帖子，由于帖子的专业性、含金量比较高，所以影响力也比较大，顾骐有一篇帖子就给他带来了年销售千万的销售额。

创业人生

"通过 2018 年的创业大赛，我的"硬派越野创意改装文化"项目获得第一名的好成绩，这就大大激发了我的创业热情，也是通过这次创业大赛，我进入了我创业人生的重要转折期。"

喝了一口茶之后，顾骐继续说道：就是通过这次创业大赛，我结识了我生命中的贵人——仅一包装的吴总。他当时就是创业大赛的总评委，是一个非常有个性的企业家，为人正直、做事公正公平，我们彼此的人生观、价值观都相当的一致。他也经常教导我："蓬生麻中，不扶而直；白沙在涅，与之俱黑。"意思就是一定要跟优秀的人在一起。接受这样的改造，你才会跟他们一样变得更加优秀。

正是在吴总的精神感召和思想的激励下，顾骐于 2020 年离开上家工厂，成立了自己的公司。于 5 月 1 日成立自己的公司：江苏越野共合文化有限公司

走进这家坐落在"丹阳车管所"对面的初创公司，就被顾骐办公室那新颖、新潮、前卫的设计风格所吸引，硬派越野文化元素融入到了办公区域的各个角落和每个细节，公司都是一批富有朝气、怀揣梦想的年轻人，而这些正是仅一包装的吴总所看中的，吴总帮着顾骐创建了这么一个良好的平台，好让其大展身手，让他跟他们的团队在硬派越野文化领域开创出一片属于他们自己的天空。

2020 年，一场突如其来的疫情打乱了所有人的节奏，宅在家的人好多通过"抖音"与"快手"了解外面的世界。从来没有接触过抖音的顾骐敏锐地从中嗅觉到了一线商机，果断抓住机会，在抖音注册了"越野后生"。在随后的旅行生活中，把沿途遇到的与越野车相关的一些趣闻轶事及时发布在抖音平台。

"因为我开创了一种风格、开创了一种品味，在短短 6 个月的时间，就有 12 万多粉丝。而今'越野后生'在行业里赫赫有名，主动找到我商谈合作事宜的客户很多，甚至长城官方领导看到了我的抖音短视，觉得拍摄效果不错、风

格很棒，所以点名让其去西藏拍摄长城越野车的有关宣传片"。

说到此，顾骐嘴角不禁微微上扬：作为我们做越野、做旅行的，就必须到全国各地去跑，特别是内蒙古、青海、西藏等这些地方，现在除了新疆，全国各地都跑遍了。去年一年，有 4 个月一个月跑一万公里，因为需要拍视频、拍抖音，另外还需要跑客户、积累素材、产品测试等，都需要出去到处跑，当然，这些辛苦的背后也给我们带来了巨大的利好，直接利润是一部分，比如说通过抖音带货，通过抖音推广我的越野文化和越野产品，还有人花几十万请我拍视频；然后就是一些隐形的利润，比如说社会价值，行业地位、品牌知名度等等，这些都是可以帮我增加一方面的收入。

比如我们设计的一台 BJ40PLUS 改装的网红方案，该系列硬套件目前全国销售已经 1000 多套。

追逐梦想

当初为什么选择硬派越野改装文化这个项目？

"因为我姑妈那边也是做越野车配件，那么硬派越野这个词是这几年才出现的词，也就是喜欢越野的这个圈子，行业内把这个叫着'硬派越野'，自从接触到这个行业之后 我就想把它提升到文化层面。"

"既然上升到文化层面，那你做了哪些事情？"

"首先打个比方，就像这个杯子"，只见顾骐顺手拿起了一个杯子，"你到超市买杯子，普通的杯子，哪怕质量再好，它就是一只普通杯子而已，卖不出什么好的价格，但是如果你说这个杯子产自宜兴，是骨瓷材质的，这一下它的价格就会翻上几番。当然，制造工艺，材质固然是一个方面，但是更加重要的一点就是我们赋予了这个杯子一个文化内涵，这个内涵就是以宜兴这个载体，现在在宜兴有个中国宜兴陶瓷博物馆，一说到宜兴产出的杯子就不单单是个杯子，它同时还向外界输出了一个文化符号，带动了宜兴陶瓷业的发展，同时衍生出一种陶瓷文化。我们这个汽车越野文化也是这个道理，我们要做的不仅仅是产品，而且要赋予这个产品以文化内涵，打造出品牌效应，从而能够带动产品上下游发展，我们未来的目标就是像宜兴陶瓷一样。一说到'硬派越野文化'，就联想起丹北镇的新桥、界牌这个地方，我们要借助新桥、界牌这么个平台，打造出属于我们的越野文化产业的发展，吸引更多富有激情、敢于创造的年轻人参与到这个行业中来，把这个细分行业做大做强，做成全国乃至全世界知名文化品牌。让今后的客户用上我们的品牌就跟穿了耐克、阿迪一样具有品牌效应，就跟勋章一样，用我们的品牌相当于挂上了我们的勋章。有一种精神方面的东西支持。"

对于公司未来的发展，顾骐也有着其明确的目标：

一是做接地气的产品，今年要做到2000万的销售。

二是做自媒体，上面已经提到，抖音给他们带来了实实在在的红利。所以目前他们需要很好地利用这个自媒体段视频平台。

第三个方面就是要做高端的互联网APP平台。运用平台化思维，做自驾游，除自驾游以外还有一个房车自驾、越野车自驾、普通商务车自驾等等多种分类。他们未来更大的市场、更大的方向是做自驾游。做这样一个品牌，就是利用这个平台，任何一个人都可以借助这个平台找到自己需要的攻略。只要你想要的，他们都会全方位提供，目前有3亿车市场的用户，到2018年的统计数据，已经有30亿人有自驾游出行的计划，现在已经三年过去了，估计这个数据应该翻两倍，所以说这个行业前景非常广阔，但目前的现状就是配套很差，大家的理念还没跟得上形势的发展，出行的装备跟国外还存在很大的差距。在国内，好多尖端、高科技产品已经领先于世界水平，但是这些民用的，能够提高和改善生活质量的装备、品牌还很落后，国内几乎为零。

"说来从毕业进入汽车配件这个市场到现在，我对这样行业研究得比较多，感悟也是颇多，跟海外市场还是有很大的差距，不是说你的车子造出来就OK了，现在从车的量和品牌来说已经跟海外对接，但是汽车后市场的很多东西还是跟不上的，跟国外有着相当大的差距，所以，未来我就瞄准这个巨大市场，这就是我说的这么三大板块。"

面对条理清晰、目标明确、逻辑思维能力超强的顾骐，笔者不胜感慨。用他自己的话来说，这一切得益于自己对这个行业充满满腔的热情，以及自己善于学习的求知能力。

"大学四年毕业原本也想考研，但是，当时我给自己讲了这番话：如果不知道为什么而学习的话，那我宁愿不读，但是有意思的是，等我毕业之后，我读的书反而比在学校时多得多，这也许就是主动读书与被动读书的关系吧！所以说'兴趣是最好的老师'。我现在做什么都充满了激情，每天基本工作到12点。我刚从西藏回来应该感觉还是挺累的，但是一到家我就很开心，就会精神饱满地投入到了工作中，这就是一种典型的兴趣导向，当你觉得做这个事情比较有意义的话。"

顾骐自认为，他的学习能力比较强，比如说到一个企业参观以后，就会有很多感悟，平时工作再忙，还是会抽出一定的时间去看书，书的内容涉及很广泛，通过自我学习，企业管理、设计、营销，人力资源行政等方面都是自己亲自上阵，这也是现学现用、书本联系实际的这么一个过程。因为他没有进过标准化的大企业，所以一些经营模式跟思维都得通过自己不断的学习和探索去领悟。

"现在的我，从产品创意、研发、生产，到最后一步的产品销售，整个产业链我都可以一人搞定。这个过程也是一边学习一边摸索的过程，没有任何一个水平比我高的人过来帮我、指导我。包括参加创业大赛，由于我自身的综合能力还是比较强的，比如说语言的表达、逻辑思维、英语、PPT的制作等等基本素养都有。所以说，活到老学到老，一路走来，我深深体会到了这一点，就是人在创业的过程中要不断地学习，我是学习红利的最大受益者。"

顾骐对同事也是这样要求，学任何的东西都不能被动学，这就是一个内化于心、外化于形的一个过程。人从出生到年老都需要不断地学习，现在我们都很享受这个过程，同时还要积极地锻炼，要保持一个很好的心态，保持不断学习的一个习惯，不管你学什么，学家庭教育、学专业技能、学思维、学管理也好，哪怕学一些不相关的东西，哪怕是陶冶情操的。只有书才是给你解决一切问题的方法。他一直比较重视方法论，为什么马云能够干成功了？他认为这不是因为马云智力超群，而是他通过不断的学习，学到了一些很好的东西及解决问题的方法。

中国有属于自己的越野文化吗？这个问题如果放在二十年前，得到的答案或许是否定的，但随着国内越野俱乐部、越野活动、专业越野比赛，以及中国品牌硬派越野 SUV 的蓬勃发展，由中国品牌引领的、有中国特色的越野浪潮正在兴起，顾骐就是其中的一位勇敢的弄潮儿，因此，这个答案就是肯定的！

向诗与远方出发，追逐梦想，超越自我，一生做好一件事，成就一个品牌，是顾骐的理想。现在他正与一群有激情、有干劲、有想法的年轻人共同创造一个属于年轻人的时代，让中国的硬派越野文化绽放出更大的精彩。

戴建峰

　　1979 年生，江苏丹阳折柳人。1998 年毕业于连云港水产学校，2015 年创立"镇江眼力健"公司，2017 年更名为"江苏优倍健公司"，2018 年荣获"创翼丹阳　智胜未来"第三届创业大赛二等奖。

创业青年
风采录

Chuang Ye Qing Nian Feng Cai Lu

创业是条不归路

□文/毛琴芳

　　说到私企老板，大多数人会认为他们过着高高在上、衣食无忧的生活，其实，梅花香自苦寒来，任何成功都不是轻轻松松、随随便便的。劳动成果的取得，是辛苦和汗水的累积，是拼搏和奋斗得来的。

　　提到创业，我们总会激情澎湃、热血沸腾，可创业的背后，不是只靠一腔热血。作为一个成功的创业者、企业家，他们的经历或许千差万别，但内在的精神实质却有着诸多共通之处，那就是，明确创业目标，扎扎实实做好充分准备和知识的不断积累，有不断挑战自我的勇气、持之以恒的恒心，有失败跌倒后的再次奋起。戴建峰如是说："对我来说，数十年的奋斗摸索，只为给眼睛找到最贴心的呵护，做最专业的事。创业，不是今天做，明天就有回报的，你必须坚持下来，才有可能成功。"

销售的故事

　　推门而进，映入眼帘的是一张崭新干净的办公桌和洋气的姜黄色真皮沙发，最惹人注意的还是靠进门墙角的一个书柜。整个空间显得商务、不失豪华却又很有内涵，让人感到无比舒畅。是的，这就是江苏优倍健公司老总戴建峰的办公室。

眼前的戴建峰，可以用清新俊逸来形容，眼里很有神，谈吐之间是满满的活力，又不缺稳重自信，很有感染力。

戴建峰，出生在中国变化最大的 20 世纪 70 年代末，1995 年在上了一年高中后，抓住时机考上了"连云港水产学校"，读了"淡水养殖"专业。本以为毕业后可以去专业对口的丹阳市多种经营公司，但当他 1998 年毕业时，正赶上政策变化，机构精简，便只能临时在是交警大队市区中队，做了一名协警。年轻的他不甘于眼前这样稳定的工作，在 2000 年时毅然辞职，去应聘一家眼镜公司的销售，至此，便开始了与眼镜行业接触的历程。

都说"造化弄人"，我却要说"时势造英雄"，有时候，机会也许是别人给予的，但机遇是自己把握的。正是这样的一次由稳定到放弃，敢于挑战自我的选择，成就了戴建峰后来的成功。

"讲讲你销售的故事吧。"

"太多了。"

"是不是很心酸？"

戴建峰不予置否，微微一笑："我就跟你说两件事吧。"

先说一件被敲诈的事吧：那是 2002 年岁末，在唐山，我拖着装满镜架的行李箱，去赶公交车，估计是我的行李箱轮子不小心压了一个男人的脚，对方便不依不饶地要求我赔偿他的鞋子，说是鞋子很贵，至少要赔五千块，我说我没有这么多钱，我是外地来跑客户的。对方不信，威胁我，还解开衣服露出身上的刺青，一直跟着我。

"最后呢？怎么解决的？"我有些迫不及待。

戴建峰笑了笑："在客户的协调下，赔了几百元，对方虽然还骂骂咧咧的。但总算了结了。"

"客户还是有人情味的。你这是遇到好人了。"

"是啊，客户也是我们江浙一带人。"

"惊险中有温情。"我轻舒一口气，笑着说。

戴建峰继续说着第二件事：

那是有一年，在平度到潍坊的公交车上，我的包是放在座位上方的行李架子上的，有两个男人光明正大地过来翻我的包，我大声喝住他们，说那是我的包。那俩人才停下手中的动作，说："不好意思，看错包了。"就走到旁边去了。

下了车，我还没走几步，那俩翻我包的人便围过来，对我拳打脚踢，我奋力反抗着，没想打，又不知从哪里出来两人，一共四个人殴打我。我的鼻梁、腿，都骨折了。

"后来呢？"我总是忍不住打断，可能是因为紧张的缘故，不想听太仔细的过程，只想要知道是不是顺利解决了。

"我打电话报警，警察说找不到人，又没证据，难立案追踪。我大概在家躺了两个多月吧，才恢复过来。"戴建峰轻轻摇了摇头。

我知道，惊心动魄的故事远远不止这两件，如今从戴建峰口中说出来，已是如此的云淡风轻。我能想象当时正逢社会经济复苏，大搞建设之际，有多少热血青年们都想奋斗一番，不负好时代。然而，像戴建峰这样的事例又何止是只发生在他一个人身上呢？凡是有志拼搏过的那些青年，此刻大概都能读懂这里面的心酸，也能读到自己的影子吧。

让我们来看看当时社会状况吧：当时二十一世纪初的社会，总体保持了稳定的态势，一些地方社会治安状况却不是太好。收入差距也逐渐在拉大，城镇的相对贫困问题，越来越成为困扰城镇管理秩序与城镇社会稳定的重要因素，失业人员增多，就业压力增大。

同时，经济发展保持高速度，虽已经将促进就业作为一项长期的战略任务，开始强调经济社会发展和人口、资源、环境的协调，强调在经济发展的基础上促进社会全面进步、不断提高人民生活水平、保证最广大的人民群众共享发展成果的重要性。但，就业形势依然十分严峻，经济增长的同时伴随失业率上升的现象。

就是这样一个很有潜力很有奔头的年代，就是这样一群很有激情很有理想的青年，就像我们的主人公：戴建峰。他们在社会的大浪里拼搏着，如果你说你还是不太清楚，那你可以先暂时放下手中的偶像剧，去看看一部名为《奋斗》的电视连续剧，从中你便可以了解到那个年代青年一代的社会心态和追求，了解到当时的社会生活和状态了。这样，你就更能理解我为什么要写下这段文字，为什么要致敬这样的一位"70后"创业者戴建峰了。

"你，经历这些后，怕了吗？"

戴建峰眼睛亮了一下，说："更不怕了。年轻，血气方刚，身上有一股子的干劲。"

创业的故事

随着对眼镜市场越来越了解，戴建峰觉得，只是去跑镜架，又慢又累而且烦琐，行业太小了，似乎跑着跑着又看不到更宽的远景了。

戴建峰决定辞职，此时恰逢江苏恒宝公司在招聘，于是在 2004 年下半年，他便应聘去了该公司上班。但，仅工作了很短的时间。一年后，始终怀着创业梦想的他，又继续辞职，出来跑眼镜了。因为他的心中已经决定了：要做与眼镜有关的事业。然而，心中却一直没有明确的方向，他知道，还需要在这行业多磨炼。他继续五湖四海地跑着。

就这样，到了 2008 年底，偶然的一次机会他接触到了隐形眼镜，忽然一个念头在他脑海中闪过，他嗅到了商机。

让我们先来科普下吧：隐形眼镜，是一种戴在眼球角膜上，用以矫正视力或保护眼睛的镜片。根据材料的软硬它包括硬性、半硬性、软性三种。隐形眼镜不仅从外观上和方便性方面给近视、远视、散光等屈光不正患者带来了很大的改善。而且视野宽阔、视物逼真，此外在控制青少年近视、散光发展，治疗特殊的眼病等方面也发挥了特殊的功效。

通过对隐形眼镜的了解，戴建峰决定：自己创业，就做"散光性隐形眼镜"。

在家休息思考了几个月后，在 2015 年上半年，通过人才市场申请到第一笔免息贷款，加上自己前期的资金积累，注册成立了第一家公司："镇江眼力健"公司。机缘巧合，租的办公楼刚好跟初始阶段做镜片的江苏视无界光学眼镜有限公司，租住在同一栋楼里面。

视无界集团公司创建于 2015 年 10 月 10 日，是一家专注于眼镜行业生态链平台建设的资源整合型企业。随着视无界的不断发展壮大、转型升级，戴建峰经过认真的调研和思考，决定转型，将自己的"镇江眼力健"公司交视无界收购，并改名为 "江苏优倍健公司"，成为视无界旗下的一个子公司。

2017 年 1 月，视无界集团宣布成功收购镇江眼力健公司，成立江苏优倍健眼睛护理产品有限公司，视无界集团董事长王建国任命戴建峰为江苏优倍健总经理。依托现有的光学事业部和镜架事业部，视无界新增了眼健康事业部版块，公司业务规模进一步扩大，向打造最具价值的眼镜产业生态链平台继续铿锵迈进。

隶属视无界集团的江苏优倍健眼睛护理产品有限公司，是一家集隐形眼镜定制、眼健康及眼护理产品为一体的销售与服务型公司。主要产品涵盖了蒸汽眼罩，护眼贴，隐形定制和眼部护理仪等。公司倾力打造的 Anyday 品牌，致力于打造卓越的眼健康产品，为人们带去健康的生活享受，在市场上享有良好声誉，产品品质精益求精，客户服务细致完善。2017 年 9 月 6 日，第三十届北京国际眼镜业展览会在京举办，视无界携旗下子公司江苏优倍健共同参展，众多品牌精彩亮相，绽放非凡魅力！

戴建峰本以为，自此，可以安稳地"背靠大树"无忧地做他的总经理了。

"至此，你应该再没有什么压力了吧？靠着大树了。"我调侃道。

"是的，原是这么想的。但——"

在被收购后的几年中，公司快速完成了整个的配置，整体运营达到 400 多万。但在 2019 年底，"视无界"集团觉得做护眼产品，利润来得太慢，便跟戴建峰商量，让他独立，从该集团把"江苏优倍健公司"剥离出去。戴建峰又一次感到了极大的压力，但他扛下来了。

至此，我们今天所看到的"江苏优倍健公司"，焕然一新地真正独立地呈现在人们的眼前了。

"也不错啊，这样，你更自由了呀。"

"压力大了，独立后首先是人员精减，还好 2020 年较稳定，成功地过渡了。现在每天睁开眼睛就是几千元的开销啊，你瞅瞅，都有白头发了。"戴建峰风趣地说着，用手指指自己的两鬓，我抬眼望过去，果然，根根白发矗立在耳朵两边，虽然修剪得很短很精致，仔细看还是能看出来的。

"少年白头，老来福。"我笑着，胡乱地安慰道。

减员后，戴建峰并没有安于现状，求安稳过日子。他深知，要把主动权抓在自己手中，才会有更大的发展空间，2021 年初，他又完成了从贸易公司到生产型企业的转型，根据每个客户需要，独立定制产品，客户群由原来散、杂，到现在的固定，集中化，也更可靠了，建立了更牢固的客户群体。并在同年，在苏州注册了另一家同类公司："苏州多闪爱眼科技"贸易公司。

让我们一起来认识下护眼产品的重要性吧：

在我们电子化社会的今天，用眼无处不在。如果你有眼干涩不舒，甚至畏光。这种症状时有发生，或者长时间"聚精会神、目不转睛"，这些对眼睛的危害是极大的。护眼就是要预防或消除这种情况，日常应注意对眼睛的呵护，护眼关键是要持之以恒。

戴建峰跟我普及了一些知识：要小心生活中的视力杀手：

电脑。电脑的屏幕是由小的荧光点组成的，这些荧光点是闪烁的，要想看清楚就需要我们眼睛不断地调节。我们自己感觉不到，但却真实存在，我们的眼睛要去适应它就容易产生疲劳。在打字的时候，眼睛要不断在文稿、屏幕、键盘之间变换，眼睛的焦点和距离不断地调节，也会使眼睛感到疲劳。

PSP、手机。即使是在摇晃的公交车上、拥挤的地铁上、甚至在电梯里，潮人们都不忘玩弄手中的 PSP、iPad 或是 MP4，玩游戏、看电影，加上习惯紧盯着手机狂按短信，长期紧盯着窄小的屏幕，也容易让人的眼睛感到疲劳。

隐形眼镜。人的角膜直接从空气中摄取氧气呼吸，上面盖了一层"轻纱"，摄取的氧气便少了。而且，隐形眼镜毕竟是放置在角膜上的异物，眼睛的每一次眨动，都会使隐形眼镜与眼球表面产生一定的摩擦。所以，长时间或连续佩戴隐形眼镜，都会使角膜处于持续的缺氧状态，引起角膜上皮水肿、糜烂。如果有细菌或病毒存在，就可能导致角膜炎，甚至形成角膜溃疡。

长时间驾车。眼睛死盯前方，精神高度紧张，这是每天早晚高峰驾车族的体会。加上高架桥、进出隧道等兜兜转转正好能让眼睛饱受强光各个角度的考验。虽然够不上疲劳驾驶，但是眼睛已经非常疲劳。

精神压力。因情绪不良、压力过大、免疫平衡被打破以及用眼强度过大，都会直接影响眼睛的正常工作。这是因为，当人体出现紧张、焦虑和压抑等不良情绪时，脑垂体、肾上腺激素分泌就会相对减少，使得双眼视觉传导和视觉信息加工功能均处于低水平状态，会直接导致晶体及眼部肌肉收缩和舒张步骤不协调。

戴建峰还强调，在生活中需要注意的：

要注意用光。引起人眼不舒服主要两种，一种是蓝光，一种是散光，其中蓝光，对人眼的伤害比较大，人的眼压升高，刺痛；另外一种是散光，造成的直接感觉是干涩和易疲劳，LED 灯具和电子产品的影响最大，由于色散大，人眼的晶状体需要不断微调节，产生大量的运动，造成眼部房水供应不足，出现干涩现象，如果长时间出现这种情况，那么晶状体会由此失去弹性，出现近视，如果您或家人出现眼压升高、刺痛的现象，建议更换家里的灯具或屏幕防蓝；如果是经常出现干涩和疲劳，要么经常远眺、要么选择在高清的灯光下去读写或使用电子产品。

反光要避免。书桌应有边灯装置，其目的在减少反光，以降低对眼睛的伤害。

阅读时间勿太长。无论做功课或看电视，时间不可太长，每一小时左右休息片刻为佳。

坐姿要端正。不可弯腰驼背，靠得很近或趴着做功课，这样易造成睫状肌紧张过度而引起疲劳，进而造成近视。

看书距离应适中。书本与眼睛之间的标准距离以 30 公分为准，且桌椅的高度也应与身体相适应，不可勉强将就。

看电视距离勿太近。看电视时应保持与电视画面对角线六至八倍的距离，每一小时应休息片刻为宜。

睡眠不可少，作息有规律。睡眠不足身体易疲劳，易造成假性近视。

多做户外运动。经常眺望远处放松眼肌，防止近视，与大自然多接触，青山绿野有益于眼睛的健康。

营养摄取应均衡。不可偏食，应特别注意维生素 b 类（胚芽菜、麦片、酵母）之摄取。

多做眼保健操。有时间在家里多做眼保健操，这样使眼睛不疲倦了。

"你一下子成为眼科专家了啊。"我佩服地说。

"做一行，就要专一行。"戴建峰做的护眼产品可以说正是顺应了当下的形势，与时俱进，出现得很及时。

在路上

戴建峰说："创业是条不归路，唯有不断提高自身实力，在行业里才能有话语权。"

大家应该记得：就在前两年，中共中央总书记、国家主席、中央军委主席习近平指出，我国学生近视呈现高发、低龄化趋势，严重影响孩子们的身心健康，这是一个关系国家和民族未来的大问题，必须高度重视，不能任其发展。

习近平指示有关方面，要结合深化教育改革，拿出有效的综合防治方案，并督促各地区、各有关部门抓好落实。他还强调，全社会都要行动起来，共同呵护好孩子的眼睛，让他们拥有一个光明的未来。

我国青少年视力健康一直牵动着习近平总书记的心。此前，习近平已就相关工作作出重要指示。近日，在看到有关报刊刊载的《中国学生近视高发亟待干预》一文后，习近平又作出上述指示，为这项工作进一步指明了方向。

为贯彻落实习近平总书记重要指示精神，教育部联合国家卫生健康委等有关部门研究制定了综合防控儿童青少年近视实施方案，并向相关部门和社会广泛征求意见。方案提出了防控儿童青少年近视的阶段性目标，明确了家庭、学校、医疗卫生机构等各方面责任，并决定建立全国儿童青少年近视防控工作评议考核制度。

戴剑锋表示：2021年下半年"优倍健"公司还将继续扩大一条生产线。在不断更新产业链，响应国家大的指导方向的同时，戴建峰还是个热心有爱的老总：在新疆的"光明行"活动中，主动捐助物资、在客户举办的献爱心活动中，主动捐助物资、每年"眼镜商会"资助慰问困难户的情况下，主动捐助爱心等等。

"只要在我的能力范围内，我都会主动去帮助一把，也希望可以帮助更多的人，带动更多的人，因为其实，每个人都有爱国情怀。"

从戴建峰身上，我看到了：创业不仅是一件很苦的事情，同时也是一件需要勇气的事情，世界上大多数的人都是每天循规蹈矩地过着上班族的生活，只有很小一部分的人在创造者未来。

这个社会赋予我们太多的责任，当我们毕业就意味着失业，或者做着不顺心的工作时，相信很多人也都怀揣着创业梦。

"今天你可以没有收入，但是你不可以没有收获。"用这句话来天天提醒自己，一段时间后 你的能力、状态，收入会完全和今天不一样，当你拒绝一成不变的安逸生活，就可以改变你的人生轨迹。其实，每个人的内心，都拥有无限的活力，问题的关键是：你能否让它自由自在地流淌，把内在的活力呈现在这个世界上，形成专属于你的独一无二的风景。

我们可以看到，现实生活中有很多的人不敢于去突破自己，他们怕遭遇创业失败，怕因为创业而遭到身边朋友和亲人的嘲笑和打击。创业对于他们来说只是一个口头禅，每一个人都有一个创业梦想，可是真正敢追梦的人却没有几个。当他们在选择是否该面对的时候，更多的人是找出各种各样的理由来逃避面对。

有句话说得好：青春是用来奋斗而不是挥霍；青春是用来追求而不是等待；青春是用来努力而不是迷茫。

假如你是一个不甘平庸的打工一族；假如你是有个有梦想有抱负的有为青年；假如你是一个想创业又找不到好的项目的有志之士。给自己一次机会，为梦想插上翅膀。

戴建峰说："创业其实一直在路上。希望有梦想的年轻人都可以去闯一闯，创一创。也希望自己草根创业、白手起家的事迹，能给所有有梦想的人一点勇气和力量。就像自己的品牌'Anyday'一样，不负任何一天。"

朱明月

　　1988 年生，江苏丹阳人。2011 年毕业于中国传媒大学南广学院，中国传媒大学学士学位。毕业后就职于丹阳电视台，2014 年任职无锡电视台。无锡零号文化传媒有限公司创始人，曾成功策划服务于企事业单位三十余家。创作微电影、公益广告、专题片、宣传片等新媒体影视作品百余部。2017年荣获丹阳市第二届创业大赛三等奖。

创业青年
风采录

Chuang Ye Qing Nian Feng Cai Lu

光影世界里的青春梦想

□文 / 韦朝霞

少年心事当拏云

他叫朱明月，是一个性格内向，追求生活安逸的男孩。2011年毕业于中国传媒大学南广学院，中国传媒大学学士学位。他然后在丹阳电视台工作，从实习生到正式工，再到可以独当一面的年轻编导。似乎一切按部就班，前景明朗，岁月静好。

但他渐渐发现，丹阳电视台的平台有点小，他已经不满足这样平淡无奇缺乏激情的工作氛围。到了第三年的时候，他的感觉愈发强烈，觉得在这片小天地里已经学不到更多的技能，对于自己的业务能力，也开始隐隐担忧，担心自己这样一个人原地踏步的话，必将被这个时代淘汰。而且他不喜欢这个体制，觉得自己不适合在这个体制内待。

朱明月开始郑重地思考自己的未来，他萌生了自己创业的想法，他认为自己有技术，有头脑，有人脉，应该可以自己玩转人生。但是，自身的随遇而安让他内心矛盾纠结。当他把这种想法向亲人朋友吐露后，遭到了一致的反对，大家的想法很简单，在电视台站稳了，之后可以创业，不同意我辞职。爸爸是坚决反对，他说："好好的工作放着不做，瞎折腾什么！你知道现在多少人挤破脑袋想要进体制内工作？你倒好，还想跳出去，就不怕碰得头破血流？"妈妈也在一旁苦口婆心地劝说他。他本来就不够坚定的心开始犹豫了。这个时候，他同一个部门的女朋友给了他鼓励，觉得他可以出去闯一闯，而且当时同部门的人，按规定是不能结婚的，这些更促使他想从电视台跳出去创业。

当然，有想法不一定马上能实现，时机还不成熟，当时他时常跟大学室友聊天（也就是后来的两个合伙人，一个在无锡电视台，一个在上海沪江网工作）；当朱明月提出想创业的想法，他们表示也有兴趣，而且他无锡的同学，介绍了当时无锡电视台大型活动中心的一个导演跟他认识，让他有了可以去无锡电视台的机会。

正是因为有这个机会，他家里人才肯放他出去。他当时的想法是这样既可以去无锡电视台，也可以在无锡跟两个朋友一起创业，那是一举两得的事，如果创业失败了，他至少可以在电视台上班，如果电视台待不下去，还可以去创业。所以，借着去无锡电视台的这个契机，他辞职了。

在刚准备创业的时候，朱明月并没有考虑那么多，也没涉及什么梦想，最初的想法就是走出去闯闯，提升一下自己。

2014年的4月份，他只身一人去了无锡，走的时候，父亲就给了他2000块，说这是给他的创业资金，想想真够寒酸的。其实到这个时候，父亲还是不想让他离开丹阳电视台，因此给这点所谓的创业资金还是想让他知难而退。可朱明月背着行囊，义无反顾地踏上了创业的道路。到了无锡，又去上海接了另一个辞职的合伙人过来。经过一些前期准备，2014年4月17日，他们进行了公司登记注册：无锡零号文化传媒有限公司。公司主要是基于互联网，做移动端的视频内容生产和品牌营销推广的互联网传媒公司。朱明月的一个合伙人叫陈晶，来自上海的互联网公司，有着丰富的品牌营销和互联网经验。另一个合伙人叫邵浥尘，主要是负责公司的业务拓展和影视项目制片。他们雄心勃勃，准备放开手脚大干一场。

理想终归是理想，现实是很骨感的。乍听起来公司很高端很前卫，但其实他们的公司规模非常小，坐落在一个居民区，就这还是借了朋友爸爸公司不到20平方米的储藏室，作为临时办公地点，设备也非常简陋，两张桌子，两张椅子，两台笔记本电脑，所有的电子设备都是其中一个朋友以前买的。

刚开始，两人一边在无锡电视台工作，一边兼顾公司，只有上海来的朋友是全身心扑在公司的运营上的，可仅仅靠朋友一人，精力和时间达不到。他们也觉得不太厚道，内心觉得亏欠上海朋友的。尤其是在他俩每次下班后，来到办公地点，看到朋友一个人默默地在电脑前发呆，那种无力感和亏欠感更强。再加上新成立的小公司缺乏社会知名度，上门谈业务者寥寥无几，接的单子也是小的可怜，没有大单问津，公司的生存都难以为继。他们公司没有收入，没有固定工资，他们手上原有的创业基金，都是一起用，也捉襟见肘。

从2014年4月17日公司创立，整整5个月的真空期，这当中，三个人的精神状态都很差，食不知味，寝不能寐，整天愁眉苦脸，连日的奔波加上生意惨淡带来的精神压力，一度使得朱明月的身体比之前更消瘦了，头上也冒出了几根白发。放弃的念头有过一百多次，想过听从父母的规劝，让父母放心；想过安于电视台的工作，给女朋友安全感稳定感。可是心中始终不甘啊，那份创业的热情也时不时地冒将出来，他咬牙坚持了下来。

每周五晚上打电话回家问候父母，爸爸总是反复地问道："公司怎么样？如果实在不行就放弃公司。"朱明月总是故作轻松，笑着说："公司很好啊，运行正常，生意还可以，手头正有几个项目在忙呢，你放心好了。"可知子莫若父，父母从他疲惫的声音中听出了点什么，父亲一直不支持，不看好他的公司，一直认为他们一番折腾后会回心转意。可要强的儿子不会轻易地就这样放弃的。父亲心想，也许给儿子一个台阶，他就会顺坡下来，不会把自己逼那么紧，于是在电话里絮絮叨叨的一番耐心劝说，又长篇大论地进行了思想教育。那一次朱明月挂了电话后，躲在宿舍里痛哭失声，都说男子有泪不轻弹，只是未到伤心处。他在心里默默地对自己说："自己走的路，唯有坚持，哪怕是跪着，也要把它走完。"

朱明月和无锡的朋友开始谋划，是不是要彻底辞职？也许只有这样，置之死地而后生，把所有精力都放在公司的发展上，公司才能跳出目前的困境。这个想法在脑子里盘旋了一段时间，最后真正促使他下定决心的还是下面的事。

不破楼兰终不还

每一条创业之路都是坎坷的。公司成立 5 个月后终于有了第一单大业务。当时朱明月在无锡电视台负责无锡地税 20 周年晚会的相关事宜，晚会中需要有三个跟税务时代相关的短片，分别反映老中亲三代的情况，他知道后跟无锡的合伙人说，刚好合伙人妈妈是税务局工作者，帮他们引荐了一下。他们接下了这个单子，那是要为无锡地税 20 周年庆制作一档青春微电影，拿到这个单子，他们又喜又愁，喜的是公司终于有了第一大单，这也许是人生开挂的转折点，愁的是这怎么做。这是他们第一次接触微电影项目，之前基本没有接触过，心里一点底都没有。

什么都是第一次做，写剧本，现场指导演员和摄像，包括后期剪辑等，这都是一个摸索的过程。俗话说得好：万事开头难！一切从零基础做起，这也许就是他们创办零号传媒的初衷吧。朱明月开始学习写剧本，一份，不满意，重写一份，依然不满意。夜深了，朱明月冲上一杯咖啡，又一杯咖啡，创作了十几份，改了一次又改一次，不知熬了多少个通宵，终于将剧本完成。接下来，分镜头，选演员，因为是小成本制作，所以很多地方能省则省，人手不够，就喊身边的朋友来帮忙。演癌症病人大家都觉得很晦气，没有人愿意演，朱明月就亲自上阵，自己演癌症病人。他们往往既是导演又是演员，既要现场指导，和大家沟通，还要自己琢磨演技，甚至还要自己做道具。9 月的天气也经常烈日炎炎，风雨交加，他们顶着烈日曝晒，风雨侵袭，加班加点奔波，挑选场地，反复演练、拍摄。大自然是他们最好的舞台，一部 6 分钟的微电影《奔跑》从接到任务到制作完成，虽然只花了他们 20 天左右时间，但却倾注了他们全部的心血。制作完后，他们反复观看，剪辑，修改，朱明月经常忙到深夜时分，忘记了吃饭的时间，直到这件作品大家满意为止。

但这并不能代表他们可以安心了，主办方无锡地税是否满意才是他们所担心的，因此在把通稿给主办方审核时，朱明月心中的那份紧张使得他忐忑不安，手心里的汗早已经将自己的裤腿浸润了。最后主办方笑着对他说："我们很满意。"这时，朱明月的那份忐忑才渐渐褪去。他们的作品得到了市场的认可，大家口口相传，他们终于熬过了创业初期没有业务的那段时光。

因为这个短片，让他们有了信心和底气，感觉公司有实力有市场，前景还是很广阔的。紧接着，公司业务接踵而至。在拍完《奔跑》之后，经朋友介绍，零号传媒和苏梨家具有了第一次合作，需要制作一部体现苏梨设计理念的片子，因为苏梨是新中式家具，那作品就需要体现传统情节的文化工艺和欧美时尚的设计元素，公司就给苏梨制作了一部微电影《苏梨说》，片中融入父女的故事，进行新老对比，从而吸引观众的注意，产生灵感碰撞。这部作品得到了大观众的一致赞赏，当年，微电影《苏梨说》入围第4届北京国际微电影节；同年，公司为开炫律师事务所制作了十周年短片《开炫十年，感恩有你》。2015年公司为无锡广播拍摄招商广告《无锡广播，有声陪伴》。

吹尽狂沙始到金

随着生意的逐渐兴隆，公司的员工也逐渐多了起来，原先的小办公室已经不能满足业务的需求。2015年，他们公司从原先居民楼的临时办公点搬到了无锡广电文创园。本着节约的原则，他们自己搬家，一趟一趟把工具装车卸车摆放；戴上布帽，穿上旧衣旧裤，撸起袖子自己刷墙；发挥各自的专长，自己设计办公室。除了觉得省钱以外，其实最主要的一点还是对于创业这件事的热情从未褪去，尽管忙得累死累活，但却感很幸福。看，他们和着音乐有节奏地刷着，身上脸上白一块黑一块，他们相互取乐。干累了，躺下，或围坐一起喝上几瓶啤酒。从zero到one，他们的创业之路才刚刚开始，他们的创业之情正蒸蒸日上。

起初三年，公司摄制微电影、广告片、公益短片等作品百余部，并利用互联网进行传播，点击量 1000 万 +，获得了社会的广泛赞誉。在多次合作中，他们也明白了公司发展的方向，因此他们着力打造影像 + 营销 + 公益的模式，用情怀传播价值，为社会贡献自己微薄的力量。他们先后为太湖国际博览中心，艾鲁特击剑，开炫律师事务所，无锡广电，无锡国地税、无锡 3W 咖啡、苏州苏梨等三十余家品牌和组织提供视频制作，活动快剪，微信平台策划，互联网营销顾问，晚会活动策划等服务。

几年时间，朱明月推出了多部有影响力的作品。2016 廉政公益广告《新鞋踩泥》；2017 无锡地税形象宣传片《共画未来》；2018 年丹阳运河纪录片《水韵曲阿》入围中国扬州首届运河主题国际微电影展最终评审；2019 年减税降费宣传片《初心希望》；2018—2020 年上海利星行《寻找最美公路》三季；2020 无锡税收普法形象片《法润人心 税泽民生》；2020 无锡税收公益广告片《看不见的它时刻在你身边》；2020 年丹阳医生宣传片《医生十二时辰》。

在公司初创时期，可能大家聚众抱团，共度艰难，"兄弟"是发挥最大效益的好拍档。一旦公司规模扩大，效益日渐增长，那要维持友情可能就比较困难了。朱明月说，他记得中国著名天使投资人徐小平曾经说过："千万不要和你最好的朋友合伙开公司，如果要，一定要把友情锁在规则的牢笼里。"

他们三个人之间免不了产生矛盾，因为他们一开始仅仅凭着多年的友情和一股青春的热情，根本没考虑在创业过程中相互之间会出现矛盾的问题。在一开始创业的时候，没有去制定一个很规范，很严格的条约，导致他们在日常工作中，日积月累的矛盾升级。也许由于矛盾的产生，他们衡量了共同经营的利弊，一致认为绑在一起经营一家公司势必会严重影响到他们十多年的友情，而且也不利于公司的后期发展。这时，上海的合伙人退出，自己又开了一家传媒公司，和朱明月建立了合作伙伴关系，朱明月把无锡"零号"的经营权交给了无锡的合伙人。而他自己，现在着重打造个人的 IP，就是以个人名义的工作室性质在市场上竞争。他开玩笑地说："我现在的经营模式，就好比是路边的苍蝇馆子，不大，但因为口碑好，顾客依然络绎不绝。"朱明月很释然地说："我这人心很大，绝对不会为了利益而损害我们 10 多年的友情。"他的合伙人也说到，他们会把个人人格和商业人格处理好，各自交流互补，发挥最大的才能，把握好利益和友情的度。确实，从今天的零号传媒经营管理来看，利益和友情都没有成为他们之间的问题。

从 2018 年他完成《水韵曲阿》之后，朱明月开始慢慢把重心转回到丹阳，优先去做本地的客户，一来是离家近，二来是做了大运河的片子之后，对丹阳这片故土产生了深厚的感情，希望可以通过自己手中的镜头，把丹阳的故事，丹阳的精神传播出去。三个人分开后，他们都感受到了，以前在一起，是 1+1+1 小于 3，现在每个人都发展得还不错，而且合作得也非常愉快。可以说，是"零号"成就了他们，也可以说是"零号"让他们各自都壮大起来了。

他们是导演，是摄影师，是网络狂人，是段子手，但是他们还有一个共同的名字，就是创业者。

长风破浪会有时

创业以来，朱明月和他的团队经常辗转各地，一路走来，帮助了很多人。

首先，帮助了身边的年轻人。他们公司虽然不大，但是他们乐于去帮助那些刚踏入社会的年轻人，愿意帮助他们去实现自己的远大理想。他们把年轻人招进来，提供就业机会的同时，着力培养他们的技能，每个年轻人到零号，朱明月都会跟他们说："零号不是你们的终点，只是起点，我希望有朝一日，你们可以强大起来，然后去寻找更大的平台，去实现自己的远大理想。"他们不怕竞争，不怕教会徒弟饿死师傅，他们想看到的是，整个圈子联合起来的强大力量，整个行业的有序发展。

其次，他们帮助了客户，也就是大家常说的"甲方"。他们通常用较低的价格，帮助甲方实现了很好的广告传播。他们为甲方的广告宣传节省了开支。所以才会有更多的公司和他们进行的二度合作。2018 年 4 月份，零号传媒和苏梨家具进行了第二次合作。这次他们为苏梨拍摄了一部广告片《于品味，见成功》。据苏梨家具的负责人说，和零号传媒合作，靠谱！这个时代，这个社会，真正"靠谱"的人不多。虽然他们三个合伙人现在各自有各自的发展，但是他们身上这种"靠谱"的特质没有丢，他们每个人都建立了自己的固定客户群。这些客户，已经不是因为他们的技术而跟他们产生业务，而是因为他们身上这种"靠谱"的特质，客户觉得把事情交给他们做，让人放心。

之前三年他们一直做短视频，如今朱明月已经成立了自己的导演工作室。

谈到梦想，朱明月强调，自己在创业上一半门外汉一半专业，他是一边创业，一边努力学习提升。朱明月说："我的梦想不是创业，但是我希望有一天，创业可以成就我的梦想。"从广播电视编导到现在的微电影和广告片导演，朱明月一直都在学习，他最大的梦想就是有一天，可以去做院线电影，实现一个伟大电影导演的华丽梦想，但是通过这几年的沉淀，他觉得平凡就是伟大，所以他经常跟别人介绍，自己是一个来自中国基层的民间导演。

他发现一些美好的东西正从我们的生活中迅速消失。面对坍塌，面对洪流，我们身处困境，生命变得孤独而高贵。朱明月看得多了，听得多了，这就更坚定了他要用手中的镜头记录下生命中那些瞬间的美好场面的想法。他说不喜欢假的东西，他喜欢真实的生活，真实的人，喜欢用自己的镜头记录下每一个人，每一点变化，现在就想踏踏实实去做一个纪录片导演。他相信，一个人可以成为别人的光源，哪怕他们自己并不知道，哪怕他们自己的生活并没有光，而他，值得为他们记录。

"现实是脚下的土地，真实地记录着行走的足迹，而我们要做的，就是用独特的视角记录下生养我们这片土地上的点点滴滴。"朱明月说。关于成为一个职业影视人的梦想，还有很长的路要走。朱明月和伙伴们都在坚持着自己的梦想，在自己喜欢的领域做着自己擅长的事。他们用手中的镜头，记录人们的欢笑，让朱明月觉得自己离梦想越来越近。

袁淑俊

　　1987年12月生，丹阳市皇塘镇人，现任江苏宝优乐时装有限公司董事长。2017年荣获"创翼丹阳，智胜未来"丹阳市第二届青年创业大赛创业先锋奖，2018年获得镇江市女大学生"镇有一手"创业项目大赛优秀奖，2020年被皇塘镇妇联评选为"最美抗疫巾帼志愿者"，2020年在丹阳市"我们身边的好青年"活动中被评为创新创业好青年。

创业青年
风采录

Chuang Ye Qing Nian Feng Cai Lu

霓裳丽影展芳华

□文/裴扬

踏实勤奋，开创业之门

一个人究竟应当怎样度过美好的大学生活，是谈一场刻骨铭心的恋爱，还是在图书馆里享受孤独？袁淑俊却给出了不同的回答。

大学期间，她利用业余时间兼职过各种工作：超市促销、发放传单、化妆品推销等等。大四实习，她又远赴浙江，在精飞光学做过销售。她认为，用兼职来充实自己，是一个不错的选择。大学生选择兼职一方面可以增添生活费用，弥补自身的经济缺口，享受兼职所带来的成就感，获得物质和精神上的双重回报，另一方面也可以学以致用，积累社会经验，学习更多的社会知识，使得自己更好地适应社会，既减轻家庭经济压力，又能发挥人的潜力与能力。尤其是其中有家公司，教会了她感恩，也教会了她先做人后做事的道理，使她受益无穷。

小草用绿色证明自己，鸟儿用歌声证明自己，她要用行动证明自己，不经历风雨怎么见彩虹？没有人能轻轻松松成功。2010年6月，袁淑俊从南京工业大学人力资源管理专业毕业。那时的淘宝网已然成为全中国最大的线上卖场，全年的交易额高达两千多亿元。线上交易平台的飞速发展让袁淑俊看到了未来庞大的网售市场。大学毕业后的她，回到自己家乡丹阳市皇塘镇所在的服饰公司，准备有一番作为。

然而万事开头难，并非电子商务专业的袁淑俊遇到了很多难题。首先，对于线上售卖和线下的客户群体，她都不熟悉，再加上不懂设计，尽管其他网店的生意异常火爆，但是她的公司的销售额却很难达到理想的水平。看到公司很多产品无法达到客户的需求，她的内心十分焦急。

有人曾说等待黎明前的黑暗是一种考验，迷雾终将散去。袁淑俊相信自己的迷茫也终究有散去的那一天。她更加关注市场，也更加注重与公司员工们的交流。在一次与女职工的聊天过程中，她受到启发，独立自主是新时代女性的标志，不能只是充当相夫教子的家庭主妇，而应当承担更多的社会责任。责任在肩，被寄予厚望的袁淑俊知道自己承载着全公司上下所有职工的期盼，她不能依附在父亲的照顾下，而应当承担起责任，帮助公司渡过难关。

时代在不断发展，销售渠道也各不相同，这就需要通过不断学习领悟。在那之后袁淑俊开始上培训班，到各地市场调研，深入研究客户需要，从而明确了产品定位的方向。首先她学会的是选品，这对于一家实体制造业而言至关重要，在这个消费者升级，品牌升级，平台不断升级的时代，无论产品的价格，风格，款式，设计，都是需要迎合整个市场的需求。

其次是对不同客户群体的定位，她深知唯有充分地去了解电商，从电商亿万人群中找出那部分的属于我们的客户群体，这些客户人群现阶段的需求是什么，未来消费升级的方向在哪里，现在电商海域中怎么做才能迎合现在和未来的消费群体。

她秉持父亲灌输的匠人匠心的精神，从车间、裁剪、仓管、设计、采购，电商没有落下任何一个环节。她先是在设计部做了两年设计师助手，从了解市场需求到选款到全国各地选料到打板到生产到发货，参与到每个环节中。她还学会了充分合理利用现有的资源，在了解公司现有的资源和可以合作的一切资源，知道什么品类适合自己做，什么品类不适合自己做。什么品类是公司的主打品类，什么品类是辅打品类。哪些是企业的优势点，哪些是弱点，尽量扬长

避短地去布局生产线品类的发展方向。

这样的坚持终于换来了回报，她积极开发热销产品，将原本滞销的"棉提花"面料，做成背心款的内衣，迅速占领市场，让全公司上下都对她刮目相看，稚气的青年毕业生正一步步朝着成熟的商业女神迈进。除此之外，袁淑俊还强化服务与质量，一切从消费者的需求出发，人性化地提供相关产品方面的专业服务，确保服务内容与消费者的需求和产品表现出来的特征三者高度紧密地联系在一起。

智慧创新，促产业升级

时代在进步，消费者的审美和需求也不断变革，袁淑俊知道唯有自己的品牌和专利才能在残酷的商业竞争中脱颖而出。好在丹阳的乡镇企业蓬勃发展，持续深入改革开放政策为企业注入了新的活力。江苏宝优乐时装有限公司前身为丹阳市胸罩厂，位于江苏省丹阳市皇塘镇工业园，紧临沪宁高速、沿江高速、312 省道、239 省道，距常州机场 15 公里，距江苏省最大深水港——张家港码头 60 公里、距国际大都市——上海 180 公里交通十分便捷。企业成立于改革开放初期，创立之初到 2009 年均以代加工为主，主要生产普通文胸，是丹阳最早的一家文胸厂。受大环境影响，当时随着市场经济不景气，文胸市场也一路低迷。

2010 年，公司敏锐捕捉到了电子商务的机遇，开通了电商平台，高薪引进优秀人才，成立了设计团队、客服团队，走向了自主发展品牌道路。2011年被评为"全国消费者放心品牌""绿色推广品牌"等称号。公司拥有多项设计专利，至今在母婴商情杂志连续排名前列。2012 年公司有研发了新品牌"喜贝雅"文胸系列产品。针对市场引导健康、时尚，实现双赢，企业以质量求生存，每一款产品既安全、环保、健康又高端、时尚、大气，一直广受消费者青睐。然而服饰行业竞争异常激烈，没有永远的常胜将军，缺少技术研发，产品逐渐失去竞争力的窘境成为公司发展的拦路虎。就在此时，经历了几年磨炼的袁淑俊在 2015 年正式接管电商部销售以及产品设计。

上任后她的理念就是"智慧创新促产业升级"，从 2016 年开始，网店的需求量巨大，而且造成了供不应求的局面，此时的袁淑俊立即意识到光靠现有的产品链无法满足所有消费者的需求，所以她立即广泛吸纳设计人才，组成了研发团队，其产品的设计范围覆盖了内衣、童装及其他服饰，将公司的产品层次更加多元化。她经常推荐给别人的一部电视剧叫《鸡毛飞上天》，她常说她就是从中获得了创业灵感，因为网店存在着相似的困难，激励自己将产品做好，让公司得到发展。

果然，在她孜孜不倦的努力下，2017 和 2018 年设计了五款专利产品。新的花型，新的款式，全新的设计理念让企业再次具备了竞争力，尤其是将吸湿排汗的速干面料制成内衣，立即又成了市场上的爆款产品，同时新设计出的孕妇内衣一投入市场后立即获得了巨大的好评，成了消费者争相购买的产品。这让袁淑俊意识到了细分市场的重要性，指引团队要不断优化创新，用智慧去领悟消费者的需求，急人之所急，提供老百姓真正需要的产品。

经过几年的飞速发展，公司占地面积近 8000 平方米。公司以"培养人才、回报社会"为己任作为公司长期目标。目前公司专业技术人员 40 余人，中高级以上职称 25 余人，员工 320 人，其中女性员工 288 人，占总人数的 90%。而且大量女大学生回乡电商创业，促进了女性村民再就业；企业每年都会引进女大学生来企业工作、学习，为企业注入新鲜血液。目前，企业已有十多名女大学生从事电子商务创业，并带动返乡农民就业和四五十岁女工下岗再就业，成为村民发家致富的一条重要途径，获得镇江巾帼电商示范基地荣誉称号。近几年，每年公司销售产值为 6500 万元左右，2018 年"双十一"当天创下了销售额为 550 万元的骄人业绩。

袁淑俊并没有被眼前的销售业绩冲昏头脑，而是冷静下来深入学习研究风险评估，她明白一个企业可以靠着某款产品而成功，也可能随着竞争者的崛起和市场变化而衰落。她自学了很多课程，明白任何一款产品都会存在风险，缺货流量不稳定的风险，爆款急速下滑库存大量积压的风险，应季款随着季节的变化带来库存积压的风险，这些风险需要精确的系统和人性化地判断去处理它，最好的办法就是经验。找准下滑点，合理地去安排自己的库存，尽可能地去降低风险值。

现如今公司是集研发、生产、销售、服务为一体的现代化综合性企业。先后引进数条日本进口设备流水线，大幅度提高效率的同时不仅降低了成本，节省了人工，有效保障生产产能更好地服务于市场。公司专注孕产女性内衣设计，包括文胸、内衣裤、哺乳内衣、家居服等四大系列。合作发展的百余家品牌已荣获"中国最具影响力品牌"称号。2017年10月，她在丹阳市第二届青年创业大赛中，荣获"创翼丹阳，智胜未来"创业先锋奖。

与时俱进，显巾帼本色

自2018年开始，袁淑俊将目光投向了更广阔的市场，不满足于当前产品的制造与销售，企业除了在线上销售，由于有了自主品牌的支撑，也开始在线下开辟了实体门店，力求打造更加立体的商业模式。企业的转型也随即发生，企业自转型以来，把之前盲目生产逐渐转向依靠市场来定位，有效避免了产品难卖、库存积压大、应收款拖欠等难点问题。随业务量的飞速增长，员工的积极性得到了充分发挥，也给周边电商企业起到了示范性作用。同时也带动了配套生产、加工、储藏、物流和电商服务业的发展，大大增加了就业率，吸引了大量女大学生回乡电商创业，促进了女性村民再就业。进入新零售模式以后，我们在原有的接单模式不变的情况下，建立了自主品牌，有了自己的设计团队和电商团队，既具备了自我研发生产的能力，也具备了自给自足的销售能力。

为健全妇女就业网络，帮助安置妇女就业。她做了以下几点：一是构建信息网络，通过妇联组织对全镇妇女劳动力开展全面深入的调查摸底，对无业人员、下岗人员、特困人员家庭情况将无业妇女的年龄结构、文化程度、特长等内容建档成册，形成了无业妇女劳力数据库。二是开展定向培训，为了使培训的人才更贴近岗位需要、企业需要，她和团队结合妇女特点，大力加强服装，内衣技术的职业技能培训，提高她们进入劳动力市场的能力和适应职业变化的能力。

三是建立培训基金。为了提高女性员工就业积极性，对积极要求外出学习培训的女员工年终给予一定的奖励。企业每年都会引进女大学生来企业工作、学习，为企业注入新鲜血液。返乡女大学生运用电子商务这一便捷的平台从事创业，已经成为企业电子商务运作的最大活力。目前，企业已有十多名女大学生从事电子商务创业，并带动返乡农民就业和四五十岁女工下岗再就业，成为村民发家致富的一条重要途径，同时也解决了社会就业难问题。

近年来随着电子商务的持续快速发展，近三年企业销售产值以 15% 逐年递增，做到了稳中求进。目前政府部门也在加强电子商务扶持的落实，支持电商持续健康发展的优惠措施等，不断提升企业电子商务的品牌效应。公司电商主要交易平台是天猫、京东、淘宝、阿里巴巴等。为掌握更多的营销技能，了解最新的平台规则，公司不定期地让的电商骨干外出学习、交流，也聘请专业讲师来企业授课和现场指导。工业园区里成立了电商协会，各企业也经常分享经验及交流，给电商行业带来了许多生机。公司进一步整合资源、优化结构、创新思路，强化引导服务，力争打造产品质量可靠、社会认可度高、市场前景广阔的内衣特色品牌。随国家二胎政策的开放，为她的企业销售渠道打开了新格局。电子商务销售平台与产业对接，插上互联网的翅膀，开辟了更为广阔的市场。电商的迅速发展使当地的物流体系也越来越完善，驻点在宝优乐的快递品牌有中通，申通，圆通，韵达，EMS，邮政小包，顺丰，日均发件量 5000 件左右。

在通往成功的路上永远不会是一帆风顺的，新的情况、新的问题不断出现。2020 年一场疫情让全世界的格局都发生了微妙的变化，这样的变化也给袁淑俊的企业带来了不小的冲击，首先是实体店的生意越来越难做。因为疫情导致 2020 年上半年经济下行，老百姓的购买力开始下降，更多人开始关注"拼多多"等新的电商平台，老百姓追逐低价格和袁淑俊保证质量的经营理念产生了某种矛盾，很多竞争企业开始打价格战，用低价吸引消费者。袁淑俊坦言，某种意义上说，低价位是由低质量来维持的，如果想要保证质量就必须在产品原材料上下功夫，而且背后是高水准的设计团队，一旦进入价格战中，那么企业的经营方式就会发生改变，这是袁淑俊不愿意看到的事情。

坚强面对一切的磨难，永不言弃，这是袁淑俊的性格。坚强，是人生路上的精神支柱，是跨越坎坷的信念，是成功走向胜利的根本。如何化被动为主动，与时俱进，是摆在袁淑俊面前最大的难题，在不降低产品质量的前提下，唯有改变销售策略是可行的方式。于是她更加重视线下实体店的销售，熟悉流量的来源渠道，找到最精准的流量来源，提高流量方面的权重，让店铺的人群进行标签化展示。其次她还不断吸收新的销售模式，比如直播带货，与当下流行元素接轨，在不断拓展线下门店的同时，将线上的服务进一步做扎实，让消费者体会到产品的用心和质量保证。确定引流款，活动款和利润款的比例，合理地利用店内引来的流量多维度地进行展现让相对固定流量下的客户，尽可能地多看到我们的商品，从而形成商品之间导流的效果。

在产品多元化和资源分配方面，袁淑俊也有她自己独到的见解，她认为根据每一个商品在平台上所表现出来的数据，合理地给每一款分配合理的资源，让每一款产品发挥其最大效果。比如少女款和孕妇款的内衣面向的是十几岁至三十岁的青少年群体，那么就应该在线上多宣传，多直播。但是老年人的背心和内衣，因为许多老人还不会使用智能手机，她们的购买渠道主要还是线下的实体门店，所以就应该像"足力健"那样多在线下进行促销，吸引老人们的目光，从而达到最佳的资源分配。

心系家乡，行公益善举

在自身发展的同时，袁淑俊不忘初心，积极回馈社会。她自己出钱为老家村庄修筑水泥路，为村里的法制广场购置音响设备；为了丰富村民的业余文化生活，请著名戏剧团下乡演出等等。作为一名企业家，也积极肩负起社会责任，在本次新冠疫情阻击战中，她积极配合政府的复工复产政策，而且主动捐款一万余元，为我镇企业家树立了良好的形象和典范，受到了社会各界以及人民群众的一致认可和好评。

在有一次面对记者采访时，袁淑俊曾这样介绍过自己和家人。

"我家有三口人，我和父亲白手起家，创办了江苏宝优乐时装有限公司。我的家庭同大多数家庭一样，没有什么轰轰烈烈的事迹，但是我们全家遵纪守法、互敬互爱、积极进取、乐于助人、家庭幸福和睦。互敬互爱是家庭和睦的基础，是家庭幸福的源泉。我们一家人多年来在生活中相互照顾、相互信任；在工作中相互理解、相互支持、相互取长补短，遇到困惑相互开导、相互帮助。我们认为，只要互相站在对方的角度来看待事物，思考问题，那没有什么事情是解决不了的。真心待人、乐于助人是父亲教给我的处事态度，我们一家人与邻居都能够和睦相处，邻居们有什么事情需要帮忙的，我们都热心帮助。我们一家人都希望通过自己的微薄之力，用自己的实际行动，为创造美丽和谐社会贡献自己的一份力量。致富不忘饮水思源，我父亲十几年来十分热心社会公益事业，村上道路拓宽翻修积极带头毫不犹豫地捐资。每年都会赞助并腾出空地让当地的戏曲协会在法制广场表演。为新建的广场出资购买功放和音响让周边的老百姓茶余饭后能在广场上休闲娱乐。并且督促引导我也走上公益之路，在抗击新冠肺炎期间，我也对镇上的疫情防控工作给予了支持。仁义礼智信，是做人的道德标准，家庭是社会的细胞，家庭的好坏直接关乎到社会的安定团结。我将不忘初心，不忘本色，努力弘扬好的家教、家风，为构建和谐社会做出自己应有的贡献。"

就是这样一种朴实的家风，让袁淑俊和她所领导的企业有了向上的力量，在商海汹涌的浪花中乘风破浪，向着更远的目标去航行。因为出色的个人能力，袁淑俊被人称为"服装女神"，获得了市内外的多项荣誉，她在 2017 年丹阳市第二届青年创业大赛中，荣获"创翼丹阳，智胜未来"创业先锋奖。2018年在镇江女大学生"镇有一手"创业项目大赛决赛中获得优秀奖。2020 年抗击新冠肺炎疫情中，被皇塘镇妇联评为"最美抗疫巾帼志愿者"，2020 年全市"我们身边的好青年"评选活动中，被评为创新创业好青年，并且在每年都有多个产品设计获得专利。

云想衣裳花想容。霓裳丽影，风韵优雅，一袭轻衣，尽展芳华。服饰随着时代的不同而变化多异，服饰也正所谓是与时俱进。岁月流逝，袁淑俊的服饰情结不减，设计和生产出许许多多具有时代风貌的服装，把人们的生活装点得五彩缤纷，这是她的梦想和追求。

青春是什么？青春是人生的春天，它孕育着，需要阳光、雨露和微风的抚慰，等待夏的枝繁叶茂，秋的硕果累累；青春是一团烈火，有志者用它点燃那人生的熊熊火炬，无志者却可悲地用空虚和无聊将它浇灭；青春是一张诗笺，实干者用汗水和毅力抒写那绚丽的篇章，空想者永远只会留下一片难堪的空白。青春需要激情，需要挑战，需要坚强与自信。站在青春的海岸线上，袁淑俊对未来充满了憧憬和向往，她拼搏过，追求过，她坚信——青春无悔。

李军

1993年11月生，丹阳云林人，2015年12月加入中国共产党。2012年毕业于丹阳六中物化强化班。2016年本科毕业于南京林业大学大材料科学与工程学院。2019年9月至今就读南京林业大学MBA（工商管理硕士），2020年任南京林业大学MBA联合会副主席。在大三时创办的"校园知交"创业项目获得了南京林业大学首届水杉创业园的十佳创业项目。大学毕业后回到家乡丹阳自主创业，2017年5月注册成立"梦享文化创意工作室"（工商个体户），服务覆盖青少年学生数量达万人以上，先后获得丹阳市创业先锋奖、镇江市青年创新创业大赛优胜奖。2021年5月注册组建丹阳梦享拾纷科技文化有限公司。

创业青年
风采录

心中有个不灭的创业梦

□文 / 蔡竹良

校园初露创业才

李军出生于丹阳偏远的云林农村，云林是丹阳的经济欠发达地区，乡镇企业少，农民以种田为主，除外出打工外，主要靠学瓦工、木工等手艺农闲时挣钱养家。李军的父亲是油漆匠，全家生活开支全靠他。在李军眼里，油漆匠父亲并没有"五彩颜料染世界，人间万象尽出色"的浪漫，只有早出晚归，衣服上整天是油漆斑斑的艰辛。刻苦攻读考上大学跳出农门，改变家庭生活困境就是少年李军学习的动力。

2006年9月，李军从云林中心小学考入了丹阳城里的华南实验学校。华南实验学校是丹阳城里一座新办名校，当时还是自主招生，录取分数线很高。李军考入华南实验学校，村里人都投来赞许的目光，父亲母亲都对李军的未来充满期待。2009年，李军以3分之差落榜省丹中，上了丹阳市第六中学，进入了物化强化班。李军在班里一直担任班长，工作非常出色，表现出较强的组织协调和管理能力，得到了很多锻炼的机会，多次被学校和上级有关部门表彰。

2012年9月，李军考入南京林业大学材料科学与工程学院学习木材科学与工程专业。木材科学与工程专业是南京林业大学实力较强的专业。学校在南京市区，附近有玄武湖公园、花卉园、情侣园、白马公园，学习环境十分优越。进入大学校门，李军无暇感受六朝古都的迷人魅力、欣赏玄武湖的美丽风光，聆听秦淮河的动人故事，而是全身心投入大学生活和社会实践之中。随着看到学到的知识增多，创业的念头时时在李军大脑中闪现。

2015年，李军被选为南京林业大学材料科学与工程学院学生职业发展协会会长。协会是学生组织，会长职位没有权力，没有待遇，只有义务服务。会长虽算不上什么官，但必须要求很强的社交能力和奉献精神。李军在不影响学习的前提下积极配合学校开展学生就业创业工作，热情帮助同学设计职业发展规划，广泛寻求就业单位，落实就业岗位。李军个头虽不高，但工作风风火火，踏实肯干，责任性极强。他无论是联系对接招聘企业、协助招聘会的举办、向学生发送招聘信息，还是组织开展提高学生职场能力的各项活动，都做得有声有色。没有外地就业单位联系方式，他就到网上去全力搜集；发招聘邀请邮件对方公司一而再、再而三不回应，他就主动反复电话联系，想尽千方百计，说尽千言万语，努力让即将毕业的同学们的就业岗位尽早落实。材料科学与工程学院毕业学生就业率一直名列南京林业大学各学院前茅。国家号召"大众创业，万众创新"后，李军立刻踊跃投入到服务学生创业的工作中，精心组织创业创新大赛，积极向同学们宣传学校和政府对大学生创业的扶持政策，邀请创业成功校友返校分享创业经验。

紧张的大学生活，很多同学都面临亚健康的困扰。李军为了帮助许多大学生摆脱亚健康状况，大胆创立了"校园知交"健身项目，采用公司化营运和"服务＋产品"模式，旨在通过个性化的定制健身服务和学院所具备的健身设施条件，销售配套实用的健身器材和运动服装，帮助亚健康状况的同学通过健身获得改善。以前大学生健身都是课余自发的，一无教练二无人监管，来回训练自由，往往是一天打鱼三天晒网，坚持不好，健身效果不好。"校园知交"在学生中聘请具备健身教练条件的人担任教练，进行规范化的健身教学。健身配套器材和运动服装都是直接从正规厂家批量进货，免除中间环节，质优价廉。"校园知交"收取健身学生一定的会员费，用于支付教练费用，场地使用费用仍学校原办法执行，谁用谁付。有教练正规教学，有个性化的定制服务，有各方都能接受的经费管理办法，"校园知交"一时声名鹊起。

南京林业大学水杉创业园成立后，李军创立的"校园知交"经专家评选后，在众多学生创业项目中富有创新，亮点突出，成了第二批入驻水杉创业园的项目，而这也是李军创业才能的初显和创业起步。他从一个人想出点子到组建5个人的教练服务团队，从不知如何推销到拥有第一个客户，再到红火的背后，是李军不断挖教练人才，不断扩大健身客户，不断提升产品服务质量的努力。2016年南京林业大学举办首届水杉创业园十佳创业项目评选，"校园知交"成功入选，李军由此获得了学校给予的专项创业扶持资金，"校园知交"也获得了更好的发展。

李军在担任学院学生职业发展协会会长后，在协会指导老师朱捷的关心和指导下，学生职业发展协会的工作卓有成效，指导协助学生就业和创业工作得到了学校的高度认可，连续三年被评为"校优秀协会"荣誉称号。李军本人也多次被评为院"社会工作先进个人"和校就业创业指导中心"优秀学生干部"。

李军在水杉创业园里，享受到了免费的办公场地、周到的创业服务，同时还结识了很多和他一样有创业热情的小伙伴。在学校组织的各种创业活动中，他不断成长。聆听创业大咖的分享，参观各地创业园，走近成功的创业项目，接受创业能力的培训，参加创业大赛，校外专家把脉指导，一次次的学习，一次次的经历，让他对自己的项目也有了更清晰的规划，在他心里埋下的创业的种子悄悄发芽。

筚路蓝缕创业路

大学毕业前，李军早早的就被家乡渴求人才的大型企业——大亚圣象家居股份有限公司录用，签订了就业协议。2016年7月，大学毕业的李军到大亚圣象家居股份有限公司报到上岗，经过劳动合同约定的两个月试用期。然而，李军心中那个创业梦却像春天的野草一样疯长，他主动辞职到贝乐机器人培训机构当培训老师。同事们不解，父母也有怨言，但李军的态度十分坚决。

李军上大三大四时在帮助同学寻找就业岗位过程中，经常与南京市的小校、中学和培训机构对接，他发现南京针对幼儿和青少年的机器人培训十分红火，市场前景十分广阔，但当时家乡丹阳还是一片空白，这是个商机，他要抓住。到贝乐机器人培训机构当培训老师既是之前兴趣的延续也是为了今后能有机会让更多孩子接触机器人教育。

2017 年底，怀揣着"助力国家智能化发展，培养优秀青少年人才"的想法，李军与高中同学、南京财经学院毕业的研究生韦志强合伙创立了"梦享创意"培训机构，在领秀花都小区租用 120 平方米门面房，领取了工商个体户营业执照，李军任法人代表。主要从事两岁半幼儿到 15 岁的学生为对象的机器人培训。丹阳当时已有了贝乐、百变两家机器人培训机构，但收费偏高。李军拿定主意，在确保培训质量的前提下，比贝乐、百变降低 20% ~ 30% 的收费，让更多丹阳幼儿和青少年接受到高质量的机器人培训。

李军开始了人生中的第二次创业，这次创业较在大学的初次创业，他显得更有经验也更有韧劲。但父母的不理解不支持，让他倍感压力。更大的困难来自资金的压力，房租、员工工资、购置各种教学器材的费用、水电费等，对于白手起家的他而言就像是一座座大山，压着他喘不过气来。有第一次创业的经验，有在大学锻炼出来的经营能力，李军的项目终于熬过了严冬，不仅让项目活了下来，而且在丹阳众多培训机构中异军突起。经过半年艰难运营，项目健康发展。他参加丹阳市第二届青年创业大赛，获得了创业先锋奖。丹阳电视台进行了专题报道。丹阳人社局为了扶持他创业，给他免费提供了办公场地，开通创业服务绿色通道，提供免息创业贷款，这些扶持政策很大程度上缓解了他在创业初期面临的压力。经丹阳市人社局创业指导中心评选推荐，李军的"梦享拾纷"成功入选"江苏省大学生优秀创业项目"，江苏省人力资源和社会保障厅奖励了 10 万元，这笔奖金无疑是雪中送炭。

创业之路不会总是平坦的。2018 年，上级有关部门要求培训机构用于培训的场所面积必须大于 300 平方米。是扩大租用面积继续办班，还是另想办法，李军与合伙人韦志强意见不一，两人只好友好分手。领秀花都小区培训点撤销。

李军为了延续自己的机器人教育梦想，在丹金路旁投资 10 多万元租用 600 平方米合伙办了一个培训综合体。在综合体运行正常后，李军又看准减肥市场前景，在丹阳商业重地金鹰投资 15 万元开了"星鲜点"轻食店，专用低盐、低油、低脂食材，李军和另两个员工既是厨师又是配送，开业后十分红火。李军从早上 8 点忙到晚上 8 点多，每天累得腰酸背疼。当看到每天的业绩不断攀升，李军硬是咬着牙坚持着，父母和姐姐看了也很心疼，都劝他别累坏了身体。冬天来了，轻食不易保温，当饭菜送到客户手中时已是凉凉的，用餐者剧降，入不敷出，轻食店只得歇业。

屋漏偏逢连天雨，李军把主要精力放在经营轻食店，对培训综合体疏于管理，生源虽然稳定，但却没有利润，面对只能勉强维持现状的窘境，培训综合体也只好停业。办培训综合体和餐饮店相继失败，李军一下子亏了 20 多万元。李军在经受失败的痛苦中认真反思自己在创业中的一系列失误，找到了自己在创业决策上失误和对市场风险评估上存在的问题，重新寻找符合自己实际能力的创业之道。

拓展思路创新业

每当创业遭遇挫折时，李军都会感受到了来自周围很多精神上的鼓励。丹阳市人社局创业指导中心的工作人员，至今还在关心着他创业项目的发展情况，凡有外出学习交流的机会，都会及时通知他参加。南京林业大学材料科学与工程学院的就业指导老师朱捷也一直在关心他的创业，时不时的给他些建议。当初参加创业大赛时认识的几位企业负责人，至今还与他保持着良好的互相交流，常常施以援手。曾经的同行竞争对手，被他做事的信念、诚信、执着所折服而选择合作。

面对培训综合体的停业，李军一连几天思考着如何保住正在成长中的"梦享拾纷科技文化"这块牌子,如何延续自己的机器人教育梦。只要意志不滑坡,办法总比困难多。李军经过几天的考察和市场评估,一个新的培训模式在大脑里中形成。

带着"梦享拾纷科技文化"这块牌子和自己的培训老师采取与其他各类培训机构、中小学合作办班的模式继续从事机器人线下培训。双方合作招生,各自负责自己专业课程的教学,自备教学器材,收入分成。李军方可以节省了租房的一大笔开支,合作单位方既增加生源,又丰富了培训专业,增加收入,是一个双赢的好办法。

李军和老师分头到各培训机构和各中小学,拿出完善的教学计划和以往的培训成果,及家长的评价反复沟通。"梦享拾纷科技文化"的合作方案、成熟的教案和诚心终于打动了越来越多的培训机构和学校。线下培训合作单位从城里发展到了乡下。在合作的过程中,城里乡下,哪里有课李军就去哪,一天辗转多地,因为赶路饱一餐饥一餐成了常态。

"梦享拾纷科技文化"以独特的教学理念、使用安全环保的教具和实习产品、组织富有趣味性的比赛,使孩子们发挥出天生的创造力和想象力,帮助培养团队精神,逐渐提高解决问题能力、应变能力、表达能力、社交能力等,让孩子们能从容应对新时代社会和科技飞速发展带来的新挑战。

多元智能理论之父加德纳教授认为,人都有智能强项和智能弱项之分,教育的目的是要不断加强和改善智能弱项,促进和发展智能强项,这样的人才是全面发展的。"梦享拾纷科技文化"针对各年龄段确定不同的教学重点,个性化定制教学方案,帮助强化发展智能强项,改善智能弱项。让孩子们循序渐进地从接触世界、意识世界,到探索世界,逐步全方位了解世界。对幼儿主要是开发其发现世界的眼光,以搭从易到难的不同类型的积木为主;对小学低年级学生主要激发其探索世界的兴趣,以组装有动力的模块机械为主;对小学高年级和初中生主要培养其改变世界的能力,以培训组装机器人、编程等为主。

"梦享拾纷科技文化"机器人培训声誉日益提升,收入稳步增长,教师待遇也逐步提高,团队凝聚力不断增强。外地培训机构慕名主动来要求合作。李军及时抓住机遇积极推行区域合作，突破办班瓶颈，强强联手，优势互补。李军首先选择苏州相城区的"七彩幼托"作为合作试点，统一培训模式，统一教学教案，统一教学内容，统一质量要求，统一管理办法，严格推广"梦享拾纷科技文化"理念，适时派教师过去指导，定期进行教学交流和考核，确保办班质量。以质量求生存，以信誉求发展。取得初步经验后，又在南京、安徽等地与多家培训机构开展区域培训合作。

心中有梦创大业

针对幼儿和青少年的培训市场竞争十分激烈，仅丹阳各类培训机构就有 500 多家。李军一直在思考，自己的"梦享拾纷科技文化"年产值虽然过百万，但随着国家对社会培训机构的要求和监管越来越严，要想把事业做大做强，实现自己心中的梦想，光靠办班培训发展空间有限，必须转型。

未来的 10 到 30 年，人类将进入人工智能时代，机器人将无处不在。开发具有知识产权的，既符合幼儿和青少年培训实际需求，又具有实用性，价格合适的机器人教育产品，市场前景广阔。李军认准的事，就会不遗余力去做。他的想法得到有同样梦想的好友陈勇、王涛的力挺。陈勇，连云港人，博士在读，原来在中科院半导体研究所工作，现在中科院声学研究所读博，具有多学科丰富知识和研究成果。王涛，南京人，毕业于南航，现主要从事航空模型、火箭模型的研制，拥有多项发明专利，已独立开发多款先进的模型产品。李军本人，MBA 在读，多年从事机器人组装、编程培训教学，熟悉市场。3 个人都是同龄人，都有远大理想和干事业的热情，3 个人组成了研发团队，从 2021 年初开始夜以继日研发攻关。

2021 年 5 月，李军成功注册成立梦享拾份科技文化有限公司，任法人代表。公司主要从事开发销售模块化机器人产品。研发团队现已开发制作出两套模块化机器人——"机器人创客套装"（暂定名），具有语音播放、人机对话、行走、抓取等诸多功能，孩子们可以根据自己意愿组装编程。"机器人创客套装"将投放培训机构试用征求改进意见，待产品成熟后适时推向市场。李军已在南京选好了办公场所，将把研发机构放在南京，充分利用南京科技力量雄厚、信息快捷的优势，规划不断开发机器人创客套装系列产品。

创业是艰难的，前面有鲜花，也会有泪水。李军深知今后的创业之路不会总是平坦的，风险和机遇并存，但为了心中的梦，值得一搏。

许昊

1988 年 6 月生，丹阳市云阳镇人，2011 年毕业于苏州科技大学，曾赴日本留学。中国蒙台梭利认证高级教师，儿童发育商高级测评师，儿童感觉统合训练师，学龄前儿童语言教学星级教师，家庭教育专家级认证导师，现为弘远托育创始人兼春田花花儿童之家负责人。

创业青年
风 采 录

.....

Chuang Ye Qing Nian Feng Cai Lu

用爱绽放美丽的托育事业

□文 / 裴扬

富士山下得善种

"了解人是如何想的，比了解他们是如何做的更有益"，法国人伏尔泰的哲学思想总能影响后人。实际上，一位年轻的母亲为了让孩子获得最优质的教育，会不会自己铤而走险去创办一家托育机构？我想很多人会给出否定的答案。然而青年创业者许昊却真的那样去做了。这样说，不仅是因为肩负母亲和创业者双重身份的励志故事比起那些含辛茹苦将子女培养成才的事迹更独特，而且每一位创业者最初的思想都代表着一家机构甚至一座城市新的挑战。那么我们与其从创业故事开始谈起，不如先了解创业者的想法，至少可以说，思想是事件最重要的组成因素。

2007 年，许昊被苏州科技大学商务日语专业录取，因为品学兼优，获得交换生资格，她的大学有一半时间是在日本度过。中日在对待早教方面巨大的文化差异给许昊留下了深刻的印象，她坦言："看多了日本孩子跟我们中国孩子之间的巨大差异，看到日本孩子时而彬彬有礼似小兔，时而坚强勇敢如小狼，着实觉得我们蜜罐子里养大的宝宝缺乏太多应有的能力了。见到很多形形色色的家长，有些真的让人很痛心，惯子如杀子，等她们明白这个道理的时候，希望不会为时已晚。我自己的儿子也要上幼儿园了，如果能让他在进幼儿园之前，学会自己吃饭穿衣上厕所，有良好文明礼仪，有较好的秩序感，对他本身也是一件很好的事情。所以我们春田花花的孩子，会背古诗，会饭前感恩天地君亲师，会遵守先后秩序，会离开位置送板凳，自己的垃圾自己处理，类似的事例太多，教育是每天点点滴滴细节的灌输，不是三言两语能就把它说完。"

然而类似的教育理念上的强化并没有因为她的毕业而消失，反而在她工作之后能更多接触到来自日本的年轻父母甚至孩子。2011 年，许昊从大学毕业，来到苏州工作，因为业务能力强又有留学经历，让她轻松自如进入了三洋公司担任日语翻译。在 2011 至 2013 这三年中，她接触到了更多日本文化，由于苏州工业园区中集中了大量的日资企业，所以园区中甚至出现了只接纳日本孩子的日语学校，无论从教师配备到教育理念完全来源于日本。有时在这些学校的一墙之隔就是一所中国式的托育机构，这样鲜明而带有一些异域风情的对比让许昊产生了更多关于教育的思考。

这样的思考是帮助她日后创办托育机构重要的理论源泉。2014 年许昊回到了家乡丹阳，和丈夫组成家庭，并很快有了孩子。自强自主独立的个性让许昊不愿在家成为全职太太，于是为儿子寻找合适的早教就成了复职道路上最重要的一个环节。可是意想不到的是她考察了周边好几个托育机构，都始终无法让她满意。很多人觉得她太过苛刻，然而唯有她自己心中才最清楚如果无法找到合适的学校，她宁可自己教孩子。在她看来小城丹阳也有教学方式不错的机构，但是价格昂贵，普通家庭难以承受。有些则价格合理，可是教学、管理、环境上差强人意。

2015 年的一天，正认真进行早教的许昊，望着一天天长大的儿子，突然有了大胆的想法，我要办一家托育机构，要将最好最先进的早教理念带给身边的每一个家庭。雷厉风行且自信满满的许昊很快将自己创业的念头变成了实际行动，她思考怎么才能让自己的幼托机构与别家区分开来，拼硬件肯定拼不过，没有硬件，就做好软件。软件要怎么做？我问自己：作为一个妈妈，你希望把孩子送到一个什么样的幼托中心？不仅如此，她还很快想到了自己机构的名称——春田花花。后来有家长好奇问，为什么叫这个名字时，许昊回答：麦兜系列电影看过吗，那里面有个春田花花幼稚园。我们春田花花儿童之家对象，就是 18 个月至 6 岁的可爱宝贝，可不就是春季肥沃田地里的小花花嘛！

然而当一切理论都已准备妥当，像很多的创业者一样，她遇到的第一个难题就是，资金。而且遭到了家人的强烈反对。万事开头难，为筹备机构的融资正式开始。

大运河畔见新芽

要与普通的托儿所区别开来，首先要有良好的环境，在硬件上，许昊认为成功的托育机构市内应当不少于 600 平方米，而户外供孩子们活动的区域应至少有 100 平方米。空间范围的扩大就意味着装修成本的增加，寻找场地与融资是摆在许昊面前的两大难题。那段时期，她经常开着车到处找合适的场地，还到处融资。在她不懈的努力下，没过多久，这两个问题都得到了解决。待她万事俱备，布置好"春田花花"的一切之后，恰巧是 2017 年的 11 月，她立即宣布机构投入运行，招生并开启了她多年的早教事业。然而新的困难又随之而来，她本身是商务日语专业，从来没有在早教行业工作过，没有经验，也缺乏最基本的市场调研。11 月刚好是早教市场的淡季，后来许昊甚至自己都笑道：我大概是那个在最不该开学的时候去决定开学的人了。

由于每年的冬天都是托育行业的淡季，在长达半年的时间内，她的"春田花花"儿童之家内只有几个孩子，与她之前的预期有了很大的差别。在这个半年的时间内，她甚至对自己过去执着的事业产生了很大怀疑。但是也正是因为孩子少，她和其他老师才能更尽心尽责对孩子，很快她们的认真态度就收获了回报。2018 年的 3 月，春暖花开之时，因为之前打下的良好口碑，家长们相互推荐，来到春田花花的孩子也变得越来越多了，从开始的一个班变成两个班。

看到孩子在增多，事业在发展，许昊既高兴又紧张，因为不忘初心的她决心将先进的早教理念带到丹阳，将自己的团队打造成一支过硬的早教团队，服务于来到春田花花的每一位孩子。从小到大一直品学兼优的许昊知道学习的重要性，她清楚想要在托育这个行业一直走下去就要不断学习，除了采取国外的先进理念，更加要符合中国的国情，脱离群众脱离实际是不可取的。所以她时常在外面参加培训，然后再回到丹阳，把心得分享给其他老师。

经过努力，春田花花儿童之家制定了科学专业的早期育教课程，首创03启蒙教养体系，围绕入园适应，社交启蒙，生活习惯，感觉统合，数学思维，安全常识，规则意识，情商培养等方面，设计多项特色课程。根据幼儿能力发展阶段，全面提升幼儿大小肌肉、语言、认知、生活自理、社交能力等。每周春田花花幼托课程包括：绘本课、艺术课、音乐课、舞蹈课、感统课、日常课，语言课等等，课程通过游戏及活动进行。课程每周更新，每月不同主题。相对于传统教育，更着重各科的融会贯通及实际应用，帮助孩子认识科学，并把新的想法变成真实的发明，培养幼儿发现问题和解决问题的能力。

除此之外，许昊对校园环境的要求几近苛刻，有一次接受媒体采访时，她拿了一张纸，在纸上写道："首先它是干净的，我不会愿意孩子去一个邋遢的学校；吃的要健康，不能是一锅炖；要有人爱我的孩子，孩子在家里是宝贝，到学校不可能变成一根草。整个环境必须要很正面很积极，我自己就是一个特别正能量的人，所以我认为孩子应该在正能量的氛围中长大。最后，我也有泛滥的少女心，爬藤蔷薇绕在幼托中心入口，整个园子被植物包围，春天是各色月季争妍斗艳，夏季是三角梅紫薇花最火热的时节，秋天满园桂花香，冬天红色的南天竹在雪地里结它的果子，当然还必须有菜地，让孩子们体验播种、开花、结果的过程，亲近大自然，观察一花一叶一虫……"她把这些写下来后，非常满意，然后对我说道："这就是我们春田花花的特色，我不会偏移教育初衷，从心出发，无问西东。"

有人质疑过许昊，一个刚过而立之年的女性创业者是否可以承担一个小型幼儿园的管理。但是许昊却坚定地回应了这样的质疑："如果想要靠教育赚钱，那是不可能的，投入大，回报小，回报慢。我想做的是一份事业，我想尽我所能一点点改变周边人群的教育观念。"

正是秉承着这样的早教理念，她才能逐步形成自己的核心竞争力。2019年是春田花花蓬勃发展的一年。许昊知道金杯银杯不如家长的好口碑，所以不断强化早教意识成了宣传的重点。她反复告诉所有人早教不是托班，不是帮家长带孩子。幼儿时期是最重要的习惯和艺术天赋发掘养成的时间，比如为什么有些孩子很早就喜欢运动，喜欢舞蹈，这是在早教期间孕育在孩子们幼年时期的种子，会慢慢开出美丽的花朵。许昊个性化的教育理念影响着周围的一群人，越来越多的家庭开始相信春田花花儿童之家。

曲阿城中育花蕾

丹阳是个县级市，托育早教的兴起还是近几年的事情。最初由于缺乏政府监管，早教行业还处于一个三不管的行业，任何人利用任何环境都可以到这个行业中来分一杯羹。即便许昊的春田花花是一个有工商许可资质的单位，在这样的竞争中还是觉察到了压力。但是许昊并没有因为同行的竞争而降低自身品牌的标准。她反复强调：我很注重整个中心的卫生安全工作，酒精、84消毒水、手部医用消毒液都是成箱成箱买，整个中心孩子能触碰的地方都有软包，每天直到家长们把宝贝接走，紧绷的弦才能松一松。不怕你笑，我最怕节假日，把孩子交给家长们我才不放心。她们带孩子去公共场所玩，想吃什么喂什么，不想睡午觉就一通乱玩。然后返园的时候，感冒咳嗽也有，困倦烦躁也有，够呛。不过我们每天的点点滴滴，家长通过监控，通过家长群都能了解到，所以对我们也很宽容理解。

时间来到2019年年底，此时的早教行业基本步入一种恶性竞争的阶段，大量的资本涌入到这个市场，很多竞争对手仗着资本开始发起了价格战。因为低价带来的品质的下降甚至影响到了社会上部分家长对早教行业的方案，这样的连锁反应甚至也影响到了许昊和她的春田花花。许昊想了很多办法，比如开设机构公开日，邀请家长来参与亲子活动，积极开展试听课。她了解到部分家长会用找警察叔叔抓你、让医生给你打针、让老师来骂你，这些语句来吓唬孩子，那这样的话，孩子们真的遇到危险，不会找警察求救，生病了不愿配合医生治疗，进幼儿园了还怕老师，真的是很不好。试听课环节中，她又积极大胆探索职业扮演课。让幼儿知道每个岗位的责任与艰辛，同时穿插安全教育知识在里面。春田花花这一特色被丹阳很多家早托机构争相模仿，课程被同行业和家长认可了，许昊十分高兴。

每个人在时代的巨型车轮下只不过是一粒细沙。许昊万万没有想到结束早教行业三不管的起因居然是 2020 年年初的一场疫情。2020 年春节前后，疫情从武汉逐渐开始蔓延至全国各地，早教行业因为聚集了大量的孩子，所以被叫停，由卫健委统一管理。同时停课也让所有的早教机构进入了寒冬，很多机构甚至没能挺过这个寒冬。因为在长达半年的时间内，托育机构是没有任何收入的。

许昊采取了更加积极的方式应对突如其来的危机。首先她坚信"晴耕雨读"才能"化险为夷"。她打算利用休假开始强化业务能力，因为疫情总有过去的那一天，要为新学期做好准备。最初是线上会议，居家办公。后来，逐步到校园内进行卫生打扫，培训，利用疫情期间把之前没有讲完，没有讲透的部分进一步阐述，进行积极有效的团建活动，增强凝聚力。让团队里面的每个人都获得了提高，成为独当一面的业务能手。她们甚至还重新规划了食堂计划，开发了新的针对幼儿的食谱。经过一段时期的改良，春田花花幼托厨房配有冰柜、消毒柜、置物架、清洗消毒池、灭蝇灯等，现代化炊事工具和机械设备一应俱全。根据幼儿的年龄和生长发育的特点，每天为孩子提供两餐两点（早餐、午餐、午点）。午餐三菜一汤，荤素搭配，干湿搭配，一周内无重复。严格执行国家各种食品安全法律、法规。有健全的管理制度，从业人员全部持有健康证明，穿工作服上岗，严格进货渠道，所有食品 24 小时留样，保证食品卫生安全。

疫情意味着长时间的休假，而休假带来着退费问题，比如幼儿很快就要进入幼儿园，无法继续在托育中心学习与生活。许昊想到了以转课的方式让家长暂缓退费，比如在寒暑假中再将幼儿重来继续未完成的课程，由于春田花花的良好口碑，获得了家长的支持，从而在疫情不利的局面下顽强生存了下来。团队非但没有减员，而且变成了更加团结和强大的集体。

江苏省内结硕果

她留学归来，建了一所丹阳小朋友爱到不想回家的幼托中心。对业务孜孜以求，精益求精的态度过去是许昊一个人的追求，然而现在在她的影响下变成了春田花花每位老师可贵的自觉行动。在疫情期间，除了对幼儿营养餐食的改善，课改也一直是她们研究的方向。许昊始终认为0—6岁的孩子在春田花花主要不是学习学术性的东西，而是性格培养、能力培养。也就是自我管理能力、社交能力、学习能力的培养。孩子进幼儿园之前，能把这些基础打好，以后他们会轻松很多。经过对课程的研究打磨，端午节时，春田花花老师亲手给孩子们用彩线编织蛋兜，愿宝宝们健康平安，这个传统习俗估计很多家长都不知道。孩子们也会参与自己包粽子，下午的点心就是吃自己包的粽子。在万圣节、圣诞节、母亲节这些节日，机构也都会举办各种各样的活动，平常也会组织家长和孩子们出去烧烤、春游，增强亲子互动，大部分活动都是免费的，预算有限，老师会认真勤奋编排节目，准备游戏，看到大家都能尽兴而归，老师们也会觉得付出很值得，让每个孩子都有了充满仪式感的生活。

2020年复工复课之后，丹阳市卫健委正式进入到了对早教机构的监管中，让许昊有了坚强的后盾，也在同行业中的竞争中脱颖而出，成为2020年江苏省示范性托育机构。春田花花已经发展成为两个校区，共有十个班级，近200名孩子。从最初只有4个老师发展至现在的33位老师。许昊多次外出学习，致力打造专业的托育老师团队，坚持传承中国经典文化的同时吸收先进的教学内容，培养了一支业务精，素质高，爱心浓的教师队伍。教师以幼儿为根本，以幼儿的需求为出发点，恪尽职守，每位教职员工把工作当作一种兴趣，一种幸福，为培养宝宝健全的人格，促进其身心健康地发展倾注了无私的爱，让宝宝们在爱的氛围中快乐，健康地成长。

许昊的个人理想是，为更多丹阳的家庭服务，能够将早教的理念深深植入每个年轻的父母心中。为促进托育服务健康规范发展，扎实做好托育服务工作，更好地满足家庭对婴幼儿照护服务的需求，江苏省于 2020 年印发了《省政府办公厅关于促进 3 岁以下婴幼儿照护服务发展的实施意见》，并根据《江苏省示范性托育机构评估标准（2020 年版）》对全省托育机构进行了全面评审。经市级组织申报、省级评审，春田花花幼托中心获评江苏省首批省级示范性托育机构，也是丹阳唯一一家省级示范性托育机构。

对于未来三年，许昊也有着自己的构想。

1. 坚持普惠导向。立足面向社会大众的普惠托育服务，为婴幼儿家庭提供质量有保证、价格可承受、方便可及的托育服务。按照"价格一般低于当地同类型托育机构平均水平"的收费标准收取托育服务费用。

2. 强化安全规范。牢固树立安全意识，把婴幼儿安全和健康摆在最突出位置，严格执行相关法律法规，认真落实《托育机构设置标准》《托育机构管理规范》《托育机构登记和备案办法》等标准和规范。推进托育机构专业化、标准化、规范化建设，切实保障婴幼儿健康成长。

3. 发挥示范效应。积极发挥示范带头作用，积极探索提供托育服务从业人员培训、托育机构管理咨询、家庭养育指导和社区亲子服务等多元化托育服务。按照"环境优美、设施先进、队伍素质优良、保育照护规范"的标准完善项目建设和功能配套。

许昊说："教育不像茶，加多少茶叶，多少水就一定泡得出一壶好茶。每个孩子都是一个个体，教育最难的就是靠人去影响人。所以我对我们春田花花的老师有比较高的要求。耐心、责任心、爱心，这是最基本的。"行知合一，她最质朴的幼儿教育思想使她在早教行业中始终保持领先，成了丹阳市乃至全省育托行业的领军人物。

贺春

　　1991年2月生，江苏常州人，中共党员，2011年毕业于常州机电职业技术学院后专升本进入扬州大学机械系学习。大学期间荣获国家奖学金、省三好学生、江苏省"创翼计划"骨干实训营优秀学员、学院"团支书"等荣誉30多项。在校期间，积极组织并参与各类社会实践以及志愿者服务项目200余次，并组织成立"蓝领梦工厂"创业社团。自2013年从大学毕业以后，一直关注农业与水果种植，并渐渐对它产生了浓厚兴趣，2015年正式开始创业，在丹阳市导墅镇镇东村委马家村种植了70多亩土地，2018年初正式建成家庭农场——丹阳市导墅镇贺春源家庭农场。

创业青年
风采录

‥‥‥

梨园贺春

□文／束叶芳

贺春是贺春源家庭农场的农场主，今年 31 岁的他已经在这片梨园里辛勤耕耘了 5 年。初见贺春，皮肤黝黑，笑容温和，他问："我现在看上去是不是像个地地道道的农民了？"透过眼镜片，能看到他眼神里藏着的坚毅。

为乡村振兴　成留守青年

和很多年轻的男孩女孩一样，贺春大学刚毕业时，对未来有着美好的憧憬，初期也曾随大流到大城市去打拼。在偌大的城市漂泊，每到夜深人静，内心的虚空便会从灵魂的深处跑出来，仿佛是有一个声音在对贺春说："这难道就是你想要的生活吗？"答案分明是否定的。贺春不喜欢大城市这种快节奏，人像机器一样连轴转，有时忙起来，甚至不知道春天何时走的，冬天又是几时来的；也几乎没时间去停下来感受一下风的存在，看看云、赏赏花。贺春真正喜欢的是田园生活，尤其喜欢闻田野间泥土的芬芳，他一直关注农业与水果种植，并渐渐对它产生了兴趣，关于创业的想法也开始在心里萌芽。恰在那时，国家号召和支持大学生下农村，为响应国家号召，也为听从自己的内心，实现自己的种植梦，他开始规划种植果树，将自己的梦想植根于乡村土壤。

他先是进行了一些市场调查，发现虽然我国是农业大国，但仍然是一个传统型的农业国家，农业生产规模小、机械化程度低、高科技难以普及。而目前国家注重三农，农业政策好，扶持力度大。且随着现代人生活水平的不断提高，工作压力越来越大，人们越来越注重生活质量，对绿色环保无公害产品需求量也在增大。

开弓没有回头箭，说干就干，2015年贺春正式开始创业。为了物色到合适的土地，他几乎跑断了腿。最后，终于选定丹阳市导墅镇镇东村委马家村的70多亩土地。 之所以选择在马家自然村，主要有两个原因：其一，马家自然村气候适宜、水源充沛、土壤肥沃。二是村里的劳动力资源丰富，还能帮村里解决一些就业问题。

贺春是这样想的，单种果树的话，还是比较浪费现有的土地资源，如果以种植为主，养殖为辅，不打除草剂，人工机械除草，施黄豆、羊粪等有机肥料，推行"零农残"种植，运用"绿色——环保——循环"的理念来经营这个农场，就形成了一个良性的有机循环。首先选定种植的品种主要有翠冠梨和翠玉梨。这两种梨是国内早成熟的密梨新品种，果肉细嫩而松脆，是盛夏解渴佳品。由于是大面积种植，改变了以往传统"一家一户"的种植方法，尽量采用机械，从而降低种植成本，提高种植效率。在种植翠冠梨的同时，套种了一些瓜果蔬菜，提高了土地的利用。在果树下养殖家禽，家禽是杂草和害虫的天敌，家禽的粪便又是果树的有机肥料，从而形成一种绿色循环，做到生态种植，减少农药出现的绿色环保产品。

原先他认为种梨一来是一种情怀，二来是他大学毕业后创业谋生的一种手段，却不曾想过，真正意义上的种梨更像是"上学"。"我大学所学的是机械专业，和种梨是风马牛不相及，很多知识都是从'0'开始入手的。"回想起那段往事，贺春直言艰难，但他却凭着一股执拗劲儿坚持了下来。梨树的授粉、施肥、打药，每一个环节都至关重要，"不会"不是自我逃避的借口。为此，专门聘请了技术员进行种植方面的指导，自己也努力学习栽培知识，他专程去大的果园请教老师傅，也经常与镇江农科院的教授交流讨论，平时更是如饥似渴在专业书籍中潜心研究，苦下功夫，一本《梨树病虫害防治图解》被他翻了一遍又一遍，书角早已磨毛翘起。他常常自嘲："种梨的学费已经交了，不说盈利多少，我至少得想办法把它给挣回来。"他要在一个自己未知的领域里蹚出一条小道来。

近年来，随着林果业机械化的推进，越来越多的果园开始尝试机械化生产，贺春自然也不甘落后。今年，他投资19万元为梨园购入了一台割草机、一台喷药机、一台施肥机和一台搬运机，让梨园跟上了机械化变革的步伐。贺春高兴地说："有了这些机械，干活效率将大大提高。就以撒肥这个环节举例，原先2名工人一个月都撒不完，现在通过施肥机，只需要10天左右就能干完。"不仅如此，在引进相关机械设备后，梨园对工人的需求会有一定程度降低，可以称得上是真正意义上的节本增效。

在种植上，贺春总是有着自己独特的思路，更有着常人所没有的毅力和坚持，从象牙塔中脱离出来，转身投入到艰辛劳累的种植业，他从未有过抱怨，遇到问题总是积极地去面对。"要把创业的梦想变成现实，跨出的每一步都不轻松，但努力之后才能看到希望，只有抱着坚定的决心，才能在遇到失败后重新站起来。"贺春虽一路在坎坷中前行，却也在挫折中不改初衷，坚持本心。

至此，贺春已然正式成为一名农村"留守青年"，驰骋在那片绿色田野里，追逐着他的梦想。

翠梨大丰收　滞销因疫情

贺春最喜欢的季节是春天。三月的时候，满园的梨花白、梨花香，小小的蜜蜂采蜜忙。四月的时候，微雨轻扬，梨园内一片郁郁葱葱，如花生米般大小的梨果儿如饥似渴地吮吸着春天的甘露，预示着丰收的希望。看着那些果儿滋滋地长大，贺春就如同看到自己的孩子般欢喜。"梨树的自花结实率很低，只有通过人工授粉，才能提高它的坐果率。"贺春说。当梨园里的梨树已经挂满了小果子，想要把它们养得圆圆胖胖并不容易，在往后的时间里，它们还需经历抹芽、疏果等诸多流程。他忙里忙外，一朵一朵亲自给梨花进行人工授粉的样子，可不就像在照顾自己的孩子么。

而到了 12 月份，随着气温的逐渐降低，果树也会进入休眠期，贺春总要亲自动手为果树越冬做准备。远远看着，偌大一个梨园内，他一个人使着剪刀，走走停停，修修剪剪，时不时蹲下、弯腰察看每一棵梨树。贺春打趣说道："树和人一样，人打扮是从头到脚，梨树和冬季管理也是要从修剪枝条开始。成年梨树的主分枝已经落叶结束，修剪的时候就需要剪掉病枝、虫枝，同时要保留短枝，适当控制长枝，因为梨树的特点是短枝开花结果，长枝是营养枝条。"

漫步梨园，你会发现成年梨树都有红绳缠在枝条上，然后绑在一侧，远远看去倒像是满园梨树开遍了桃花。贺春说，这叫作拉枝：梨树具有顶端优势强和直立优势强的特点，不利于树冠扩大和早期结果，拉枝可削弱这一缺点，同时也能使梨树在后期生叶结果，充分利用空间和光能。"梨树的冬季管理讲究的是一环套一环，等枝条打理完毕后，我也要开始清理枯叶杂草、梨树涂白保暖等管理工作。"贺春说，"每条沟都是灌溉渠，要把里面掉下来的叶子和草全部清理干净，来年三月份雨水多，若来不及清理，对梨树的根会有损伤。"

贺春的贺春源农场距离丹阳城里 20 公里，距常州凌家塘水果批发市场 28 公里，距金坛 10 公里，具有良好的地理位置。同时农场在奔导线边上，交通便利。贺春有心事的时候经常会一个人到梨园走走，吹吹风，闻闻草香，听听鸟叫。回想这一路走来，每一步都是那么不容易。

从 2015 年开始，选址、建设基地、引进技术员花了一年时间；完善排水系统、培育树苗、林下养殖又花了一年时间；搭建水平棚架、树苗拉枝形成树形、套种麦冬又是一年；搭建生产大棚、浇筑场地、梨树结果、发展客户与经纪人，进行梨子酒的开发又用了一年；维护已有客户与经纪人，并实现线上销售，及梨膏的研制还得一年；然后就是开始建设喷淋系统，实现水肥一体化，同时建造冷库，实现了梨子的及时采摘和及时储存。为实现这一切，农场总投资已达 300 万元。

说起创业之初的一些难忘经历，贺春不免唏嘘感慨一番，事情并非像看到的那么一帆风顺。起初,他将梨树幼苗栽植下地后,因为疏忽没有及时围上护栏,一夜之间,梨树苗被偷了近千棵,损失较大;遇到大暴雨淹了梨树,损失惨重,更是给贺春一次巨大的打击;为了修建冷库保存鲜梨,贺春曾经愁得一夜夜辗转难眠,至今仍然是他的一大心病;甚至为了农场,贺春曾忙到两度将婚期延期……

贺春和村民们最开心的是夏天,当累累硕果将树枝压弯了腰,园内梨子伸手可采的时候。望着梨园内梨果丰收的景象,70多岁的马家自然村村民黄红方喜不自禁地说:"以前,这里种植玉米、小麦,经济效益低;现在改种梨果,不仅能带动村民就业,还能让村民每年能拿到相应的土地流转金。"是的,贺春源农场用人,都是根据农场需求招收周边村民工作,贫困户优先,争取做到一人在农场工作全家可以脱贫。农场除了招长期工以外,还根据情况需要,招收一些临时工,按时酬劳。梨园内有长期务工人员5人,临时工近20人,最忙时近50人在梨园内劳动。62岁的村民杨正平高兴地说,"在家门口就业,每年有4万元左右的收入,这样的好光景,以前想都不敢想。"除了就业收入,部分村民将土地流转给贺春源家庭农场后,每亩每年还能拿到1000元的土地流转金。马家自然村村民吴锡春介绍,2015年来基地打工后,他不仅每月能领到3500元的工资,家里的4.2亩地流转给贺春源家庭农场后,每年还能领到4200元的土地流转金。

种出好梨,只是第一步。为壮大梨果产业,贺春多样化经营,拓宽农业收益。针对梨园内部分梨子,贺春经过不断试验,2019年酿出了清新可口的梨子酒,受到了市场的认可。此外,贺春还计划利用梨园从事家禽养殖,目前,他已经和本地一家知名卤味店达成了养殖有机鹅专供专养的合作意向。

夏季瓜果上市的时节,农场内也是一派丰收的景象,70多亩的梨园内挂满了一个个圆滚滚的商品梨。走进果园,空气中一股甜香扑面而来,那一棵棵葱郁的梨树尤为引人注目,树上果实累累,有的梨子果形大,一个将近4、5两重。树底下,很多只鸡鹅在林间散着步,间或在草丛里啄食,自然闲适。

可是,梨子丰收了,卖给谁,怎么卖,是个问题。

贺春与销售团队制定了营销方案。首先，充分利用"互联网+"，在淘宝上开设网店、利用网络上打开知名度，在线上就完成销售。同时，与线下相结合寻找合作商，建设水果分销点。利用合作商销售渠道打出品牌走高端礼盒路线。然后，建立自己的高端客户群，梨子的高端礼盒与生态家禽的客户一定要做到会员制，使之成为长期、稳定的优质客户。还要建立自己的销售网，以经纪人为网点连接下游销售终端，形成一个完整的销售网络。

再加上贺春种植的果梨皮薄核小、口感好，广受客商欢迎，在常州和上海等地销售火爆，4万斤的果梨完全不愁销路，价格也达到了贺春的预期。

"我的梨树还有几年就进入盛果期，到时候的产量将相当可观，就目前的销售形势来说，我是不愁销路的，主要是冷库的问题，实在是困扰我的一大难题。"2019年的时候，贺春很着急，没有冷库保鲜，采摘下来的梨果保存时间将缩短至一周，而且他们目前没有储存肥料和农用机械的房间，也缺少给果梨分拣、装箱的地方，由于贺春承包种植梨树的农田属于耕地，是不能用于搭建库房设施的，但可喜的是，贺春租用了常州凌家塘约200平的冷库，这样暂时解决了果品存放的问题，也算是解决了贺春的一大心病。先租后建，总算可以平稳过渡。

"婆娑碧叶晶，枝下脆梨莹；如玉香酥美，甘甜润肺清。"梨在中国拥有着悠久的种植历史，2020年夏天，眼看着翠玉、翠冠梨马上上市，满眼翠绿葱茏之间，一个个硕大的果实压弯枝头，香飘四溢，成为一道靓丽的风景线。梨的年产量达到了25万斤，然而贺春却高兴不起来，受新冠肺炎疫情影响，部分采购商下单意愿降低，他家的梨面临着滞销的艰难窘境。

八方来支援　未来一片春

丰收的梨子遭遇到了难卖的问题，这也让贺春看到了自身的不足。"在销售环节上还需要扩大辐射范围。"贺春说，"光是靠老顾客肯定不够，网络电商平台也要跟上。另外，今年我准备在梨子成熟后利用抖音App进行直播带货，让全国各地的人都能通过短视频和直播了解到我种的翠冠梨、翠玉梨。"

梨子滞销的消息传到了导墅镇人大主席蔡小红的耳边，她当即联系负责人贺春问明情况后，便动员镇团委、民政和工会，一起当起了推销员，为促进销售、减少积压，不辞辛劳，为"梨"奔忙起来。她通过联系丹阳市慈善总会和市总工会，经多次对接洽谈，短短几天就助销了 80000 斤梨。据了解，助销的翠冠梨主要发放给全市的五保老人、困难职工、一线环卫工人、重点工程人员、交警、医护人员等。除外出推销外，市慈善总会、总工会、导墅镇人大、团委、民政和导墅镇人大代表一起充当宣传员，利用自己的朋友圈、社交群和人际网络协助宣传，把贺春源农场的梨推广给更多的群体，吸引更多人群购梨。

得到八方支援，很快，贺春源农场的梨已全部脱销。为此，贺春制作了"疫情无情人有情，为民解忧暖人心"和"关注民生解燃眉，当好群众娘家人"两面锦旗送到了市慈善总会和市总工会。回味起这段经历，贺春说："非常感谢政府，是他们帮我解了燃眉之急！能有这样的政府是我们老百姓的荣幸。"这更加坚定了贺春经营好农场，同时带动群众共同致富，回报社会的决心。

农场采用日本水平棚架栽培模式，达到省力化、机械化、标准化。早在2019 年，贺春就开始申请"贺梨"为本家庭农场的商标，我们来看看农场的主要获奖情况：2018 年在镇江市农村创业创新项目创意大赛中荣获"优胜"奖；2018 年度镇江市"1+1+N"新型农业技术推广项目：梨新品种新技术示范推广；2018 年在导墅镇特色农业发展工作考核中，被评为先进单位；2019年在江苏省优质早熟梨评比活动中获得"银奖"；2019 年评为江苏现代农业（梨）产业技术体系镇江推广示范基地，并与镇江农科院达成对接。2020 年"贺梨"商标申请完成下发。

经过 6 年发展，梨园里现有翠冠、翠玉和黄花三个品种。2020 年，梨果年销售收入达 80 万元。"幸福是奋斗出来的，除了敢想、敢闯、敢干以外，更得益于当地党委政府大力支持！"贺春说。目前，贺春源家庭农场实现了从"单一化种植型"向"生产加工型"及"多样化经营型"的转变，带动当地 100 多名村民就业致富。穿行贺春源家庭农场的梨园，前来采摘的游客，还有拿着手机直播的村民。导墅镇团委组织学生开展了"大手牵小手共走乡村振兴路"学生暑期社会实践活动，1 名大学生领队带着省丹中 14 名准高三学生，在贺春源家庭农场体验了一把农场生活。活动现场，学生们将梨子装袋、装箱并整理装车，足足忙了一个小时。大学生领队还为省丹中 14 名准高三学生上了一堂分享课，让丹中学生对即将到来的高三生活有了更明确的认知，对未来大学生活有了更深切的向往。贺春很开心，自己的农场为还能为市民们体验生活提供场所。贺春希望贺春源农场的梨果越卖越好，大家的日子呢也像梨园的梨子一样越来越甜。从他满面的微笑，能看到他对未来的笃定与自信。

2019 年 4 月 10 日在《丹阳日报》上刊登有关农场的报道；同年 5 月 3 日，在《丹阳新闻》和《田野风》节目多次对农场进行采访报道。丹阳新闻网、丹阳慈善网、今日镇江、中国江苏网等也纷纷转载，渐渐地，越来越多的人知道了贺春和他的贺春源农场。

从市农业农村局科教科了解到，2020 年 9 月，在镇江市第二届"十佳"新型职业农民（高素质农民）评选中，我市 5 位新型职业农民脱颖而出，导墅镇贺春源家庭农场贺春就在其中。

由中共丹阳市委宣传部、丹阳市新时代文明实践中心办公室、共青团丹阳市委员会、丹阳市精神文明建设指导委员办公室联合主办的 2020 年度丹阳市"最美青年"评选活动中，贺春获得了"最美青年"称号。

在荣誉面前，贺春感到更多的是对家人深深的愧疚。能有今天的成就，离不开母亲的支持，爱人的理解。贺春已经进入到人生的而立之年，90 后的他，既有着年轻人的热情与骄傲，更有一份农民的质朴。农业之路漫漫，时间却如驹过隙。冬天到来的时候，春天一定就在不远处，他希望自己未来的农业之路能和春天盛开的梨花一样纯白、充满生机。

无论是梨园的贺春，还是贺春的梨园，在未来，都将拥有春天的明媚与灿烂！

史杨平

　　1986 年 4 月生，丹阳市延陵镇延星村人，中专文化。2016 年，史杨平注册成立"杨平家庭农场"，农场拥有大中型现代化农机 30 余台，价值 200 多万元。粮食和特色产业年收入达到 160 多万元。2016 年担任延陵镇延星村副主任兼农业主任，2017 年 3 月加入中国共产党。2017 年，被评为"镇江市十大青年农民致富带头人"；2019 年，被评为"感动延陵人物"；2020 年，被评为"镇江市好青年"。

创业青年
风采录

立志当新型职业农民的年轻人

□文 / 蔡竹良

一

　　寒窗苦读考上大学，尽早改变祖祖辈辈整天面朝黄土背朝天的命运，跳出"农门"过城市人的优越生活，曾是多少农村家庭的理想，也曾是多少农村青年追求的目标。我国长期的城乡二元结构，农民事实上是一个生活在农村、干繁重农活、收入很低的群体，是贫穷的"身份"和"称呼"。从农村走出去的大中专学生，甚至农业院校毕业的，不再愿意回到农村务农。然而，延陵镇延星村青年史杨平从镇江农机学院毕业后，却主动放弃在城里一份收入稳定的不错工作，不顾众人劝阻和周围人怀疑的目光，立志回乡当新型职业农民。

　　史杨平的家乡延陵镇延星村曾是茅山老区著名的贫困村。1986 年出生的史杨平是家里的独子，更是家里的希望。史杨平家祖祖辈辈都是农民，贫穷的日子像恶魔般让史杨平恐惧。他深知，自己家庭没有任何背景，要想找好一点的工作不可能找到任何关系，只能靠自己有过硬的技术。因此，初中毕业便报考镇江农机学院，一心想早点学到技术，找一份收入高一点的工作，让全家人能搬进丹阳城、至少能搬进延陵镇过上城镇人的日子，不再当农民。

史杨平在镇江农机学院学的是电子电工，学习成绩一直都很优秀，尤其是动手能力更是出类拔萃。2004年下半年，他以优异的学习成绩毕业，很快被星海眼镜有限公司录用，从事模具工作。模具工是技术工种，在公司令人羡慕，受人尊重，收入也高。史杨平爱岗敬业，工作勤奋，刻苦学技术，公司寄予厚望。在公司工作已快三年，正当被同事看好时，史杨平却做出了一个谁也想不到的惊人决定，辞职回乡当农民。公司再三挽留，同事好友反复劝说也没能改变史杨平的执着。

随着党和政府对"三农"的重视和惠农政策的激励，史杨平的父亲史锁虎从承包少量农田起步，已发展到承包农田100多亩，家庭农场已具雏形，陆续购买了一些大中型农机。虽然史杨平也常利用公司休息日给父亲帮忙。但农忙时缺人手、驾驶农机缺操作手、农田管理缺技术员的矛盾日益突出。史杨平的父母都感到，农村有了党的好政策，种田致富也已有了可能，当农民一样大有前途。父母亲都有盼望儿子回来接手的心愿，虽没有明说，但史杨平感觉到家庭农场要想进一步发展，光靠没有多少文化知识的父亲不行，自己在镇江农机学院学到的知识正好有了用武之地。

史杨平辞职回家，20多岁的小伙子回乡当农民，爷爷奶奶不理解，村里很多人也都想不通，一时间风言风语不断。但得到种一百多亩田已有点力不从心的爸爸、妈妈暗地里的坚决支持。史杨平当时心里憋着一口气，心想既然决定返乡当农民，就一定要干出名堂。

史杨平的父亲史锁虎属虎，种田确实是一把好手，有股虎劲。史杨平也属虎。两只老虎合力，虎虎生威，史家农场风生水起。史杨平家的家庭农场承包的农田已发展到300多亩。年收入已从承包100亩时的七八万元到四十多万元。又陆续投资80多万元购置拖拉机、插秧机、收割机、烘干机。装备了现代化大型农机，生产效率大幅提高。农闲时间的增多，史杨平又有了新想法。

延星村土质优良，种植的扬花萝卜肉质嫩、脆、甜，水分多，口感好，深受市场欢迎。可由于销路不畅，销售半径很小。史杨平敏锐捕捉到这是个商机，既能自己创收，又能带动乡亲们致富。2007年，史杨平便约了4人有兴趣有经营头脑的村里人成立扬花萝卜合作社，由史杨平担任合作社负责人，组织村里每家每户种植扬花萝卜，由合作社收购后统一运到常州凌家塘农副产品批发市场批发销到全国。

丹阳延星扬花萝卜在凌家塘农副产品批发市场十分抢手，供不应求，成了有名的蔬菜批发品种。延星村农户种扬花萝卜收入大增，积极性更加高涨。史杨平便带着4个人合伙人到周边村动员参与种植扬花萝卜，扩大种植面积。他们深入每个新种植农户的田头进行技术指导，严格对施肥、用农药监控，确保扬花萝卜的品质。到了扬花萝卜收购季节，史杨平和合伙人下午忙收购，第二天凌晨三四点就自驾大卡车把扬花萝卜运到凌家塘农副产品市场。虽然不分昼夜忙碌十分辛苦，但当史杨平看到种植户拿着一沓沓人民币露出灿烂笑容，这是乡亲们对合作社的肯定，心中充满了幸福感。

然而，市场经济是残酷的。2012年，淮安、河北等地的扬花萝卜大量涌进凌家塘农副产品批发市场，以极低价格抢占市场份额，延星村农户的扬花萝卜的价格被压得无利可赚，延星村扬花萝卜合作社不得不退出批发市场。

史杨平虽然心疼了好几天，但很快振作起来。他想，自己在批发市场打拼了3年，摸到了一点批发经验，也建立了一定的人脉关系圈，在哪里跌倒就在哪里爬起，改搞蔬菜批发，争取东山再起。首先提出反对意见的是父亲史锁虎。父亲劝史杨平不要在外折腾了，一心一意在家经营好家庭农场。史杨平确有一股虎劲，认准的事坚决要做，并向父亲保证，在经营好家庭农场的前提下搞蔬菜批发。母亲劝父亲应该让儿子在市场上多闯荡闯荡，多经受些锻炼对以后经营家庭农场有好处。父亲听了觉得有道理，应该培养儿子适应市场经济的能力，便不再反对了。

做批发生意看似简单，其实对做批发生意人的市场营销能力要求很高，既要对菜源地及价格、全国各地对蔬菜品种的需求、各地购销态势等都需及时了解，信息要畅通。又要及时将蔬菜购进，及时运输到位，及时发批脱手，稍一耽搁便错失良机，蔬菜烂在手中。市场竞争十分激烈。从2013年开始，史杨平每天一大早就赶到凌家塘农副产品批发市场，晚上才返回家中。他想尽千方百计，

历尽千辛万苦，联系东西南北菜源，批发春夏秋冬时令蔬菜。把批发生意做到甘肃、河北、内蒙古、云南、广西等地。经营时好时坏，时盈时亏，史杨平不甘心，总想亏都是因为自己经验不足，只要坚持，花开总有时。到 2015 年已累计亏本 60 多万元。在父母的劝说下，史杨平才恋恋不舍决定不再做蔬菜批发挣钱梦，立志从此全身心投入经营家庭农场，做新时代新型职业农民。

二

新时代新农村涌现出了一大批新型职业农民，新型职业农民是以农业为职业、具有相应的专业技能、收入主要来自农业生产经营并达到相当水平的现代农业从业者。新型农民与传统农民的差别在于，前者是一种主动选择的"职业"，后者是一种被动烙上的"身份"。我国正处于传统农业向现代农业转化的关键时期，大量先进农业科学技术、高效率农业设施装备、现代化经营管理理念越来越多被引入到农业生产的各个领域，迫切需要高素质的职业化农民。史杨平敏锐地感觉到，今后农业的从业主体，从组织形态看就是龙头企业、家庭农场、合作社等，从个体形态看就是新型职业农民。国家将会从政策等各方面鼓励有志青年当新型职业农民。当新型职业农民不仅有前途，能致富，而且有地位受尊重。史杨平当新型职业农民的意志更加坚定。

2016 年，史杨平正式注册"杨平家庭农场"，集种植与销售、经营及社会化服务为一体。农场以基地为依托，以品牌为载体，以提高农产品的效益为目标，以增强产品的市场竞争力为核心，充分利用延星当地良好的生态环境和气候优势，按照"农场＋基地＋农户＋科技"的产业化经营模式，以种植水稻、小麦为主，同时开发种植在市场具有竞争优势的农产品。

史杨平把承包农田由 300 亩扩大到 500 多亩。为提高机械化作业程度，又陆续投资 100 多万元购置农机，大型农机达到 30 余台。其中"东方红"拖拉机 2 台、13 万多元的"久保田"拖拉机 3 台、烘干机 8 台、8 万多元的"久保田"插秧机 3 台、价值 15 万多元的"久保田 688 型"收割机 2 台、价值

27万多元的"久保田888型"收割机2台。农场种粮从播（插）到收割、烘干全部实现机械化。

播种、收割虽然实现机械化，但农忙季节还是紧张而辛苦，尤其是收割小麦。俗话说麦老要抢，500多亩田小麦的收割要赶在好天气短短几天内的完成，史杨平和父亲总是早上是七点多钟就下田干活了，到晚上十一点半过后才能回家。从小没种过地的史杨平感到累得腰酸背疼，他自己也不知道每当农忙是怎么熬过来的。

500多亩的小麦播种、水稻插秧、收割可以依靠机械化，仅需要两三个机械操作手就可以完成。但大面积小麦、水稻的治虫、施肥却还是靠人工，不仅劳动强度大，而且治虫常常因人手短缺不能及时，造成虫害漫延影响产量和品质。治虫要想在短时间完成，就需要投入大量劳动力。使用大量劳动力不仅成本高，而且即使是支付高工资在当地也招不到人。因此，每当治虫时，史杨平和父亲每天十多个小时在田间忙碌。2016年，史杨平果断购进4架大疆无人机用于农田治虫、施肥。

史杨平在镇江农机学院学到的知识，在操纵无人机治虫、施肥方面正好有了用武之地，别的操作手都需要进行专业培训，史杨平看了说明书便掌握了操作要领。用大疆无人机喷洒农药，只要定好位，预设飞行轨迹，两分多钟就能很快喷洒一亩田的农药，不仅高效，而且喷洒均匀、节水。喷了多少农药，喷洒的地域是哪里，流量是多少等在后台一目了然。

无人机的使用，极大地提高了田间管理的效率，减轻了工作强度，使原本田间的辛苦劳作变得轻松愉适。为进一步扩大承包农田创造了条件。史杨平将承包农田逐年增加到了1700亩，成了延陵镇首屈一指的种粮专业大户。杨平农场自从使用无人机治虫、施肥后，每次都能确保及时杀灭虫害，施肥也更精准科学，粮食亩产逐年提高。仅粮食每年净收入就达到百万元以上。父亲史锁虎看到儿子经营理念新、懂科学种田，善于用新科技，目标远大，确实比自己能干，儿子这个农民确实与自己这样农民不一样，常常露出欣慰的笑容和赞许的目光。

三

史锁虎感觉儿子史杨平超过自己的方面，正是史杨平具备的新型职业农民的素质。自从农业部办公厅关于印发《新型职业农民培育试点工作方案》下发后，各级政府都十分重视组织开展新型职业农民培育。2016 年 9 月，史杨平被丹阳市农委推荐到扬州职业大学参加江苏省首期青年农场主培训班不脱产学习 3 年，定期到校听课。

培训班专家教授的系到讲座，令史杨平耳目一新，思路大开，学到了许多新知识、新经验、新方法，还结识了句容、溧阳、溧水、常州等地经营特色产业的能手。2018 年 3 月，史杨平作为扬州开放大学挑选的一名赴台考察优秀学员之一，到台湾进一步学习考察台湾农民的特色产业和如何提高农产品附加值的先进理念。

习近平总书记在参加 2017 年"两会"四川代表团审议时指出，要就地培养更多爱农业、懂技术、善经营的新型职业农民。史杨平从电视上看到党的总书记如此高度重视型职业农民，感到当新型职业农民很自豪，创业积极性越来越高。

史杨平就在被推荐到扬州开放大学参加青年农场主培训的同时，在延星村村委改选中，以高票当选为村委会副主任兼农业主任。延星村是茅山老区有名的贫困村，是 2001 年村组合并时，由延东、延南、星光三个行政村合并而成，辖 8 个村民小组，12 个自然村 1248 户。全村有 3623 亩耕地，但农民人均纯收入只有 3000 多元。史杨平深深知道，乡亲们投票自己当村委副主任，既是对自己的信任，也是希望自己当好致富带头人。2017 年 3 月，史杨平加入中国共产党。他觉得自己是党员，更有责任带领大家共同致富，尽早脱掉贫困村帽子。

事实告诉史杨平，农民光靠种粮难致富，尤其是种几亩，或种十几亩粮食的小农户。他永远忘不了，2015 年，小麦遇连续阴雨天，发生赤霉病，小麦收购价一下掉到 5 毛、6 毛、7 毛、8 毛。史杨平强烈感觉到，传统农业非转型不可。

2017年下半年，史杨平参加延星村委会组织的到淮安考察蔬菜大棚。回来后，村里先搞了24亩蔬菜大棚，结果全村没人敢承包。史杨平顶着全家人的反对和市场不确定、没经验的风险，自己承包。史杨平向农场主培训班的几位要好的同学讨教，好友告诉他，小棚可种蔬菜，大棚适宜种瓜果。

史杨平选择大棚先试种西瓜。种西瓜虽然对生长环境和土壤以及日照的要求非常高，但是史杨平根据好友推荐，选用西瓜中的贵族"8424"新品种，从下种到开花、收瓜只需60天左右时间。收效快，且一年可以种两茬，一般分别在4月中旬和10月上旬即可上市。赶在春节前下种，西瓜在4月中旬就可上市。

种西瓜看似容易，其实栽培技术要求很高，对生长期的田间管理要求也很严。2018年春节前，史杨平将24亩西瓜种全播下，过了一段时间一棵苗也没长出来。史杨平心急如焚，经人介绍，他赶快到十几里外的麦溪，拜在那里种瓜的一浙江人为师。经师傅指导，补种的西瓜苗出得还不错，植株长势良好。浙江师傅传授经验说，西瓜植株生长迅速会发侧枝，如任其侧枝随意多发生长，就会造成植株营养过度消耗，造成西瓜生长慢、个头小、品质差等不良后果。一定要招人及时给西瓜植株打杈，千万拖不得。史杨平好不容易雇了30多人打杈还是忙不过来，部分植株打杈不及时影响了生长。

西瓜开花了。史杨平憧憬着田间结满圆圆的西瓜，日夜在大棚忙碌，也没有节假日和休息。西瓜开花要及时对花授粉。否则会影响西瓜的产量和品质。史杨平又赶紧招人对花授粉。西瓜对花授粉也是技术活，首先要选好坐瓜的节位，过分靠前或靠后都不好。摘下当天开放的雄花，将花粉集中到干净的器皿中混合，用软毛笔或小毛刷蘸取花粉，对准雌花的柱头，轻轻涂抹几下，待柱头有明显的黄色花粉，才表明授粉成功。招来的人授粉有好有差，史杨平自己也没经验，只能任其他们操作。西瓜授粉的最佳时间是晴天的上午8—10时，这个时间段是雌花柱头和雄花花粉生理活性最旺盛的时间。授粉完成时间通常以7—10天为宜，最长不能超过10天。如授粉不及时将造成西瓜采收期不集中，果实大小不均匀，产量也不高。刚好遇田间管理忙，家庭农场也短人手，家里人都帮不了忙，部分授粉不及时，再加其他因素，以至一部队西瓜结成了奇形怪状。

西瓜成熟了，销售又成了问题。史杨平也不认识经销商，也没联系过水瓜店，西瓜滞销。史杨平和妻子拉着西瓜跑遍丹阳所有水果店，水果店大多认生不愿代销。好话说尽，总算有几家水果店答应帮助低价少量试销。顾客图价格低买回吃了后都说虽然西瓜形状不好看，但由于史杨平的西瓜品种是"8424"，皮薄、汁多、甘甜、爽口、无渣，施的全是有机肥，禁用激素，皮薄，汁多、甘甜、爽口、无渣，口感相当不错，比丹阳畅销的麒麟瓜更胜一筹。许多人慕名来买，西瓜总算慢慢有了销路。一季西瓜收入10万多元，支付打权、授粉等人工工资15万多元，上交村村委会租金3万元，净亏8万多元。吃一堑，长一智。史杨平从首次种西瓜中总结出了经验教训："自己第一年没经验，24亩大棚西瓜，我是一批全部种下去的，结果导致西瓜打权来不及，对花也不会对，当时把头一批瓜全部对没了，等到后面再生出花来我才去对，所以结瓜晚了。人家西瓜上市的时候3元变一斤，等我的西瓜上来时只卖到每斤1.3～1.4元，跟人家相差一半的价钱。"

首次种西瓜就亏本，父亲反对儿子继续搞大棚，劝其一心一意经营好家庭农场，但史杨平并没有放弃，他心中有梦。他考察了多位西瓜种植大户，拜了两位种瓜师傅，学习各家之长，在两位师傅介绍的种瓜经验基础上，大胆创新。他在瓜田搭起了一排排架子，让西瓜藤爬上架。西瓜植株从一开始就均匀、更多地接受日光照射。白天把大棚关上，人为地升高温度，使其达到40～45摄氏度。晚上把大棚打开，让大棚内的温度和棚外相差不太多。人为制造温差，平均温差可保持在17～18度，以提高西瓜的含糖量。

一排排的架子上，爬满了嫩绿的西瓜藤。一个个西瓜悬挂在藤上，非常壮观，吸引不少人前来观赏。一传十，十传百，大家无意都在替史杨平的吊西瓜义务做广告。史杨平终于成功种出了自己特色的西瓜——吊西瓜。每个西瓜上面都标注着结果时间，以便精准采摘。

吊西瓜体圆润饱满，外皮绿色光滑，深色的纹路整齐清晰，皮薄瓤红，果肉脆爽。瓜剖开瓜后，里面的西瓜籽全是黑色的，而没有白色的西瓜籽。吃起来纤维少，甘甜爽口，入口无渣。倍受到市场青睐，供不应求。

史杨平的成功，让其他村民都看在了眼里，很多人都希望加入他的家庭农场，学习西瓜种植技术。

史杨平家庭农场稳步发展，承包土地已扩大到 1700 亩，大棚种植面积也在不断扩大，又增加了西红柿、火龙果、阳光玫瑰葡萄等多个品种。销售模式有直销、网销、"游玩＋采摘"等多种。粮食和特色产业年纯收入就达到 160 多万元。让周围村庄的年轻上班族非常羡慕。史杨平致富不忘乡亲，他的家庭农场和大棚特色产业已经带动和帮助当地近百户村民就业增收。

"现在乡下的农田大多是外地人在承包种，本地人承包的很少，本地年轻人承包的就更少。有多大投入就有多大回报；冒多大风险就有多大收获。我家现在种粮和特色产业收入逐年提高，党和政府也给了很多荣誉。种田照样能发家致富，当职业农民同样有地位受尊重。我当新型职业农民绝不后悔，而且很自豪！"史杨平讲这话时底气很足，他正在谋划家庭农场的进一步发展，对未来充满信心。

盛泽强

　　1993 年生，中共党员，江苏丹阳珥陵人。2015 年毕业于南京林业大学，之后 2016 年与"碧云天"农庄合作，进行"火龙果"种植，取得成功。同年，为了支持火龙果事业，在丹阳眼镜城开了一家名为"镜野"眼镜的眼镜店。2017 年先后被评为丹阳市、镇江市"职工创业先进个人"。

创业青年
风 采 录

Chuang Ye Qing Nian Feng Cai Lu

心中有阳光，脚下有力量

□文 / 毛琴芳

"时人莫小池中水，浅处不妨有卧龙。"无论是谁，只要心中有大志，不管他的出生如何，不管经历多少苦难，都不可小觑。有志者，事竟成，当一个人充满了志气，胸怀远大的理想时，他就会奋发向前，爆发出他的潜力，以超群的雄心和气魄，傲视一切艰险，勇攀高峰。

三十年前，在一个普普通通的丹阳珥陵农村家庭，美好的午后，当阳光照在翠绿的香樟树上时，当叶间的知了不断地鸣叫时，本文的主人公呱呱落地，一声啼哭划破慵懒燥热的午后长空，他叫：盛泽强。

一

这是一个俊朗帅气，眼里有光的小伙子，2015 年毕业于南京林业大学。当他还在南京林大上学期间，就有了毕业后自主创业的想法，他在大学里学的是园艺专业，一直就认真努力，有进取心，喜欢动脑子的盛泽强，便有意识地收看一些跟自己专业有关的电视节目，并用敏锐的洞察力探测着里面有可能存在的商机，其中有一档叫作《致富经》的栏目就深深地吸引了他，他经常看，而且在学习之余，便开始有意无意地往毕业后自主创业的方面考虑，有了想法，就毫不犹豫地行动了。

利用课余时间，盛泽强去南京农业大学拜访请教一位姓马的老师，告诉他："自己想自主创业。"老师听后，立刻表示支持，并拉着他谈了好久，诚恳地对他说："要想做，就得做别人还没有尝试过的，像种植草坪、种植树木，还有一些常见的水果：葡萄、桃子、苹果等的种植都不建议再去做，因为这些都是踩着别人走过的路，再去走，没有任何竞争优势，前景不远大。"盛泽强若有所思，连连点头，表示认同。老师沉思了一下，看着他问："你真的打算自主创业吗？遇到任何困难也会坚持吗？"在老师的注视下，盛泽强年轻的血液立刻兴奋地在身体里欢腾起来，他知道老师已经帮他考虑到了好的项目，他斩钉截铁地说："肯定会。请老师给予我指导。"

老师端起桌上的杯子喝了一口，说道："要做就做火龙果。"

先让我们来了解下这种水果吧：火龙果，又被称为"吉祥果""长寿果"。火龙果为热带水果，它的最适生长温区在25℃—35℃，温度低于10℃和高于38℃将停止生长，以植物特有的短暂休眠抗逆。5℃以下低温可能导致冻害，幼芽、嫩枝，甚至包括部分成熟枝也能被冻伤或冻死。

火龙果具有很高的价值，它集水果、花蕾、蔬菜、医药优点于一身。它富含维生素B1、B2、B3和维生素C、胡萝卜素、花青素并含有钙、磷、铁等微量元素和水溶性膳食纤维具有明目降火预防便秘、养颜美颜、预防贫血等多种功能。

就这样，这种相当有营养的水果，这种只有在热带才能种植的水果，这种当时在丹阳这地方几乎还没人敢尝试种植的"吉祥果"，这种在丹阳卖得较贵的水果，便深深地镶嵌进了这位年轻大学生的脑海里了。他在大四那年的寒假，在马老师的推荐下，一个人只身去了广东，实地考察、学习火龙果种植，并选择品种。回来后，小盛同学又马不停蹄地来到丹阳找合资人，找合作伙伴，年轻的他几乎跑遍了珥陵及周边的所有农庄。很可惜，农庄老板都没有答应，有的老板说："这玩意没搞过，种不出来的。""有难度。"有的老板干脆直接拒绝，让他去另找别人。

盛泽强心里明白：自己太年轻，给不了别人信任感。既然这样，那就用实际行动来证明吧。他提取一些珥陵农庄以及周边一些地方的泥土标本，搭上火车，跑学校，跑农大，找到老师，恳请老师帮着检测泥土的成分。等检测结果出来后，又搭了火车跑回家，再去跑农庄，拜访泥土标本合格的那几家老板，尽管每位老板都被盛泽强感动着，他的真诚、他的专业，也都给老板们留下了深刻印象，但对于热带水果在我们江南这种亚热带季风气候中是否能种植出来，并且还要盈利，每位老板都打了个大问号，谁也不敢立刻答应他。最后，盛泽强只能留下自己的联系方式给他们，快快地离开了。

"你这么折腾，你就不怕麻烦吗？"我忍不住问他。

"当身边的人都质疑你，甚至父母也不支持你，的确会让人彷徨，但，我问自己，'你想种出火龙果吗？'当答案是肯定的时候，我便什么都不怕了。"满脸阳光的小伙子，笑意满满，眼神坚定。

二

毕业了，依旧没有任何老板来联系自己，盛泽强只得暂时找了个不对口专业的厂子，工作着，内心却一直有一簇想要创业的火苗在升腾着。他的想法是：既然没有老板支持我，那我就先认真工作着，为自己以后的创业积累下第一桶金吧。

机会总是会给有准备的人的。就在工作不久后的一天，盛泽强接到了珥陵"碧云天农庄"李总的电话，李总在电话里告诉他："愿意跟你合作。"

　　立刻辞职，一路往回赶的盛泽强，奔跑在熟悉的水泥路上，雀跃的心跳在年轻的胸膛里，东撞一下西撞一下，都快要蹦出来了。这位年轻小伙子的步伐，也随着心跳在平坦的大路上有节奏地快速前进着，风儿吹着，鸟儿啼着，树叶儿舞着，此时的盛泽强，觉得自己是世界上最幸福的人，这是一种理想即将要实现时的巨大幸福感。

　　问题却接踵而来，朴素实在的父母对于儿子辞了稳定的工作，要搞什么火龙果的种植，完全不能理解，"实在要种，你就种苹果，葡萄之类的果树，最起码有经验可以取啊。"盛泽强无法跟父母解释为什么要选择火龙果，以及自己之前做的大量的考查和研究，他唯有一句话："放心吧，我肯定可以种出来的。"

　　接着就是：资金问题并没有完全得到解决。跟李总合作，自己得出一半的资金啊，刚刚踏入社会的盛泽强没有任何积蓄，此时的他想到了人才市场的"大学生创业贷款"，在咨询了解了情况后，人才市场帮他申请到了第一笔免息贷款：拾万元整。加上农庄李总的资金，在 2016 年 3 月份，在"碧云天"农庄内，十二亩的火龙果种植终于启动了。

　　大棚搭建起来了，规模也有了，但还没等这位小伙子内心高兴几天，更大的问题又来了：种植火龙果最大的问题是要控制温度。火龙果是热带水果，在热带地区，冬天最低温度也就在 15 摄氏度左右，而我们江南，就是在刚开始种下苗的春天，也有很多很冷的天气。搭建起的独立钢架大棚，虽然加到了两层，甚至三层，火龙果却在起始阶段时，苗就死了好多，到了冬天，经常是零下的温度，由于控温问题没有得到解决，死掉的火龙果树苗更多了。我们这位年轻的很有冲劲的小伙子，不禁陷入了深深的苦恼中。理论与实际的差距，让他不得不买来更多专业的书学习，跑上跑下请教老师，去省内种植成功的几处地方，如苏州，靖江等地取经。

　　第一年的失败并没有打垮他，父母虽然没说什么，但又担心又心疼儿子，却又帮不上忙，只能化作一日三餐的汤羹鱼肉，做好儿子的后勤保障，盛泽强将这一切都记在心里，暗下决心：一定要种出高质量的火龙果，让父母安心，一定要让丹阳人在家门口就能采摘到、吃到甘甜美味的热带水果。

第二年，他继续在人才市场帮助下免息贷款十万元，然后和李总商量，把一垄一垄的独立钢架大棚，换成更好的连栋大棚，以增强棚内的保温效果，控温问题得到了有效缓解。

但是新的问题又暴露出来了，温度控制好了，那么棚里的湿度呢？我们知道丹阳市位于中纬度北亚热带，属海洋性气候。由于季风环流的影响，具有明显的季风气候特征。春季和秋季为冬、夏季风转换季节，冷暖气团相互争雄，旋进旋退，寒暑干湿变化显著；夏季受温暖潮湿的海洋气团控制，天气炎热多雨；冬季多受极地大陆气团控制，以寒冷、少雨天气为主。具有气候湿润、光照充足、雨量丰沛、无霜期长、四季分明的气候特征。丹阳市还共有河道96条，计长464公里，其中以京杭运河、鹤溪河、九曲河、香草河、丹金溧漕河为主脉，沟通丹阳市水系，形成丹阳市水系系统。总之一句话：丹阳气候多数时候湿度都偏高。

要知道热带地区，火龙果是露天生长的，空气中湿度很低。而连栋大棚让温度得到保证后，棚里的湿度却直线上升，带来了很严重的后果：病虫害增多，生病的火龙果树越来越多。盛泽强经常整天整天地待在棚子里，时刻关注着湿度计上的数字，通过翻阅资料，多次试验，他琢磨出：既然互相传染，那就把生病的树种搬出棚子啊。他还琢磨出：在天气较干燥的日子里，把大棚里层的门打开就可以很有效地降低湿度。

当火龙果种植在第二年颇具规模，收效显著时，我们这位年轻的小伙子不禁热泪盈眶：两年前的理想真的实现了。原来，坚持自己所坚持的，成功总会来的。

当一切都趋于稳定时，夜里给火龙果花粉人工授粉，成为最辛苦的事。因为火龙果的花是晚上开，到了早上六七点就会凋谢，特别像人们所说的"昙花一现"的情景。为了更好地传花接粉，在有限的资金下保证品质，盛泽强一共挑选、种植了三个品种，分别是广东的一个普通红心品种和台湾的大水晶、小水晶火龙果品种。在人工授粉时，要用广东品种的花粉给台湾品种授粉。

没到开花季节，晚上时，我们可爱的小伙子，头上戴个探照灯，手拿毛笔，一朵一朵授粉，一干就是大半夜，很是辛苦。他说："2017年6月，我的火龙果开了第一批花，但由于台湾品种开花早，而广东品种花期晚，因此这批花并没有授粉成功。"2017 年，他的火龙果总共才结了 6000 多斤果。所以，琢磨花期，又是盛泽强遇到的一个"拦路虎"。

而如今五年过去了，一亩火龙果已经能产 3000～5000 斤高品质的果实。随着种植技术的不断成熟和销售渠道的逐渐打开，火龙果的种植面积也逐渐扩大。"目前我们的火龙果不仅在丹阳销售，还销往周边不少城市，接下来，还要继续扩大种植规模，让更多市民吃到地产火龙果。"盛泽强说。

除了销售火龙果，盛泽强还提供采摘体验服务，让丹阳人身临其境地感受乐趣，另外他还将两年生植株的火龙果树做成花卉盆景，将嫩芽、干花作为绿色无公害美食销往酒店餐桌。走进火龙果种植大棚，笔者看到一棵棵火龙果树栽种整齐，一个个红彤彤的火龙果垂挂在碧绿的茎干上，十分诱人。

因此，盛泽强曾先后被评上了丹阳市、镇江市的"职工创业先进个人"。

采访这位小伙子时，虽然他始终笑意浓浓，却说了下面这句话："回想起过往的几千个日日夜夜，纵然有成功的喜悦，更有一种心酸在其中。"

我知道，他指的"心酸，"并不只是创业路上的奔波苦，也不只是资金不够时的窘迫，这些对于年轻有冲劲的盛泽强来说都不是事儿，他心里酸楚的是在他特别想要鼓励的时候，家人、朋友几乎异口同声地反对：瞎搞什么？！

"一定要坚守住内心的理想，不为他人所动，踏实做人，做事。"盛泽强灿烂一笑说，"就能一帆风顺了。"

现在，你走进碧云天农庄，走入火龙果种植大棚，就会有一股清新的果香扑鼻而来，一棵棵火龙果树上挂满了红心火龙果，每一棵果树大概都有一人多高，伸出的枝丫与仙人掌类似，藤蔓沿着水泥杆搭成的支架攀援而上。

作为这个夏天的"网红"水果，红心火龙果仿佛把蜜酿在了沉甸甸的果实里，让人垂涎欲滴。

一派收获满满的景象！

三

如果说，火龙果种植地让我感受到了盛泽强作为新时代青年热血敢拼的胆识，那么他的"镜野眼镜"带给我的是他的有勇有谋的冲劲。

走进位于丹阳中国眼镜城二楼的店里，扑眼而来的亮堂，让人身心愉悦，琳琅满目的眼镜让人眼花缭乱。丹阳作为中国眼镜之乡，无论从硬件设施还是配套上均立足于国际化高度，以其规模化、科技化、专业化的崭新姿态，傲立于中国乃至世界眼镜专业市场行列，引领中国眼镜市场新潮流，巩固丹阳眼镜行业在中国的龙头地位，成为享誉世界的中国眼镜之都。

盛泽强说："原本的打算是为了保证火龙果种植资金的来源，所以开了这家眼镜店。但仅靠门店是无法生存的。"原来，有了眼镜店，更促动了盛泽强努力拼搏的动力，他不辞辛苦地跑单位推销，跑学校介绍，跑无锡、上海、苏州等地销售，网络现实相结合，在丹阳众多的眼镜中毫不逊色，口碑一流。

"你就没吃过闭门羹吗？"我忍不住问道。

"这是肯定会有的，那又有什么关系呢？就跟种火龙果一样，心中有目标想要达到，便不会轻言放弃。再说，有我老婆一直支持我，陪着我。我会跟火龙果种植一样，一直做下去，永无止境。"盛泽强幸福地说道，眼里闪亮着耀眼的星星。

创业，是创业者对自己拥有的资源或通过努力对能够拥有的资源进行优化整合，从而创造出更大经济或社会价值的过程。

大学生创业呢？他们更值得我们敬佩，他们从跌跌撞撞到有所成所付出的努力更多，古人云："志不立，天下无可成之事；志不立，如无舵之舟，无衔之马"。说明人要想不虚度年华，有所作为，必须立好志向，做好自己的人生规划。然而，立志与规划人生不是随意的。盛泽强的成功，胜在他的有所准备，胜在他的坚持不懈，胜在老师、社会给予的帮助和支持。

王国维先生在《人间词话》中他提出了"治学三境界"，也可以理解为"人生三境界"：古今之成大事业、大学问者，必经过三种之境界，"昨夜西风凋碧树，独上高楼，望尽天涯路。"此第一境也。"衣带渐宽终不悔，为伊消得人憔悴。"此第二境也。"众里寻他千百度，蓦然回首，那人却在，灯火阑珊处。"此第三境也。说它是"治学三境界"也好，"人生三境界"也罢，在人生长河中，必须要明白如何去实现和创造属于自己的人生意义。

我们的这位年轻小伙子，在创业的路上一路走来，正是这三种境界淋漓尽致的展示：第一境界：昨夜西风凋碧树，独上高楼，望尽天涯路。盛泽强目标明确，定准方向，心里很明白自己想要、想得到的是什么。这一步其实很重要，现在常常听人说选择比努力更重要，也就是这个道理，方向一旦清楚了，接下来很容易。好的选择是成功的一半，认准目标、把握好方向，就在实现自己理想的道路上少走了许多弯路，更容易接近成功。

第二境界：衣带渐宽终不悔，为伊消得人憔悴。盛泽强艰苦奋斗，持之以恒。有了目标方向之后，便朝着种植火龙果方向去持之以恒地艰苦奋斗，不放弃，不服输，哪怕有天大的困难、痛苦的折磨，也要坚持到底，绝不半途而废。在通往理想的道路上，难免会磕磕绊绊，但只要艰苦奋斗，持之以恒地朝着理想前进，不放弃，理想总会在你的前方向你挥手，并且闪闪发光。

第三境界：众里寻他千百度。蓦然回首，那人却在，灯火阑珊处。盛泽强能放平心态，等待到来。只要朝着既定的目标持之以恒地努力奋斗了，自然会有所收获，有所得到。你可能没有发现，但当你放平心态，不那么在意了，它也许自然就会出现在你的面前。

作为一名"90后"的丹阳小伙，盛泽强不仅是为了自己的理想而奋力拼搏，当事业稳定时，他想到的是：回报社会。2020年的新冠疫情期间，盛泽强带头组织丹阳眼镜成立的十几家商户，向湖北疫区捐赠护目镜。在他们的影响下，多家苏锡常客户也纷纷响应捐赠，数量一度达到7600多副。

人生或许不能惊天动地，但是一定要勤奋，一步步地前进；生活不能奢华无度，但是一定要充实，慢慢地一点点变好。努力一定会有收获，成功是每个人的追求目标，创业则是许多人迈向成功的一大步。然而，远大的抱负往往受到各种现实因素的羁绊，许多有创新想法的人可能缺乏合适的助力，比如较典型的用启动资金，去实现自己的创业梦想。然而，对于新时代国家政策给予多项优惠的大学生创业而言，无疑是一次难得的历史机遇。机遇总是留给有准备的人，不在机遇中横空出世，就会在错过机会中沉没或者被淘汰。

"做事、创业都会遇到困难，很多问题，遇到了就去解决，而不是因为有了困难就放弃。""前怕虎后怕狼不可行。"翻着获奖证书，盛泽强感慨地说。他抬眼的瞬间，眼里充满了亮堂堂的无限闪亮，而我，从中读到的更多的是力量。

心中有阳光，脚下有力量，为了理想坚持不懈，砥砺前行，才能创造无愧时代的人生。盛泽强，好样的，加油，在可为的时代，做有为的青年！

王清江

　　江苏宏业生态农业发展有限公司董事长。在延陵镇党委政府的帮助下，种植润丹蜜梨。同时，他从生态、环保入手，推行"零农残"耕作植保制度，引进中科院高新生物技术，种植生产符合国家标准的含硒有机农产品。目前，他的生态园占地2000多亩，投资达5000多万元，其中有1000多亩用于种植桃、梨等含硒有机水果，1000亩地用于种植万顷洋富硒米。在两年多时间里，江苏宏业生态农业发展有限公司被评为"中国315诚信经营示范单位"，带动就业80余人。2020年获评镇江市农业产业化龙头企业。

创业青年
风采录

在希望的田野上

□ 文 / 许静

　　硒是一种化学元素，也是人体必需的微量元素。随着现代生活节奏加快，人们生活的压力日益加大，大多数人的身体长期处于"亚健康"状态。中国营养学会曾对我国 13 个省市做过一项调查，表明成人日平均硒摄入量仅为 26—32 微克，离专家推荐的最低限度 50 微克相距甚远。正是硒元素所需量与摄入量之间的差距，王清江抓住商机走上了一条种植富硒农产品的致富之路。

　　王清江原本是一位老家徐州的农民。从 2003 年起，来到了常州凌家塘市场从事农产品批发销售的他，转行来到延陵镇大吕村从事农业种植。在与镇江农科院果树研究所合作种植 500 亩富硒梨树的基础上，他又增加了水稻种植项目，先后成立了佛凝富硒粮食种植专业合作社、宏业生态农业发展有限公司及延陵万顷洋农业生态园。王清江坦言，自己从来没有想过会走上农业种植之路，但下定决心走上这条路后并不后悔，反而充满期待。他想致力打造一个属于自己的、有影响力的品牌。

立志创业讲义气，逆境之中遇转折

1992 年，王清江高中毕业后就开始从事蔬菜倒卖生意，从几百斤的小打小闹开始，到后来在常州成立蔬菜批发公司，一度占据全国山药批发市场的半壁江山。"做山药最大的时候，在全国山药销售行业来说，我的销量是最大的，山药销量最大，一天得发二三十车，不是一个市场，十几个市场都有我的货。"王清江自豪地说。

当时王清江的生意，做得风生水起，一年纯利润超过百万！就在王清江生意最红火的时候，2012 年，一个从事建筑行业的朋友，因为资金问题找到了他。因为跟这个朋友意气相投，王清江拿出了自己 1000 多万元的积蓄，又向亲戚朋友借了 500 多万元，一并借给了朋友。但让他没想到的是，没多长时间，这个朋友因为资不抵债而破产了，留给王清江的只有位于丹阳延陵大吕村的一块 380 亩苗圃园林，王清江本想通过这块园林来翻本，但当他来到现场的时候，却发现自己的想法有点天真。

据王清江回忆，当时接管苗圃园的时候，他还带了 170 万元的现金，用来还清当地的农民工工资和土地租金。虽然 170 万元在当时也能新建一个苗圃园，但王清江还是选择了投入 170 万元在朋友留下的园中，最终 170 万元全部拿来还债，借给朋友的 2000 多万元也没有办法追回。这样的情况，让王清江傻了眼，因为债主催得紧，他不得不把之前的蔬菜批发生意转让给亲戚，换了一笔钱来应急。但是来到丹阳，面对着 300 多亩的园林，他还是一筹莫展，到底该如何破局呢？无奈之下，他只好向当地政府求助。

所幸当时大吕村还有 500 多亩闲置地，在政府的帮扶下，这片土地流转给了王清江。有了土地之后，就要思考这片土地究竟要拿来种什么？这时大吕村将浙江农科院的王教授介绍给了王清江，在经过多次实地考察以后，王教授说这片土地非常适合种梨树和桃树。听到专家的说法，王清江当即拿定主意，要种植一种能迅速占领市场的梨树。为了挑选最好的品种，王清江开车几乎跑遍了全国，最终在千里之外的黄土高坡上，找到了让他眼前一亮的新品种——蜜梨。

　　"我有幸认识了一个老果农，他一辈子的心血，就培育出了这个品种，他给了我。他培育这个果子出来的时候，我跟他谈了，这个品种能不能让我来在全国推广，他说可以，他看我也是做事业的人，是个有事业心、有抱负的人，他很看好我。"王清江回忆道。于是，2016年，王清江终于将这一新品种——蜜梨，从山西带到了丹阳。

　　虽然此时的王清江有了土地，也有了品种，但创业之路依然布满荆棘。在王清江刚开始种植蜜梨时，也曾遭到过当地百姓的冷嘲热讽。"开始平整土地栽种的时候，有老百姓来捣蛋，好像这个地方给你栽果树，到时候复垦了，土地就被你搞得一塌糊涂。"王清江回忆。

　　但充满决心的王清江没有理会别人的眼光，一门心思扑在了梨树苗上。老农一辈子的心血，配上这片适合种植梨树的土地，王清江让这个新品种的蜜梨迅速扎根，在种植两年后就成功挂果。这时，王清江联合社区，开展了一个品鉴会，一下子获得了很多参会人员的好评。

　　在品鉴会上，一位八十多岁的老人告诉王清江，自己活了八十岁没吃过这么好吃的梨，这给予了王清江莫大的肯定与鼓励，加之五万多斤蜜梨上市仅半月就销售一空，更让他体会到了创业成功的喜悦，于是他将这款新品种的蜜梨命名为"润丹蜜梨"。

抓住机遇拓规模，做大做强做品牌

　　有了润丹蜜梨的成功，王清江也有了资本，他开始规划其他发展，开启了种植富硒蜜桃、富硒水稻等农产品之路。

　　众所周知，硒被誉为"癌症的克星"，也是人体内的抗氧化剂，能提高人体免疫力，具有多种生物功能，如提高人体免疫力，抗氧化、抗衰老，促进糖分代谢、降低血糖和尿糖，改善糖尿病患者的症状，防癌抗癌，保护眼睛，保护修复细胞，防治心血管类的疾病，解毒防毒抗污染，保护肝脏等。

　　2018年夏天，经过多方调研，王清江开始种植富硒水稻。他说："现在人们越来越注重身体健康，硒是人体所必需的微量元素，能够增强人体免疫力，对癌症、贫血、糖尿病等多种疾病具有预防和辅助保健作用，富硒稻米具有广阔的市场前景和需求。"为了种好富硒稻米、实现生态种植的理念，王清江一方面选用优质水稻品种"软香玉"，另一方面在农田管理中严格控制水稻的农药残留，选用的都是低毒药剂，肥料更是全部使用菌肥等生物肥料和复合肥。待到秋收，他的富硒水稻虽然产量较低，一亩只有 600 ～ 700 斤，但经农业农村部农产品质量安全监督检验测试中心检测显示，富硒稻米没有任何农药残留，重金属含量不超标，且含硒量为 0.19mg/kg，达到了富硒农产品优等标准。

富硒稻米对于百姓来说最大争议在于价格远高于普通稻米。面对这一问题，王清江坦言，由于水稻收割期遭遇连续阴雨天气，他的富硒稻谷收割、加工时间偏晚了些，因此走市场化道路比较困难。

为了能在上市的第一年就打响自己的富硒稻米品牌，获得客户的认可，他毅然选择与全国各地的大型企业进行对接合作，"我敢和其他任何大米比品质，就是想让客户当场品尝。"

为了让客户更方便了解自己的富硒米，王清江曾随身带着电饭煲谈合作。王清江说："我出去谈生意是为了推销优质大米。稻米吃口好不好，任我说得天花乱坠都没用，带个电饭煲可以随时随地煮一锅香喷喷的米饭，让客户对稻米的口感和品质有一个更加直观、深刻地了解，这也成了我开展优质特色稻米推介、营销的一个法宝。"

大吕村的土地本身富含硒元素，再加上科学的种植技术指导，施用富硒肥，种出的稻米无农业残留，富含硒元素，做到了米以"硒"为贵。因此，王清江的富硒大米走上越来越多居民百姓的餐桌，受到越来越多注重品质生活的高端人群追捧。

有了富硒梨、富硒稻米，富硒蜜桃也接踵而来。每年五月，大吕村的富硒蜜桃步入收获季，在蜜桃采摘高峰期时，常州、镇江、扬州等周边县市区的游客都会慕名前来，不仅能一品富硒蜜桃的香甜爽脆，还能游览千年古村九里季子庙，来一场浪漫的乡村之旅。

面对近年来流行的采摘游销售，王清江也有自己独特的经营想法，"采摘经济是近年来比较火爆的点，想要打造旅游产业链，那么供游客采摘的果园建设是必要的。目前基地有100亩的富硒桃园，还有500亩的富硒梨园，我相信能通过梨和桃的结合打出一片市场。"王清江信心满满地说。

近几年来，生态农业观光产业的发展，实现了社会效益、旅游效益和经济效益的"多赢"：对改善生态环境和回灌补源起到了很好的作用，促进了城市和乡村生态、旅游、水生态环境保护的良性循环发展，营造出了良好的人居环境。王清江的延陵万顷洋农业生态园，现在被许多专家称为现代生态农业发展的典范，因为它实实在在给农民带来了好处。目前，该生态园占地2000多亩，投资达5000多万元，其中有1000亩用于种植桃、梨等含硒有机水果，1000亩地用于种植万顷洋富硒米。

谈及未来，王清江有着清晰的发展规划，"我想进一步扩大富硒稻米的种植面积和销售渠道，最终是要打造南方的高端富硒稻米品牌。""我们产品最主要还是要让老百姓吃得放心，让大家吃得健康，这是一个品牌的本分。但作为我个人而言，我还希望将来农业园能够有一个更加完善的种植养殖和旅游疗养的服务体系，能够更好地服务周边，满足市场需求，把我们富硒大米的品牌着力打造好，名声打响。"

探索运作新模式，追求健康高品质

为了实现在大吕村这片土地上绘制中国现代化生态农业的宏图，王清江潜心学习钻研，通过翻阅文献资料、到示范点学习参观、周边调研等方式了解如何有机生态农产品的市场需求、发展前景及种植技术等。

经过周密地调研，他充分发挥大吕村土地优势，坚持"高质量、高水平、求完美、服务社会"的宗旨，采取"敬业务实、突破创新"的经营方针，秉承精益求精、严格管理、不断创新的原则，从生态、环保入手，种植生产符合国家标准的富硒有机农产品。在此基础上，王清江不断强化品牌意识，扩大生产经营规模，全力打造"绿色有机生态"品牌。

据大吕村党总支书记谭平华介绍，富硒蜜桃种植是村里引进的产业脱贫项目。延陵万顷洋农业生态园通过引进高新生物技术，有机耕种，土壤改良和叶面喷施等方法，使无极硒通过农作物转变为有机硒，贮存在农产品中。"润丹牌"系列农产品，例如富硒蜜桃、富硒蜜梨、富硒大米等，在两年前已通过农业农村部农产品质量安全监督检测中心检测，达到富硒、无公害、绿色农产品标准，获得国家有机转换认证证书和中国绿色环保产品认证。

除此之外，王清江积极与高校对接，打算辟出100亩试验田作为种植示范基地，开展水稻新品种的研究工作，并且他还计划与周边农户合作，探索"公司＋合作社＋农户"的运作模式，通过种植4个不同等级的稻米品种，满足不同消费人群的消费需求，以此带领农户增收致富。

谭平华还表示，延陵是春秋时期名人季子的故里，季子三让王位和"徐墓挂剑"的故事已流传几千年，这里是千年以来的文化之地、诚信之地。村里在规划整个"万顷洋生态农业科技示范园"区的过程中，依托延陵文化底蕴深厚，离九里季子庙旅游景区较近等旅游优势，以"季子"文化为核心，融现代科技农业、文化创意农业、旅游体验农业的精髓，力争把园区打造成以现代科技农业为主线，带领一方百姓共同致富的现代农业综合体，不仅提高百姓收入，更提高百姓健康生活品质。

扶贫帮困献爱心，回报社会展情怀

为了打赢脱贫攻坚战，在镇江市工信局、市机关事务管理局、团市委和中国移动镇江公司等帮扶单位的悉心指导下，大吕村按照"一村一品"战略，成功打造了"生态旅游观光果园基地""有机大米生产基地""苗木苗圃基地""渔光互补光伏发电站"的"三基一站"脱贫项目，长期在基地打工的大吕村村民近100人，每年为村民带来100多万元的打工收入。

2019年，大吕村成功摘掉了贫困帽。王清江于2016年在大吕村投资经营"生态旅游观光果园基地"脱贫项目，同年开始种植富硒润丹蜜梨，由于蜜梨肉质细脆、汁多味甜的高品质特点，富硒蜜梨已从"扶贫水果"转变为"品牌水果"，在每年的"有机富硒蜜梨采摘节"中都吸引着大批周边县市区游客，也收获着络绎不绝的好评称赞。

富硒蜜梨采摘旅游节，乐了游客，也甜了农民。60多岁的大吕村村民马白青在节会上快乐地忙碌着。她说，她曾是五保户，也是建档立卡贫困户，从2016年起，经村委会介绍，来到王清江的果园打工，月收入1000多元，"和我一样，村里还有6户建档立卡户，原来一直靠政府政策资金帮扶，现在我们靠劳动在脱贫项目基地每月领工资，不仅脱了贫，而且日子过得充实而惬意！"

扶贫济困是中华民族的传统美德，更是文明社会的应有之义。在奉献爱心，回馈社会的过程中王清江说"在慈善公益组织扶贫帮困的道路上，我也想尽一份自己的绵薄之力"。

据了解，王清江在2019年向爱心团体如意慈善公益服务团捐款5万元，并说以后若有机会，他还会继续参与到扶贫帮困的行列中。"乐善好施，热心公益"是如意慈善公益服务团对王清江及江苏宏业农业发展有限公司的评价。

了解王清江的人都亲切地称他为"爱心企业家"，王清江的爱心不仅播撒在大吕村的贫困户中，还滋润在大吕村老人的心田。2019年大吕村老人免费品尝富硒蜜梨的消息引发关注，在问及王清江为何向老人献爱心，王清江说自己是在政府和村民的帮助下在大吕村成立了宏业农业发展有限公司，这些年公司的发展得到了当地干部和群众的大力支持，现在公司发展壮大了，就要回馈靠土地吃饭的老百姓，和老百姓一起携手共奔小康之路，他认为企业的发展就要怀着感恩的心向前进，不忘初心，牢记使命向前看。

王清江从一个苗圃园林起家，将自己的农业生态园做成了如今让人羡慕的产业，成为镇江地区现代生态农业发展的典范，先后获得"镇江市重点农业龙头企业""中国3·15诚信经营示范单位""全国重点诚信企业""江苏省消费者信得过产品"等十多个国家级和省级荣誉称号。即使一路走来困难重重，王清江也从未放弃，他以坚定的决心走上了致富道路，以健康的品质唱响属于自己的金字招牌。

励志照亮人生，创业改变命运！王清江用辛勤的汗水、不辍的耕耘过上了好日子，但他从不自满，依旧把甜甜的梦想播种在心田，依旧在大吕村贡献着自己的力量，收获着美好富裕的明天！